比喩表現事典

中村　明

講談社学術文庫

比喩に関する二、三の覚書――序に代えて

国立国語研究所に在籍していた国家公務員時代に、『比喩表現の理論と分類』と題する研究報告書をまとめて秀英出版から公刊したのを筆頭に、角川書店から『比喩表現辞典』、東京堂出版から『たとえことば辞典』を上梓《じょうし》するなど、これまでにも比喩に特化した著書を出してきた。『日本語レトリックの体系』（岩波書店）や『日本語の文体・レトリック辞典』（東京堂出版）などのレトリック関係の著書や、筑摩書房の「講座 日本語の表現」の第五巻として刊行した編著『日本語のレトリック』でも、当然のことながら比喩表現に多くのページを割いている。このたび縁あって筑摩選書の一冊として出るこの本もまた、そのような辞典や学術書とは違うが、結果として二二〇名の筆者の六二〇編を超える作品から厖大な数の比喩表現を引用しており、やはり初めから終わりまで日本語の比喩表現の話になる。

作品世界の時代性など若干の制約はあるものの、ある対象を何に喩《たと》えるかは基本的に表現者の自由である。そのため、比喩表現には多かれ少なかれその人間の在り方が映ることとなる。それは作者のその時どきにおける心象風景の点描であり、比喩表現の例全体として見れば、意識下の世界観を映し出すとも言えないことはない。ここでは作家研究に向かう

わけではないから、そこに透けて見える人間性を問題にするよりも、日本人の連想傾向を探り、近代以降の作家がこんな巧みな比喩、粋な比喩、渋い味わいの比喩、びっくりするような比喩を考え出した具体例を紹介し、その表現の伝達効果を考えるところに焦点をしぼろう。

ところで、比喩とはいったい何だろう。大抵の辞書では、あるものをそれに似た他の何かに喩えて間接的に伝える表現法、といった解説をほどこす。ことばで説明するまでもなく、「屁のような存在」とか、「人生欠伸《あくび》の如し」とか、あるいは「家族というやさしい宇宙」(俵万智『サラダ記念日』)だとか、逆に「宇宙という名の玉ねぎ」だとか、「四十雀《しじゅうから》の夫婦」だとか、「ガマの哲学者」だとか、そんな例を見ただけで、比喩というものが何となくわかる気がする。

しかし、一目見ただけで比喩であるかどうかをとっさに判断しにくいケースも少なくない。判定の難しさには少なくとも二種類ある。一つは、「向こうからお相撲さんみたいな人がやって来る」というような場合だ。比喩なのかどうか、これだけではどちらとも判定しがたい。並外れて太った人物を見かけて、そのことを「お相撲さんみたい」と誇張したのであれば比喩表現だが、ひょっとするとほんとのお相撲さんかもしれないと考えての発言であれば、断定を避けて「みたい」と言っただけのことで、喩える意図はないから、比喩ではない。実際には違うと思いながらお相撲さんを引き合いに出した場合にのみ、比喩表現と言えるのだ。つまり、比喩表現となるためには、実際にお相撲さんであるという事実をはっきり否定し、お相撲さんではない他の何かをお相撲さんに喩えて強調したり面白く表現したりするという、何らかの修辞意識が必要なのである。

現実場面から独立して展開するはずの文学作品でも、そのあたりがつねに明確なわけではない。永井龍男の『風ふたたび』という小説に出てくる「めまいのように、ぺたりと、もうせんに腰をおとした」という例はどうだろう。「腰をおろした」でなく「おとした」とあるものの、実際に軽いめまいを起こしてふらふら坐りこんだのか、まるでめまいでも起こしたように見える動作と強調して描いたのかは、これだけでは必ずしも明確ではない。それまでの文脈から、打ち上げ花火のあまりの迫力に圧倒された女性の行為であることがわかるため、この例は比喩的に解釈したいケースではあるが、そのような場面や文脈の助けを借りてもなお、どちらとも判定できない例もある。

このような場合は情報不足のためにはっきりわからないだけで、実際には、比喩であるか、比喩でないかのどちらかだから、問題はまだ単純だ。判定が困難になるもう一つの種類は、比喩であるかどうかというより、こういう用法を比喩的と判断すべきかどうかに迷う、比喩性の程度の問題である。「早春が匂やかに訪れて来た」という横光利一の『春は馬車に乗って』の例はどうだろう。ここでは「早春」という時を表す名詞が「訪れる」という動詞の主語になっている。主語が人間でない点が少し気になるが、こういう用法はかなり慣用的なので、典型的な比喩と認めるのはためらわれる。

福永武彦の『風花』に出る「白い雪片が舞い下りて来る」という例でも、「雪片が」と「舞い下りて」との関係がやはり気になるだろう。幸田文の『余白』という随筆に出る「鏡の余白は憎いほど秋の水色に澄んでいる」という例では、「憎いほど」という表現がなにほどかの比喩性を帯びているし、竹西寛子の『兵隊宿』に出る「うなずきはしたが、からだ全体でうなずいているわけでもなかった」という例では、二回目の「うなずく」という動詞の意味が抽象化していて、やはりいくぶん比喩的な感じが伴う。

こうなってくると、それはもはや比喩表現であるかないかという判定ではない。それぞれにどこかしら比喩的な感じが漂い、ほんのりと匂うものから、もう少し色濃く感じられるものまで、比喩性はほとんど連続的な差で存在している。そこでは比喩的な度合いのかすかな差を問題にしていることになるのだろう。この本では、その種の微妙な例は避け、「あたかも……如し」「まるで……ような」「ちょうど……みたいに」といった作者の比喩意識を示すめじるしのある直（明）喩表現を中心に、できるだけ典型的な用例を扱うことにしたい。

もうひとつ、比喩における類似性の問題をとりあげよう。先に紹介した比喩の常識的な定義には、あるものをそれと似た別のものに喩える、という考え方がひそんでいる。小林秀雄の『ゴッホの手紙』に、「パリの老いぼれた馬車馬が、悲嘆にくれたクリスチャンのような、大きな美しい眼をよくしている事に気がついた事がありますか」という表現が出てくる。「パリの老いぼれた馬車馬」というトピックを、「悲嘆にくれたクリスチャン」というイメージでとらえた比喩的思考を、「ような」という比喩の指標を明示して表現し、「大きな美しい眼をしている」という類似点まではっきりと示しており、まさに典型的な直喩表現の例である。

日本語になってはいても手紙の中の例だから、もとは小林秀雄の発想ではなく、ゴッホの連想なのだろう。喩えられる「パリの老いぼれた馬車馬」と、喩えている「悲嘆にくれたクリスチャン」とは、はたして初めから似ていたのだろうか。両者の眼がもともと似ていたなどということは信じがたい。老いた馬車馬の悲しげな眼を見たゴッホが、ふとクリスチャンを連想したその瞬間、むしろ本来は無縁だった馬車馬とクリスチャンとが瞬間的に結びついたのだろう。

室生犀星の『愛猫抄』には「なまじろく、うどんのような綖《よ》れたかおをしながら、しずかに、ふふ……と微笑《わら》った」という例が出る。これもその女の顔とうどんとがもともと似ていたはずはない。川端康成の『雪国』に出てくる「小さくつぼんだ唇はまことに美しい蛭《ひる》の輪のように伸び縮みがなめらかで」という例にしても、駒子の唇がもともと蛭に似ていたとは考えにくい。どちらの例も、作家がそう表現する前には、むしろ似ても似つかなかった対象が、犀星が「顔」を「うどん」に結びつけ、川端が「唇」を「蛭」と結びつけた瞬間に、それぞれが似始めたのだと言っていい。少なくとも、読者はそういう表現に触発されて、両者を初めてそういう目で見るようになるのである。

俵万智の歌集『プーさんの鼻』に「薄き舌を木の葉のようにふるわせて」とある舌と木の葉は形がいくらか似ているかもしれない。が、同じ歌集にある「みどりごをギターのように今日も抱えて」とか「新生児ふかふか眠る焼きたてのロールパンのごと」とかという例では、それらがもともと似ていたとは思えない。「笑顔に今日声がついたよモノクロの画面カラーに変わるみたいに」といった一首などはなおさらだ。

こうなってくると、「それに似た他の何かに喩える」という常識的な比喩の定義が揺らぐ。両者の類似はこの世にあらかじめ存在していたのではなく、作者が発見し、あるいは創作することによって、この世に生まれ出たことになるからだ。その対象が通常の表現でうまく伝えきれず、作者はやむなく比喩表現という手段に訴えたのかもしれない。そういう必然的な比喩表現こそ、比喩本来の根源的な姿であったように思われる。

陳腐な比喩は別として、そもそも比喩表現は、ある対象をもともとそれと似たものに喩えるのではなく、その対象を別のカテゴリーで捉えようとする試みだったのではないか。レトリックというものが本来そうであったように、比喩表現もまた、そういう一つの考え方の試行であり、世界解釈の手段として力を発揮する。類似をなぞるのではない。すぐれた比喩は新しいものの見方の開拓であったことに、今あらためて気づくのである。

目次

比喩表現事典

比喩表現事典

第一章　感覚の表現――視覚／聴覚／嗅覚／味覚／触覚

【光と影】夜そのものに蒔絵をしたような綾

宮本輝の『螢川』は、水辺で一生に一度出会うかどうかという蛍の大群の舞うクライマックスで作品が閉じられる。その絢爛《けんらん》たるフィナーレは、「月光が弾《はじ》け散る川面を眼下に見た瞬間、四人は声もたてずその場に金縛りにな」るところから、一気に絶頂へと登り詰める。「何万何十万もの螢火が、川のふちで静かにうねっていた」のだ。そして、こう描かれる。「螢の大群は、滝壺《たきつぼ》の底に寂寞《ひっそり》と舞う微生物の屍《しかばね》のように、はかりしれない沈黙と死臭を孕《はら》んで光の澱《おり》と化し、天空へ天空へと光彩をぼかしながら冷たい火の粉状になって舞いあがっていた」と。

都会に住む日本人が自然の蛍を眺める機会はほとんどない。まれに静かな村の川べりで数匹の蛍を目にするぐらいがせいぜいだろう。ところが、この小説場面では何万何十万匹という数だ。それは風流といった感覚からは程遠い眺めだったろう。事実、「心に描いていた華麗なおとぎ絵ではなかった」とある。「微生物の屍のように」という比喩的なイメージが、風流から程遠いことを物語る。「沈黙と死臭を孕んで」、「光の澱」という比喩的な表現に、「冷たい火の粉」という矛盾を抱えたイメージをも動員し、不気味な美しさを描き出している。

　そして、「一陣の強風が木立を揺り動かし、川辺に沈澱していた螢たちをまきあげ」ると、その光は「波しぶきのように」若い男女に降り注ぐ。そのうちの何百何千という蛍火が女性を取り囲み、その胸元やスカートの裾から衣服の内部にまで舞い込んで、素肌にまといつく。外側と内側と両面から大量の蛍の光に照らされ、「白い肌が光りながらぼっと浮かび上が」る、という夢のような光景が描かれる。「上へ上へ」でなく、「上空へ上空へ」でさえなく、「天空へ天空へ」という美化された漢語を選んだのも、時が停止しそうに美しい夢幻的なイメージとしっくり調和させるためだろう。

　こんなふうにきらびやかな蛍の明かりで夢のように閉じるこの作品は、逆に日本海側特有の暗く重い春の日暮れの鈍い光の描写から始まった。「雪は朝方やみ、確かに純白の光彩が街全体に敷きつめられた筈《はず》なのに、富山の街は、鈍い燻銀《いぶしぎん》の光にくるまれて暗く煙っている」とあるのがそれだ。すでに夕闇の漂い始めた川面を眺める場面である。三月末の夕空は西がまだ薄赤いうちから陰気に見えたのだろう。「光は、暗澹《あんたん》と横たわる大気を射抜く力も失せ、逆にすべての光沢を覆うかのように忍び降りては死んでいく」と、いくぶん擬人的な筆致で描きとっている。土や水や草と同じように、「光までが残雪の余韻だった」という。春でも夏でも、この土地では「絶えず冬の胞子がひそんでいて、この裏日本特有の香気を年中重く澱《よど》ませていた」と、空間的・時間的な雰囲気を巧みにとらえた書き出しである。

永井荷風は『ふらんす物語』で、「四月はじめの蒼白《あおじろ》い日の光で、立続く橡樹《マロニエー》の若芽は見渡すかぎり一面に真珠を連ねた如くきらめいている」というふうに、初夏に小ぶりの白い花を咲かせるマロニエ、その若芽が春のやわらかい光に映える気品のある美しさを、「真珠」のイメージを借りて強調した比喩表現を試みている。が、陽光の反射も強すぎては逆効果になる。松村栄子の『至高聖所《アバトーン》』に「春の陽差《ひざ》しは石畳に含有された金属質の結晶をきらきら光らせ、その反射光のせいで広場の風景はハレーションを起こしたフィルムのように淡く揺らいで消えかけている」とあるのは、同じ春の日ざしでも、敷石に含まれる細かい金属的な成分に過剰反応を起こしたのを、フィルムが過剰感光して被写体の周囲のぼける写真の現像に喩えた例である。

城山三郎の『辛酸』にある「鏡の破片でも降りまくような強い初秋の陽光」という例も、日光そのものというより、日ざしを浴びてきらめく風景を鏡の破片というイメージでとらえたものだろう。「鏡のような」というイメージは、しばしば海面や湖面の穏やかなようすの形容に用いられてきた。ぎらぎらした不快感を伝えるには、「ガラスの破片」というイメージのほうがもっと自然な感じがする。現在では鏡もガラス板を加工したものではあるが、あえて鏡のイメージにこだわったのは、破片であってもそのかけらに周囲の風景を映すという発想だったろうか。

大江健三郎の『芽むしり仔撃《こう》ち』に、「動きの失われた衰弱した村の家々、樹木、街路、それをつつむ谷間の深い窪《くぼ》みを、柔らかく粉のように白っぽい朝の陽ざしがひたした」という箇所がある。村や家を「衰弱」と形容するのもいくらか人間にひきつけた表現だし、「陽ざし」がさしこむのを「ひたす」と表現するのも、光を水のようにとらえた発想だ。ぎらぎらした輝きを失った弱い光を、ここでは「柔らかく粉のように白っぽい」と比喩的に表現している。鏡の破片という鋭い反射の感じはまったく失われ、きめ細かな軟質の光を思わせる。三島由紀夫の『金閣寺』には、「石段の石の色が、こまかく灰が降ったように見えるのは、木かげを洩《も》れる弱日《よろび》の色だ」というふうに「灰」のイメージが現れるが、「粉」と同様、陽光の弱々しく軽い面が強調され、はかない感じも伴うかもしれない。同じ「粉」でも「金粉」となれば、むしろ華やかなイメージに変わる。山本有三の『路傍の石』に「すきまもなくやねにかぶせてある松の葉のあいだから、金粉のようにこまかく、小屋の中にこぼれてくる日の光」として出てくる比喩表現はその一例だ。

深沢七郎の『月のアペニン山』に出てくる「朝の陽が窓にさしこんでいるが、冬の弱い光は靄《もや》のように、汚れた肌衣《はだぎ》のように映っていた」という描写は、「靄」のイメージをよびこむことにより、さらに柔らかく、「粉」以上にきめ細かな感じが増し、「靄」の質感からしっとりとした感じも加わるかもしれない。梶井基次郎の『筧《かけい》の話』に出てくる「梢の隙間を洩《も》れて来る日光が、径《みち》のそこここや杉の幹へ、蠟燭《ろうそく》で照らしたような弱い日なたを作っていた」という例では、日光を蠟燭のイメージでとらえることにより、弱々しい感じを印象づける。

光を線として知覚するのはごく自然だ。三浦哲郎の『ユタとふしぎな仲間たち』に「栗の若葉の隙間をくぐり抜けた日射しが太い雨のように降っている林の小道」というふうに「雨」のイメージで描かれる初夏の日光はその一例だ。同じ作者の『忍ぶ川』には、「廊下の雨戸をほそ目にあけると、刃のようにつめたいひかりが、むごいほど白く、志乃の裸身を染めるのである」という比喩表現が出てくる。これも雨戸を細く開けた隙から射し込む光だからやはり線的なとらえかただが、女の裸身をむきだしにする心ない光として、攻撃的な「白刃」のイメージをよびだし、「つめたい」「むごい」という感情的な反応を仮託した複合的な比喩表現と言えるだろう。

永井荷風は『ふらんす物語』に、日が暮れかかり沈みきるまでの微妙な光と影を巧みに描きだしている。まず、「黄昏《たそがれ》の空はまだ薄明るく、遠くの方までが、この空の光で夢のように見通される」と、空明かりでまだ遠くまで見通せる風景を「夢のよう」と美化してとらえる。そして、遠くはまだこんなに明るいのに、近くはかえって薄暗く、ものが光彩を失い一様に鈍い色に見えることを、「目の前を過ぎる人や車の雑沓《ざっとう》は、一様に漠然とした鼠色になり」と述べたあと、「唯《た》だ影と影とが重りつつ動いているに等しい」と記した。ここには、遠くが明るくごく近くがむしろ不分明であるという感覚的な発見があり、人や物の姿というより、影と影とが重なり合って動いているように感じられる事実を正確に描き出したと言えるだろう。

梶井基次郎の『城のある町にて』に「ササササと日が翳《かげ》る。風景の顔色が見る見る変ってゆく」とある。「顔色」という表現を用いて「風景」を擬人化している例だが、さっと日が翳った瞬間にたしかに物の表情が一変する。

日の光の次に月の光など夜の明かりを描く比喩に移ろう。吉本ばななの『大川端奇譚《きたん》』に「月が真っ黒な空に小さく光って、沈む街並みに真珠みたいに映えていた」と、月にも真珠のイメージが重なる。郷原宏の『わが愛の譜《うた》』には、「川面に映った月が波に砕けて、ひっくり返した宝石箱のようにきらめいていた」というふうに、きらきら光る水面の月影をやはり宝石に喩えている。月よりも小さく見える星でも、永井荷風の『ふらんす物語』には「一点紅玉《ルビー》の様な赤い宵の明星が輝き出した」というふうに宝石類に喩える例があるが、竹下文子の『星を拾う』に「望遠鏡をとおしても、星はちっとも大きくなんか見えやしない。ただ無数の砂金ぐらいの光が、ちりりと冷たそうに震えているだけなのだ」とあり、林房雄の『双生真珠』に「空は金と銀の砂子蒔絵《まきえ》と申しましょうか、温帯では見ることのできない強い星の光で輝きわたっていますとあるように、一般には月よりもはるかに細かい粒のイメージでとらえられている。

しかし、空に街の灯が映ると、星空のイメージも輝度を上げる。太宰治の『彼は昔の彼ならず』に「縁先に立って澄んだ星空の一端が新宿辺の電燈のせいで火事のようにあかるくなっているのをぼんやり見ていた」とあるように、火事のイメージをよぶこともある。

三浦哲郎の『恥の譜』では、「家では、二階にも階下にも、あかるく電燈をつけていて、窓々からあふれたひかりがサーチライトのように、降りしぶく雨脚をとらえていた」とあり、サーチライトというイメージに置換した比喩表現になっている。

ここでは現実の雨だが、梶井基次郎の『檸檬《レモン》』には、店の周りが真っ暗なため、「店頭に点けられた幾つもの電燈が驟雨《しゅうう》のように浴せかける絢爛《けんらん》」というふうに、電燈の明かりを激しい雨のイメージでとらえる比喩表現が使われていて、周囲が真っ暗なため、美しい眺めがいっそう際立つ。光を液体のカテゴリーでとらえた関係で、「浴せかける」という動詞が選ばれたのだろう。電燈が消えるときには逆のイメージになる。阿刀田高の『ミッドナイト物語』では、「薄暗い光がさらに薄くなり、懐中電灯の灯が命でも尽きるように弱々しく輝いてスーッと消えた」というふうに、命の果てという抽象的なイメージをよびこむ。

芥川龍之介が『羅生門』で、下人《げにん》が「またたくまに急な梯子《はしご》を夜の底へかけ下りた」と書き、川端康成が『雪国』で、国境の長いトンネルを抜けて雪国に入った冒頭場面に「夜の底が白くなった」と書いたように、日本人は、夜という時間的な存在を、「底」や奥行をもった厚みのある空間的な存在というイメージでもとらえてきた。現象である「闇」という存在についても、宵闇が「迫る」とか「漂う」とかというように、薄暗さや闇を霞《かすみ》や霧や靄のような、揺れ動き、包み込む、厚みのある対象として認識しているように思われる。

李良枝《イヤンジ》の『由熙《ユヒ》』に「家全体の暗さが外の闇の中に沈み、一層重たげに庭を覆い、いつもより静けさが広がっている家の周り」とあるのは、その中に沈むことができ、対象を覆うことのできる広がりとしてとらえているから、闇はそういうイメージなのだろう。村上春樹の『タクシーに乗った男』に「淡い闇が風に吹かれる膜のように都市の上をさまよい流れていた」とあるのも、闇を膜のように対象を覆ったり、空間をさまよい流れたりする存在としてとらえている。小川国夫の『施療病室』に「夕闇が彼らの足もとからわずかに立ち籠めて来た」とあるのも、霞などのように立ちこめるというイメージである。三島由紀夫の『花ざかりの森』には「闇はテントのようにふくれ」という例もある。

小川洋子の『冷めない紅茶』では、まず「外には冬の闇が満ちていた」というふうに、闇というものを、気体のみならず潮のような液体の連想も働くそんなイメージで登場させ、「どこか甘い匂いがするような、しっとりした闇だった」というふうに、匂いやかでほどよく湿りけを帯びた存在として、嗅覚的、触覚的に展開する。そして、「掌を広げると、闇のベールの感触がつかめそうだった」と、その触感を柔らかい織物の域に引き上げる。

三島由紀夫の『金閣寺』では、「金閣は雨夜の闇におぼめいており、その輪郭は定かでなかった」と、金閣という存在は眼に感じられながらも、どこからどこまでと姿の境界線が明確にたどりにくいことを述べたあと、「それは黒々と、まるで夜がそこに結晶しているかのように立っていた」というふうに、イメージをむしろ抽象化する逆向きの比喩表現を用いている。「夜」という時間的な存在を、「結晶する」というふうに、原子・分子で構成される固体ととらえる比喩的なカテゴリー転換を内蔵する喩えを用いることによって、金閣を象徴的に描き出した。

それより二〇年も前の谷崎潤一郎『陰翳礼讃《いんえいらいさん》』にも、抽象体を映像化したその種の比喩表現の例が見られる。一編全体が、薄暗がりに美を求め、その陰翳を大事にして日本の伝統文化が成り立っていることを主張するエッセイだ。京都の老舗《しにせ》の料理屋で電燈より古風なろうそくの光を大事にしたのも、その一例である。漆器の美はそういう揺れる薄明かりの中でこそ深みを見せるのだと説く一節をとりあげよう。行燈《あんどん》式の電燈よりさらに薄暗い燭台《しょくだい》を用い、ろうそくの焔《ほのお》の穂先がゆらゆらとまたたく中で、その蔭《かげ》にある膳や椀を見つめていると、漆塗りの器の「沼のような深さと厚みとを持ったつや」が、明るい電燈の下で見るのとはまるで異質の魅力を湛《たた》えて見えるのだという。

日常生活では陶磁器ばかりよく使い、漆器というと「野暮くさい、雅味のない」ものに見られているが、それは採光や照明の設備がもたらした「明るさ」のせいだとし、漆器の美しさは闇の中でこそ発揮されるとする。漆器の肌は幾重もの闇が堆積した色であり、周りを暗黒に包まれた環境から必然的に生まれ出たと考えるのだ。「闇の堆積」という比喩的な発想は新しいものの見方を開拓する。太陽光線や明るい電燈の下に置くと、蒔絵をほどこした漆器はいかにも派手派手しく、時に俗悪な感じに見えることさえあるが、同じ器を薄暗いろうそくの明かりで見ると、そういうけばけばしい感じが底に沈み、奥深く重々しい印象に一変する。

古く工芸家が漆を塗って蒔絵をほどこす折に金色を贅沢《ぜいたく》に使ったのは、あくまで暗い部屋を前提にし、そういう乏しい光の中での効果を、闇に浮かび出るぐあいや灯を反射する加減を考えてのことだったという。つまり、金蒔絵というものは、そもそも明るい場所で全体を一度に眺めるものではなく、ろうそくの焔の揺れるがままに、いろいろな部分が少しずつ底光りするように見えて、奥深さを感じさせるのであり、そんなふうに「豪華絢爛な模様の大半を闇に隠してしまっている」からこそ「云い知れぬ余情を催す」というのだ。

それだけではない。暗い部屋の漆器にろうそくの光があたり、その穂先の揺らめきを映すため、静かなその部屋に時おり風の訪れるのを眺めながら、妖《あや》しい光の夢の世界にひたり、人は瞑想《めいそう》へと誘われる。谷崎はここで焔の揺れる「灯のはためき」を「夜の脈搏《みゃくはく》」と表現する。「夜」という抽象的な時間概念を、脈打つ生きもののイメージでとらえた、この擬人めいた比喩的思考は、読者に新鮮な驚きを与える。

そうして、灯のはためくごとに、畳の上の明るみも刻々に所を変える。作者はその畳の上を光が動くさまを、「幾すじもの小川が流れ、池水が湛《たた》えられている如く」と水の流れに喩え、「一つの灯影《ほかげ》を此処彼処に捉えて、細く、かそけく、ちらちらと伝えながら」と展開したあと、「夜そのものに蒔絵をしたような綾《あや》を織り出す」と一連の比喩的思考を締めくくった。「夜の脈搏」という動的なイメージから一転、「綾を織り出す」という静的な織物のイメージに移行するのだが、その「綾」の形容として用いられた「夜そのものに蒔絵をしたような」という比喩表現は、読者をしばし黙らせる。漆器を題材にした日本文化論の一節だけに、蒔絵を喩えに持ち出したのだろうが、畳の上に偶然くりひろげられる光模様のイメージとして、夜そのものという抽象体に蒔絵をほどこすという大胆な発想が、読む者をはっとさせるのである。

【色彩】喪服の黒色は夜の中に溶け出し

宇野千代の『色ざんげ』に、「仄《ほの》かな明るみの中につゆ子の蒼《あお》ざめた顔がまるで夕顔の花のようにぼうっと白く浮いて見える」という例がある。蒼ざめた顔というと、ふつうはプラスイメージになりにくいが、ここでは「仄かな明るみ」という薄明るさが病的な印象を目立たなくし、輪郭の鮮明でないぼんやりと白い像が夕顔の花の連想を誘って、むしろ美的に描き出されている。円地文子の『女坂』には「雛鶴《ひなづる》のように白く細い悦子は牡丹《ぼたん》の蕾《つぼみ》のような須賀のそばにいると一層上品に見え」とある。必ずしも二つの比喩における「雛鶴」と「牡丹の蕾」というイメージの差ではないが、白い色は赤系統の色などに比べ、どぎつい感じがないだけに、概して清楚《せいそ》で品のある印象を与えるようだ。

二葉亭四迷の『浮雲』に「雪白《ゆきじろ》の羽二重肌」とあり、森鷗外の『即興詩人』に「膚《はだえ》は雪の如くかがやきぬ」とあり、幸田露伴の『風流仏』に「膚《はだえ》は春の曙《あけぼの》の雪」とあるように、伝統的に「雪」は肌の白さのイメージに使われてきた。ところが、深沢七郎の『楢山節考《ならやまぶしこう》』には白は白でもその「雪」が、「白骨が雪のふったように、あたりが白くなるほど転がっていて」と、思いもかけない白骨の喩えとなる例が見られる。

小川洋子の『冷めない紅茶』に出てくる「彼の喪服の黒色は夜の中に溶け出し、彼のわずかな仕草と一緒に揺れていた」という例に、はっとする。抽象的な存在であった夜というものが金蒔絵をほどこして具体像となるイメージと逆に、この例では現実の喪服の黒い色が、周囲の闇という空間に流れ出るという発想でさえ突飛なのに、それどころか闇という空間を超えて、喪服という現実から黒というその色彩だけがにじみ出し、その存在を包む夜という時間の中に溶け出すという、混沌とした感覚的把握が読者を驚かす。

安部公房は『他人の顔』に「しだいにこみ上げてくる笑いのような茜色《あかねいろ》」と書いた。このあたりはかなり難解だ。白っぽい地色に少しずつ赤みがさすようなイメージだろうか。

角田房子の『唐辛子』には、「韓国の印象は、赤いエナメルを塗ったように鮮烈な唐辛子の色だ」というふうに、一国の印象を、赤いエナメルという塗料を連想させる唐辛子の色に象徴的にとらえた比喩表現が出る。高樹のぶ子の『追い風』には、「繁華街の酒気を感じさせる強い風と、赤い絵具を溶かしたようなネオンが、磨《す》り硝子にぶつかっては雨で洗い流されていた」という雨の日の風景描写が出てくる。「酒気を感じさせる風」というとらえ方は、ガラス越しにぼんやりと感じられる繁華街の姿から歓楽街を連想した想像のイメージだろう。ガラスの奥に遠くのネオンが雨に濡れてにじんで見えるのを、赤い絵の具を溶かしたようだとした喩えも、感覚的に納得できる。

梶井基次郎の『蒼穹《そうきゅう》』に、「既に受精を終った杉林の上には褐色がかった落ちつきが出来ていた」とあり、「落ちつき」という抽象的な状態を「褐色」という色彩で象徴的にとらえた表現に見えて一瞬はっとするが、いくぶん褐色を帯びたこの時期の杉林が、そのせいで以前より落ち着いた感じに見える、といった意味合いなのだろう。が、それに続く「瓦斯《ガス》体のような若芽に煙っていた欅《けやき》や楢《なら》の緑にももう初夏らしい落ちつきがあった」という表現には、「若芽に煙る」というやや慣用化した比喩的な言いまわしを、「瓦斯体のような」という喩えで刺激してイメージを活性化する働きを認めることができるだろう。

同じ作家の『檸檬』に出てくるレモンの描写はよく知られているが、これも感覚的に説得力がある。「一体私はあの檸檬が好きだ」と切り出し、「レモンエロウの絵具をチューブから搾《しぼ》り出して固めたようなあの単純な色も」と、絵の具そのものの塊というイメージで、まず色彩のシンプルな感触を象徴させ、次いで糸を紡ぐ機械の部分である「つむ」のイメージを借りて、その形を「それからあの丈の詰った紡錘形《ぼうすいけい》の恰好《かっこう》も」と展開する。そして、そのレモンの色彩は、積み上げた画本《えほん》の「ガチャガチャした色の諧調をひっそりと紡錘形の身体の中へ吸収してしまって、カーンと冴《さ》えかえっていた」とある。周囲の乱雑な色も気にならなくなるほど、見る者の視線をその一点に吸い寄せる感じなのだろう。「カーンと」というオノマトペによる感覚化が、冴えかえって他を寄せつけない感じを、読者に強烈に印象づける比喩的な働きをしているように思われる。

有吉佐和子の『水と宝石』では、緑がかった微妙な青が、「窓のカーテンは青磁がかったグリーンで、その向うから早朝の薄明が忍び込むと、部屋の空気は碧《あお》く染まって海底のように見える」と、海底のイメージでとらえられている。谷崎潤一郎の『痴人の愛』に、「顔色なども少し青みを帯びていて、譬《たと》えばこう、無色透明な板ガラスを何枚も重ねたような、深く沈んだ色合をしていて」とある例は、無色のガラスもそれを何枚も重ねると、わずかに含まれていたかすかな色合いが累積されて沈んだ感じの微妙な青みを帯びて見える、という感覚的な発見がもとになっている。

曽野綾子の『永遠の前の一瞬』に、「米大陸は青い雲海のかなたにあり、朝陽はもはや色という概念をこえて、新鮮な血液のように、空を次第にそめあげて行くのだった」とある。朝日によって空が血のように染まってゆくという機上からの眺めだろうが、「色という概念をこえて」とあるからには、血の赤という色彩面よりも、血液を注入することで空が生き返ったように活気を取り戻すほうに重点があるのだろう。

三島由紀夫の『金閣寺』に、台風の接近とともに夜空の色が変化するのを、「夜空の色は平静な藍を失って、深い納戸いろに濁っていた」というふうに形容した箇所がある。納戸色は衣装や調度品を収納する納戸の薄暗がりを連想させる、緑を含む藍色のくすんで鼠色《ねずみいろ》がかった色をさす。ここでは、鮮やかさの消えて若干くすんできた藍色の変化を、「平静さを失う」と擬人的に扱い、「濁る」とマイナス評価を与えている。有島武郎の『生まれ出づる悩み』では、「根雪が氷のように岩になって、その上を雪解けの水が、一冬の塵埃《じんあい》に染まって、泥炭地のわき水のような色でどぶどぶと漂っている」と、水の濁ったようすを比喩的に伝えており、ここでも「どぶどぶ」という音が、どぶ川やどぶ浚《さら》いの「どぶ」と直接の意味的連関はないながら、そういう連想を誘うのか、汚らしい感じを感覚的に増幅しているように思えてならない。

川端康成の『古都』には逆に、「花々の色は、空気を染め、からだのなかまで映るようであった」という美的な比喩的強調の例が出てくる。喪服の黒が夜の中に溶け出したように、ここでは美しい花の色が周りの空気を染め、人の体の中まで沁《し》みこむというイメージの発想だ。花々の輝きがその周囲に華やいだ雰囲気をかもしだし、そこにいる人びとをも明るく彩る、というこの発想は、現実の生活体験として感覚的によくわかる。

この項の最後に、永井荷風の『ふらんす物語』から、色彩の心理的影響を告げる一節を紹介しよう。まず、「晴れ切った暮方の空の色は斜陽の色と混じて濃く染めたように紫色になる」と、青空に夕日の赤が映って紫がかって見える晴天の暮色を、「濃く染める」という人工的なイメージで描き出す。次いで、「空気は冷《ひややか》に清く澄み渡って、屋根も人も車も見るもの尽《ことごと》く洗い出したように際立って浮き上って来る」と、「洗う」というイメージで、澄みきった空気を強調する。そうして、「何処《どこ》となく言われぬ境に一種の瞑色《めいしょく》が漂っていて、心は何とも知れず遠い遠い昔の方へ持ち運ばれて行くような気がする」というふうに、異国の空で、視覚をぼかす薄暗い色あいがひとしおノスタルジックな思いに誘うことをしっとりと語る。

【動き】牛がゆらりと

人間の動きから入ろう。円地文子は『女坂』で、「背に溢《あふ》れる髪が波立ち、肩が小鳥のようにわなないている」と、長い髪が揺れ、肩が小刻みに動くようすを描き出した。「溢れる」と書くことで、髪の豊かさを印象づけ、それを「波立つ」とすることで、うねるような大きな揺れを感じさせ、小鳥というイメージを持ち込むことにより可憐な感じを引き立てる。

宇野千代の『色ざんげ』には、「ほんの少し離れたものを見るときにもその大きな眼をすうっと猫の眼のように細くする癖があって、奇妙に色っぽい印象を与える」とある。近視の人はよく目を細くして、光量を加減しながら物を見るものだが、なにげないそのようすに、時には色っぽく見えるという意外な一面のあることを指摘してみせた例である。

堀田あけみの『さくら日記』に出てくる「この問題に関して、理央は、可愛い唇をちゅくんととがらせた」という形容は、「ちゅくん」という創作的な擬態語がうまく働いている。同じ唇について、小川洋子は『ダイヴィング・プール』で「二匹の幼虫のように途切れることなくくねっている唇」と、虫に喩えてその動きを描き出した。とめどもなく母親がしゃべりすぎるのを、幼虫が身をくねらせるイメージでとらえた例だが、いかにも話の内容を聞き流し、呆《あき》れてその唇の動きだけを注視しているようすが感じられてほほえましい。

同じ作品に、題名になったダイヴィングのシーンがこう描かれている。「一粒でもしぶきを少なくして、針を突き刺すように入水《じゅすい》するために、その瞬間純の手首は二つぴったり重なり合って、揺れる水の壁を突き破ってゆく」と、指先から鋭く水に入る動作を、「針を突き刺す」というイメージでとらえる。「水の壁を突き破る」という表現も比喩的である。

川端康成の『雪国』に、「女は窓から立ち上ると、今度は窓の下の畳に柔かく坐った」とある。この部分だけなら、「柔かく坐る」という見慣れない修飾関係が、投げやりな態度で乱暴な坐り方をしたのではなく、しとやかな立ち居振る舞いをしたことを連想させ、特に比喩的な感じはない。が、次に、「遠い日々を振り返るように見えながら、急に島村の身辺に坐ったという顔になった」と続くため、そこに心を許すような親しげな感じが漂い、「柔かく」という連用修飾が単なる動作だけの形容でなく、心理面に一歩踏み込んだ表現のように、読者は読みとるだろう。

動作といっても人間とは限らない。小川国夫の『平地の匂い』に「白い大きな牛が一頭ゆらりと出て来た」とある。一見どうということもないようだが、大きな動物が重い体を揺すってゆっくりと空気を切って姿を現すようすに対して、「ゆらりと」という擬態語が感覚的にぴたりとはまっている。村上春樹の『遠い太鼓』に「鷗《かもめ》が暗い空を切り裂くようにまっすぐ飛んでいく」とあるのは、その逆に、鋭い動きを「空を切り裂く」というイメージでとらえた例だ。

三浦哲郎の『忍ぶ川』に出る「厚い雲に覆われた空には、赤とんぼがうようよと飛びちらっていた」、壺井栄の『母のない子と子のない母と』に出る「ふんわりと円をぼかして、蛍は道ばたの橙《だいだい》の木の茂みをこえて、流れるように飛んでいきます」、林真理子の『言わなきゃいいのに……』に出る「枝の根本の部分が何やら青っぽくなり、もぞもぞ動いていると思うと、それはびっしりと張りついた毛虫の群れだった」といった例は、いずれも「うようよ」「ふんわり」「もぞもぞ」といった擬態語がそれらしい感じをよく出している。

村上春樹の『遠い太鼓』では、「気球は人々の懸命の努力にもかかわらず、なかなかうまく膨らまない。眠いところを無理やり起こされて服を着せられた太った中年女のように、それはくしゃっとして、虫のいどころが悪そうである。ときおり煩しそうにだらしなく身をよじる」というふうに、気球の動きを太った中年女という人間のイメージでとらえている。「眠い」「虫のいどころが悪い」「身をよじる」と執拗《しつよう》に擬人化し、「くしゃっと」という擬態語も感覚的に的確な働きを見せる。

【状態】沸騰せんばかりに天を摩して

群ようこの『ネコの住所録』に「緑色の首輪をした茶色いオス猫が突っ伏していた。前足も後ろ足もビローンと伸びきっている」とある。「ビローン」という擬態語が、猫のいかにも力の抜けただらしのない姿を感覚的に伝えてくる。幸田文の『流れる』でも、正月のお飾りについて、「ささ竹ばかりがすとんと背高く」というふうに、創作的な擬態語「すとんと」が感覚的かつ的確に働いている。

村上春樹の『遠い太鼓』によれば、ギリシャの本土は「細長い乳房のような、あるいは焼けたお餅をつまんで思い切りひっぱったような円錐形《えんすい》」をしているし、ペロポネソス半島は「よじれた手袋みたいな格好で無残に打ち捨てられている」。雲と同様、地形もこんなふうにさまざまな連想を誘う。

有島武郎の『生まれ出づる悩み』に出てくる山の描写は特に印象的だ。「突然水際に走りよった奔馬が、揃《そろ》えた前脚を踏み立てて、思わず平頸《ひらくび》を高く聳《そびや》かしたように、山は急にそそり立って、沸騰せんばかりに天を摩している」というのである。単に何に似た山だとか、何を連想させる形だとかと、いわば静的にとらえるのではなく、生きものの一連の動きのある一瞬の姿として動的なイメージでとらえたダイナミックな描写である。同じ作品に出る「あやまって海に落ち込んだ悪魔が、肉づきのいい右の肩だけを波の上に現わしている、その肩のような雷電峠の絶巓《ぜってん》」という描写も同じタッチの比喩だ。

井伏鱒二の『黒い雨』には、「雷鳴を轟《とどろ》かせる黒雲が市街の方から押し寄せて、降って来るのは万年筆ぐらいな太さの棒のような雨であった」というふうに、万年筆や棒のイメージで異様な雨を印象づける例が出てくる。三浦哲郎の『帰郷』に「線路のわきの防雪林に、小雪が絣《かすり》のように吹いていた」とあるのは、視覚的に納得できる描写である。同じ作者の『ユタとふしぎな仲間たち』には、「まんまるで、赤くにごって、信じられないほどに大きな月が、道のゆくての、火の見櫓《やぐら》の横のところに、のっと出ている」とある。異様な月だけに、「のっと」という擬態語が効果的に働いている。

三島由紀夫の『金閣寺』に、「林立する細身の柱が月光をうけるときには、それが琴の絃のように見え、金閣が巨《おお》きな異様な楽器のように見える」とあるのは、金閣という建造物を一つの楽器というイメージでとらえた比喩表現である。同じ作品に、「蚊帳《かや》は風を孕《はら》みかけては、風を漉《こ》して、不本意に揺れていた」と描写したあと、その結果の蚊帳の形態について、「吹き寄せられる蚊帳の形は、風の忠実な形ではなくて、風が頽《くずお》れて、稜角《りょうかく》をなくしていた」と、不定形の風を立体的なカテゴリーでとらえている。

連城三紀彦の『恋文』には、窓ガラスに貼られた紙切れのいくつかが桜の花びらを思わせるくだりがある。「道路に面した窓は磨りガラスだが、その上に白く点々と貼りついているものがある」として、次いで「本物の花片と同じくらいの大きさに二、三十枚がガラスを川面にして降りしき流れているように見えた」と状況を説明し、「西陽が烈しい光で射しこみ、閉めきった窓の桜の流れを幻燈の川のように大きく畳へと映しだした中に、郷子の顔の絵が落ちていた」と展開する。単に紙切れが桜の花に見えただけではない。ガラス面の紙切れを、散った桜を浮かべて流れる川面に見立て、烈しい西日を受けてそれが畳に映るのを幻燈のイメージでとらえ、そういう美的な環境を背景に、現実の女の顔の絵を発見する演出である。

幸田文の『流れる』に、「天井からは万能干し器が骨ばかりの傘《からかさ》のように吊りさがって、からからに乾いた足袋が片ほう、肌襦袢《はだじゅばん》にかける緋縮緬《ひぢりめん》の襟がだらんと萎えている」とある。骨ばかりの傘というイメージでとらえた比喩表現だが、襦袢の襟について「だらんと萎える」と書いたあたりも比喩的な結びつきで、感覚的によく伝えている。小川洋子が『冷めない紅茶』で、脳味噌の模型を「二色の合成着色料で色付けした細めのスパゲッティーが、もつれ合っている感じ」ととらえているのも感覚的に納得できる。

【音響】海が海ごとぶつかる

円地文子の『女坂』に、「夜はまだ明けずくらい中に岩を噛《か》む浪《なみ》の音が嵐のように凄《すさま》じく聞える」とある。波が岩を噛むという表現は慣用的な比喩だが、それがさらに嵐のイメージをよびおこすことで、凄まじさを感覚的に伝えてくる。俵万智の『りんごの涙』にも、「どどーんと波しぶきをあげて」と擬音語まじりに荒れた海を描き、「海が海ごと海岸の岩にぶつかってゆくような冬の日本海」と、その凄まじさを描く箇所が出る。海が海ごとぶつかるという誇張した喩えを用いることで、あたかも日本海全体がその岩に体当たりするような雄大なイメージをよびおこし、冬の荒れる日本海を迫力十分に伝える。

海ではないが、永井荷風の『ふらんす物語』にも、凄まじい水音を形容する比喩表現が出てくる。「明けても暮れても雨である」として、連日の雨で川の水嵩《みずかさ》が増したことを述べ、「真青なローンの水は、濁りに濁って、今にも高い石堤を崩して溢れ出そうに漲《みなぎ》り渡《わた》り」と状況を描写したあとに、「その吠《ほ》える水音は、夜更なぞには、物凄《ものすご》く近くの街中に響く」と、その凄さを猛獣のイメージで強調している。

富岡多恵子の『青春絶望音頭』に出てくる洪水の話も、「水はいつも茶色でうめき声あげて港の方からくる」と、水を生きもののイメージでとらえており、宇野千代の『色ざんげ』にも、「大きな樹が鉛筆のように折れて根こそぎ押し流され、何かごうごうという地響きのような物音が谷に木魂《こだま》して聴える」というふうに、樹木に細い鉛筆のイメージを重ね、川音を地響きのイメージでとらえている。

小川洋子の『ダイヴィング・プール』では、「昆虫の羽音のような弱々しい雨が、ひかり園の緑を濡らしていた」というふうに、静かに降る雨を昆虫の羽音に喩えている。細かい雨でも、当たる場所によっては気になる音を発することもあり、萩原葉子の『蕁麻《いらくさ》の家』には「高圧線のジジジという鉄の焼けるような音が、聞えている」というふうに、細い電線の発する音が耳につく折もある。

山本有三の『路傍の石』に「あらしの中で、電線がほえているような、うなり声が、背すじをつたわってきた」とある。強風を受けて摩擦された電線の音を獣の咆哮《ほうこう》に喩えるのはさほど独創的とは言えないが、それに先立って「ヴォーム！」という写実的な擬音語を配したことで、感覚的に際立って感じられる。それほどではないが風の強い日に電線が鳴ると、何か懐かしい思いに誘われるらしく、阿部昭は『人生の一日』に「海べりの電線がひゅうひゅうと風を切る音を耳にするたびに、自分が呼吸してきた過去の日々の他のどの日でもないある一日に呼びもどされるのを感じてきた」と記している。

三島由紀夫の『花ざかりの森』では霧をイメージ豊かにとらえている。まず、「秋霧が一団の白いけもののように背戸をとおりぬけてゆく」と獣に喩えて視覚的にとらえるが、その文を「とおりぬけてゆくのがきこえた」と聴覚的に結ぶ。そして、その動きを、「それは音のない花火のように、ほうぼうではじけてひろがって行った」と、花火のイメージで再び視覚中心に展開する。

久しぶりに体験した雷の凄さを、村上春樹は『遠い太鼓』にここでも擬音語入りで、「ドオーン、ドオーン、ドオーンという轟音がまるで艦砲射撃みたいにつづき、それがだんだんこちらに近づいてきて、びりびりと空気を裂き、世界の終りを告げる火柱みたいにまわりに直立する」と、艦砲射撃や火柱というイメージを駆使して描き、さらに、「大地に突きささり、山を揺がし、巨木を裂き、天空に切り結んでいる」とイメージ豊かに強調する。「ドオーン」という擬音語のみならず、「びりびり」という擬音的擬態語を含めたオノマトペがそれを感覚的に増幅している。

影響力を持ち、印象に残るのは、強烈な音や美麗な音だけではない。室生犀星は『性に眼覚める頃』で茶釜の音を「時雨の過ぎ去ってゆくような音」と形容した。これは素直に理解できるだろう。梶井基次郎の『城のある町にて』に、薄暮の空に遠い花火のあがるのが見える場面がある。すぐには音が聞こえないが、しばらくしてその音響がようやく届く。遠い花火のそのやわらかい音を、梶井は「綿で包んだような音がかすかにしている」と巧みな比喩で描き出した。三浦哲郎は『すみか』で、家人が寝静まった真夜中に家が軋《きし》む音が耳につくと、「時には、家の歯ぎしりのようにきこえる。時には、すすり泣きのようにもきこえる」と、建物を擬人化して表現した。

やわらかい音もあり、静かな音もあり、音のない音もある。梶井基次郎の『城のある町にて』では、「薄暮の空に、時どき、数里離れた市で花火をあげるのが見えた」と、まずそれを視覚的にとりあげ、「気がつくと綿で包んだような音がかすかにしている」と、音という聴覚的な現象を「綿で包む」といった思いがけない触覚的なイメージを導入して、少しも刺激のないやわらかさを巧みに描き出した。

ここまでは、まだ現実の音響が存在する例だが、尾崎一雄は『毛虫について』で「小さな、しかし無数の口によって発せられる音のない音」と書き、聴覚的な想像で奥深い不気味さを誘い出す。また、有島武郎は『生まれ出づる悩み』で、「漁夫たちはある限りの艪《ろ》を黙ったままでひたこぎにこいだ」と書き、「その不思議な沈黙が、互いに呼びかわすむごたらしい叫び声よりもかえって力強く人々の胸に響いた」と続けて、音のない沈黙が空気を振動させるイメージを創造した。

宮本輝の『螢川』にも、雪の静かさが耳に迫る描写が出る。「閉めきった温かい部屋の中にいても、雪が降ってきた気配を感じることができた」と書いたあと、「静かであればあるほど、しんしんと迫ってくる音を聞くのである」と続けるのだ。静かさが「音」として押し寄せるイメージである。

川端康成の『雪国』にも「雪の鳴るような静けさが身にしみて、それは女に惹《ひ》きつけられたのであった」という例が出てくる。「雪が鳴る」というかすかな音響が逆に「静けさ」を強く印象づけるという発想だが、ここではその音響意識が比喩的イメージとして働き、島村が駒子に惹かれる瞬間の気持ちがトピックとして深く刻まれる。

幸田文の『流れる』では、女中志願の主人公が面接を受けるために芸者置屋の玄関先に立った場面で、一声かけた瞬間、ざわざわきんきん騒がしい音が洩れてきていた室内がとたんにしーんとなるようすを、「格子が明いた。茶の間はみじんこが沈むようにぴたりと鎮まる」というふうに、どぶのみじんこのイメージを利かせて感覚的に描いている。

【音声】鶏鳴白く

三浦哲郎の『忍ぶ川』に、父親が顎《あご》を振りながら歌う場面が出てくる。「歌うというより、舌がもつれ、声が喉にからまって、ひゅうひゅうという息だけが、ぬけた歯のあいだから、棒ぎれのようにもれた」という。ろくに声が出ずにほとんど息だけというありさまだから、音程も抑揚も伴わないのだろう。それを棒というイメージで伝える。

幸田文の『流れる』には、声は出るが、不快感を与える唄が描かれる。芸者置屋の主人がうまく歌えない唄の練習をする場面だ。「意地のように、くりかえしくりかえし浚《さら》う」と書き、「うまくないから淒うのだろうが、まずい」ともっともな理屈を述べ、「いやらしい声だ」と声までけなす。だから当然、「唄はすらっと落ちて来ない」と印象を述べたあと、「ざらつく刺戟がある」と、声という聴覚的な存在を「ざらつく」という触覚的な不快感に置き換えた感覚的な評価だ。

城山三郎の『辛酸』には、「蹴られた鶏のように」と、鶏のイメージをよびこんで、警官が「浮き立った声で叫ぶ」と展開する。開高健の『パニック』には、「町が寝静まってからでも革命を要求する若い、はげしい声が辻から辻へ走りまわり、ネズミや細菌とともにひとびとの夢のなかへ侵入していく」というふうに、人の声を鼠や細菌並みに扱う例が出てきて、「夢のなかへ侵入する」という比喩的なイメージをかきたてる。

川端康成の『雪国』で、サブヒロインの葉子は声の美しさがくりかえし描かれる。まず作品冒頭で、汽車の窓から「駅長さん」と呼びかける場面で「悲しいほど美しい声であった」と出る。この形容はその後も「その笑い声も悲しいほど高く澄んでいる」とか、「聞えもせぬ遠い船の人を呼ぶような、悲しいほど美しい声であった」とか、「葉子の悲しいほど美しい声は、どこか雪の山から今にも木魂《こだま》して来そうに、島村の耳に残っていた」とかと、少しずつ表現を変えて現れる。「悲しい」は感情であり、「美しい」は感覚的判断だから、論理的に両者は「ほど」として一つの軸で比較できる形容ではない。しかし、どこまでも高く澄み切った声はものさびしくうつろに響き、耳を澄ます人の心に、ほのかな哀しみに似た思いを誘うこともありそうだ。悲しみと美しさとの思いがけない共起が、読者をそんな思いに誘い、「遠い船の人を呼ぶ」とか、「雪の山から木魂する」とかといった喩えのイメージが、そういう幻想的な世界へといざなうのである。

笑いにもいろいろある。里見弴《とん》の『彼岸花』には「眉間によった皺《しわ》を吹きとばす様な笑い声」とあり、石坂洋次郎の『麦死なず』には「腸《はらわた》も吐き出しそうに筒抜けな笑い声」という誇張した笑い方が描かれる。椎名麟三の『自由の彼方《かなた》で』には「錆《さ》びたフライパンをたいているような声」で笑う客が登場する。

松本侑子の『植物性恋愛』には「しゃっくりのように笑った」とか、「ひいひいと牽《ひ》き攣《つ》れたように」笑うとかとあり、さくらももこの『もものかんづめ』には「コオロギのように笑い始めた」とあり、安岡章太郎の『緑色の豚』には、鼻の脇に皺を寄せた表情で「乾いた唇から隙間風のもれるような笑い方」をするとある。

「しゃっくり」の比喩は一定の間隔でくりかえされるイメージだから、笑いを止めようとしても長く抑えきれない感じが連想される。「牽き攣れる」のイメージは痙攣《けいれん》を起こしたような笑い方を思わせる。「こおろぎ」という比喩はおそらく、なめらかに転がるような細かく甲高い連続音といったイメージなのだろう。「隙間風」というイメージは、人前ではっきりと笑うつもりがないのに、口をきちんと結んでいないために洩れてしまう、だらしのない感じの笑い方を伝えようとしているのかもしれない。小林多喜二の『蟹工船』に出る「漁夫がベラベラ笑った」という例も、よくしゃべるようすの形容となる「べらべら」を笑い声に用いたものであり、不必要な笑いを印象づける比喩的な働きをしている。

丹羽文雄の『青麦』には、男女の区別のつかない物凄《ものすご》い叫びが、さまざまなイメージで喩えられる。まず、「殺される瞬間に、人間が思わずあげる声のようであった」と殺害現場のイメージをよびおこし、「ことばにまとまる前の叫び」、「肉と骨と五臓六腑にじかにつながっている叫び」と展開し、さらに、密林で虎のけはいを察した「鳥獣がさわぎだし、叫びをあげる」のに喩えるほどの念の入れようで強調するのである。同じ作者の『厭《いや》がらせの年齢』には、夜に暗い所から聞こえて来る老女の声について、部屋に誰かがいるという感じがせず、「闇の中から、声だけがぽかりと抜けてくるようであった」という比喩が出る。

今江祥智の『優しさごっこ』に出る「おうい……と熊が答えるような声が返ってきて、とうさんが顔をだした」という例は、父さんという人間の声を動物の熊のイメージでとらえており、筒井康隆の『文学部唯野《ただの》教授』に出る「胸いっぱいにふくれあがってくるものを押さえ切れず、ついに蟻巣《ありす》川《がわ》主任教授は立ちあがり、咆哮《ほうこう》した」という例も、「咆哮する」という動詞の選択に猛獣のイメージが重なる。井伏鱒二は『黒い雨』で、「一人の患者が呻《うめ》きだすと、たくさんの患者が一斉に呻きだす」現象を説明するのに、「田圃《たんぼ》の蛙《かえる》か何かが一度に鳴くような凄い声」というふうに、蛙の合唱というイメージに託して伝える。

逆に小さい声については、林真理子の『言わなきゃいいのに……』に「蚊の鳴くような声」、宮本輝の『道頓堀川』に「消え入りそうな声」とあるのはいずれも慣用的だが、吉行理恵は『赤い花を吐いた猫』で、「口のあたりに麻酔を打たれたように聞きとれないほどの含み声になってしまった」と、注射のイメージをよびこんで誇張した。

三島由紀夫は『花ざかりの森』で、老人の寝起きのときの特有のかすれ声を、「柔和な、たとえばかすれ勝ちの墨の筆跡のような、郷愁的なまでの発音」と述べた。声のかすれを墨のかすれに喩え、聴覚を視覚的なイメージでとらえ直した例である。同じ作品で、若々しい夫人の声を「やわらかい薄いオレンジいろの漣《さざなみ》をたてて漲《みなぎ》る」と形容した例も同様だ。また、外国語の発音について「古風なびいどろをこすり合わせたような、そんな透きとおったひびき」と美化した比喩表現を用いている。鷺沢萠の『かもめ家ものがたり』にある「けだるい鉛色の親方の声」という形容も、同じく声を明確に色彩という視覚的イメージでとらえた比喩的な表現である。

田宮虎彦は『琵琶湖疏水《そすい》』で、生粋の大阪弁の印象を、「餅肌《もちはだ》の様にねばねばと舌たるく、言葉同士がもつれあう様にきこえた」と、聴覚を触覚的にとらえたイメージで描いている。中勘助の『銀の匙《さじ》』には「円くあいた唇のおくからぴやぴやぴやした声がまろびでる」というふうに、女の子の澄んだつやつやした声を、「ぴやぴや」という独創的なオノマトペを用いて艶を出し、「まろぶ」という古語に近い動詞を選んで美化した、はっとする一節がある。

松尾芭蕉の「鴨《かも》の声ほのかに白し」という句はよく知られるが、三島由紀夫の『金閣寺』

にも、「晩秋の暁闇《ぎょうあん》をさえざえとつんざいて、裏庭の鶏鳴が白くきこえた」という一節がある。早朝の鳥の声が、人の心になじみ感情を染めることもなく、ひんやりとした空気の中で雰囲気と溶け合うことなく白々と感じられる聴覚印象を、「白」という色彩印象に置き換えて描いた例であろうか。

内田百閒《ひゃっけん》の『三谷の金剛様』に出る虫の声も印象的だ。「りゅうりゅうと云う風に澄んで来る鳴き声が一つの大きな浪になって、夜が更けるに従い声の浪がうねり出し、寝ている枕の下が、こおろぎの声で揺れて動く様であった」とある。「りゅうりゅう」は風の音だろうか。こおろぎの鳴き声から「波」を連想したこともあり、その虫の声で枕の下が揺れる感じがするほどの量感が読者に伝わってくる。梶井基次郎の『城のある町にて』には、そのこおろぎの声にまじって、「質の緻密な玉を硬度の高い金属ではじくような虫も鳴き出した」と、虫の声の質感を鉱物のイメージでとらえた例が出てくる。

【嗅覚】部屋に沈む女の匂い

阿部昭の『あこがれ』に「ポーチには彼女がのこしたあまい匂いがなかなか消えずにいた」とある。味だけでなく匂いにも甘さがあるから、これは比喩表現ではない。宮本輝の『道頓堀川』には、女の唇の感触を懐かしみ、「ズボンのポケットに両手を突っ込み、まち子の残り香を舌でぬぐいながら、夜の街を急ぎ足で歩いた」とある。これも典型的な比喩の例ではないが、嗅覚的な存在である「残り香」を「舌でぬぐう」と、味覚的あるいは触覚的にとらえているので、ほんのり比喩のにおいが立ち昇る。山本有三の『路傍の石』に出る「暗い中にまるまってる父の体から、何かムジナのような、悪臭がわきあがって来るような気がした」という例は、人間をむじなという動物のイメージでとらえ直した比喩表現である。

開高健の『パニック』にも、胃の悪い課長の強烈な口臭が描かれている。「ひどく口が匂う」と一括したあと、「宴会の翌朝など、まるでどぶからあがったばかりのような息をしている」と、どぶのイメージを借りてその息の臭さを具体化し、さらに「生温かく甘酸っぱい匂いだ」と感覚的な説明を加える。

小川国夫は『修道士の墓地』で、修道士の「体臭は、干からびたパルメザン・チーズといったふうだった」と、まずチーズに喩え、「それに松露《トラフル》のにおいが混っているのが、どうかした拍子に嗅げた」と展開する。村上春樹の『遠い太鼓』に出てくる血の匂いの描写には感覚系統の交錯が見られる。「重くぬめぬめとした匂いが、はっきりとした比重を持って断層のようにどんよりと空中に浮遊している」とあるのがそれだ。嗅覚的な現象である匂いが、「ぬめぬめ」という触覚的イメージで現れ、「比重」「断層」「どんより」「浮遊」という語と共起して、接触可能な物質的存在として展開する。

小川洋子も『ダイヴィング・プール』で、赤ん坊の匂いをそういうタッチで比喩的に描き出している。それは「紙おむつのざらついた匂いと、離乳食のどろどろした匂いが混ざり合ったような匂いだ」。おそらく、ざらざらした紙おむつの匂いと、どろどろした離乳食の匂いとが、混じり合ったような匂いなのだろう。が、「ざらざら」と「どろどろ」という、どちらかといえば不快感を誘う形容が、本体の紙おむつや離乳食から離れて、どちらも「匂い」を修飾する位置に置かれており、あたかも匂いという嗅覚的現象を触覚的にとらえたような感触をひきおこし、複雑な比喩性が生じている。

開高健の『裸の王様』には子供独特の体臭が念入りに描かれている。「日なたでむれる藁《わら》のような、乾草のような、甘いが鼻へむんとくる匂い」と、藁や乾草という植物のイメージで説明し、子供は「その生温かい異臭を髪や首や手足から発散させてひたおしに迫ってくる」と迫力のある展開を見せる。そういえば、サトウハチローも『俺の仲間』で、「子供の頭というものは、日向《ひなた》に干した藁の匂いがするものだ」と書いている。友達にそう言ったら、それは日光の匂いだよと、わかるような、わからないような解説をしたという。

岩本素白《そはく》の随筆『街の灯』には、散歩の途中ですれ違った湯上がりの女のかすかな匂いが描かれている。銭湯から出て来たらしい三、四人連れの浴衣姿の女が親しそうに話しながらやって来る。「宵闇に白い浴衣を浮かせて通り過ぎた」あと、「覚束《おぼつか》ない白粉の匂いが、重い夜気の中にほのかに漂っていた」とある。はっきりとした比喩ではないが、この書き方がイメージを広げる。「覚束ない」のだから厚化粧ではない。おそらく軽く白粉をはたいた程度なのだろう。湯上がりの石鹸の匂いに白粉のようないい匂いが混じっているように感じたのかもしれない。あるいはまた、すぐ近くを通り過ぎた瞬間に感じとる、異性の撒《ま》き散らすかすかな空気にすぎなかったのかもしれない。「覚束ない」という語には、そういうためらいが感じられる。その二日後に関東大地震が発生し、そのあたり一帯が焼け跡と化した。あの人たちも無事だったかどうか、わからない。そのとき、ふと宵闇に浮かぶ白い浴衣姿を、覚束ない白粉の匂いとともに、きっと夢のように思い出したのだろう。

宮本輝の『二十歳の火影』のラストシーンでも、女の匂いが重要な役を果たす。父親は外に女をつくり、晩年はそこに入りびたりだったが、ある日ひそかに二十歳の息子を呼び出して、屋台の酒を飲みながら久しぶりに昔の話をくりかえした。酔って足元のあやしい父を、息子は仕方なくアパートの女のもとに送り届ける。女は留守で、部屋は暗い。父親に蛍光灯の紐《ひも》が切れて短くなっているから、灯《あかり》を点《つ》けて帰ってくれと言われ、背伸びして紐の先を引いた。電気が点《つ》くと、ハンガーに吊るされた真っ赤な長襦袢《ながじゅばん》が眼の前にある。はっとすると、それが畳の上に落ちた。そして、「一呼吸ののち、部屋に沈んでいた女の匂いが浮いてきた」とある。沈んでいた匂いがふわっと浮いてきたと感じるあたりに微かな比喩的発想が漂う。その瞬間、父親がもはや母や自分と別の世界に住んでいるという現実を思い知り、決定的な疎外感をかみしめながら、雨に濡れて帰宅する。

梶井基次郎の『ある崖上の感情』に「自分に萎《しな》びた古手拭のような匂が沁《し》みているような

気がしてならなくなった」とある。中高年の人間には実際の古手拭の匂いを嗅いだ経験があり、何となくわかる。林芙美子の『清貧の書』には「部屋の中は馬糞紙《ばふんし》のような、ボコボコした古い匂いがこもっていて」とある。嗅覚の匂いに「ボコボコ」という視覚と触覚のまじった形容のついている点は難解だが、これも馬糞紙の匂いの記憶があれば見当がつく。小川洋子の『夕暮れの給食室と雨のプール』にある「澄んだ海の色を連想させる男性化粧品の香り」という例は、香りという嗅覚を色という視覚で形容しようとしているが、要するに爽やかな感じを表現しているのだろう。

【触感】粒立った空気

胃潰瘍《いかいよう》に限らず、心理的な変化が肉体に影響することはよくある。変化したように感じることはもっとよくある。井伏鱒二の『黒い雨』に、相手と話しているうちに実感に引き込まれ、「頭の毛が硬直して毛根がじりじりして来るようで逃げだしたくなって来る」とあるのは、その一例だ。

内田百閒の『掻痒記《そうようき》』に、皮膚病になって頭に包帯を巻かれる場面がある。ぐるぐる巻かれて「すっぽり白頭巾を被《かぶ》った様な頭に」なるのだが、その巻き方がきつく、縁の部分が締まりすぎる感じを、百閒は「何だか首を上の方に引き上げられる様でもあり、又首だけが、ひとりでに高く登って行く様な気持もして、上ずった足取りで家に帰って来た」という。漫画に描けば、ひょろひょろ伸びて顔がずっと上にある、落語のろくろっ首みたいなイメージで、むろん誇張だ。が、腰痛の物理療法で頭部を実際に牽引《けんいん》することがあり、あれの強いものと考えれば、「上ずった足取り」というのも感覚的にわかる。

硬さの感覚にもいろいろある。五木寛之の『夜の斧《おの》』に出てくる「鋼鉄のように凍《い》てついた道路」というあたりは典型的な比喩で、感覚的にもわかりやすい。幸田文の『流れる』に、犬の死骸を片づける場面があり、「新聞紙を通して触れる死体の硬さがあわれだった」と書いている。これは通常の比喩表現ではないが、新聞紙にくるんで抱き上げた犬の体が冷たく硬直しているのを手の平に感じながら、犬をかわいそうに思う主人公の感情を描いており、「硬さ」という感覚を「あわれ」という感情で実感するカテゴリー転換の表現である。

井上靖の『楼蘭』には「顔の皮膚は羊皮紙のように硬いが、目鼻立ちや顔の輪郭は長い歳月にも変えられずにいた」というミイラの描写も、羊や牛の皮をなめして作ったヨーロッパ中世の紙をよく知らない人でも、その弾力のない皮膚が何となく想像できる。同じ作者の『あすなろ物語』には「魚の肌のような、冷たくて固く緊《しま》った筋肉の感触」とある。これは生きた人間の肉体の触感を「魚」のイメージをとおして伝え、読者の生魚をつかんだ体験をよびおこす比喩だ。有島武郎の『生まれ出づる悩み』に、凍てついた握り飯について、「米の持つうまみはすっかり奪われていて、無味な繊維のかたまりのような触覚だけが冷たく舌に伝わってくる」と、繊維のイメージに置換した比喩表現が現れる。

このあたりまでは触感として体験できる例だが、有島の同じ作品にこうある。「雪のむら消えた砂浜には」と場所を示したあと、「女たちがかしここにいくつかの堅い群れになって、石ころのようにこちんと立っている」と続く。あちらこちらに女の人が何人かずつ集まっている情景だ。この例では女の肉体が硬い印象を与えるわけではなく、何人か集まったそれぞれの群れがどれも硬い感じに見えるのだ。まだ寒いので、人びとがばらばらに離れず、互いに身を寄せ合うように近くに立っているため、硬い緊密な集合という印象を与えるという面もないとは言えない。しかし、「石ころのように」というイメージから考えると、それぞれの人の群れが一つずつの塊に見えるほど、寒さに固まって身じろぎもしない感じがあり、「こちんと」という擬態語がそういう印象を決定的にする。

村上春樹の『遠い太鼓』に、眼を閉じて、自分が死んでいくようすを想像する場面がある。肉体の機能がすべて停止し、肺から出ていく最後の息を、「思っているよりもずっと硬い」と書き、「まるで軟式のテニス・ボールを喉から吐いているみたいな感じがする」と形容する。五木寛之の『夜の斧』には、「初冬の冷く粒立った空気が、爽かな陽光を含んで冴《さ》え返っていた」とある。冷たくきびしい感じの大気を「粒立った」と誇張して、まるで細かい固体が混じってでもいるかのように表現することで、いかにも硬い感じを伝える。

今度は逆に、軟らかいほうのイメージを追ってみよう。山川方夫の『海岸公園』に、年老いて弾力を失った肌を描いた箇所がある。「ミイラのように枯れた喉のあたりの皺」と、ミイラのイメージを持ち込み、「枯れた」と植物並みに扱い、それを「たぶたぶに皮膚がゆるみ、斑点のような無数のしみが湧き出ているその九十歳の裸体」と展開する。「だぶだぶのズボン」の場合はサイズがあまりに大きすぎるという以外の派生的な意味合いを感じさせないが、この「たぶたぶ」という独創的な擬態語は、張りも弾力もなくだらんと緩んだ感じが強い。

同じ軟らかさでも、円地文子の『女坂』に出てくる「華奢《きゃしゃ》な骨組に川魚のような軟かい肉が繊細にまとっていて」という比喩表現は、肌理《きめ》のこまやかな感じを川魚に喩えており、「顔も手も足も皮膚一様にどこも桜の花びらのような薄花色に匂っていた」と、「匂う」という動詞を視覚的な意味合いで使う、雅《みやび》の古典的用法に象徴されるように、明らかなプラスイメージで展開する。永井荷風の『腕くらべ』に「その肌の滑らかさいくら抱き〆《し》めて見ても抱き〆るそばからすぐ滑りぬけて行きそうな心持」として出る描写は、その滑らかさを極限まで高めた美化である。

軟らかいといっても美的な場合だけではない。大江健三郎の『芽むしり仔撃ち』に出てくる「すっかり満腹し、温かさに躰《からだ》を軟体動物のそれのようにぐにゃぐにゃにし、板の間の藁の上へ毛布をかぶって横たわった」という例は、「軟体動物」のイメージでもわかるように、体の中も外も暖まり、まったくの脱力状態に陥ったただらしない姿である。

幸田文の『流れる』に、「新しい著物《きもの》はふっくりしていて、著《き》る人をもふっくりさせる」と、豊満感を「ふっくら」でなく「ふっくり」と表現した独創的な擬態語の例が出る。同じ作品の「狭い階段に肥りじしのからだは空気を濃くするような感じがある」という例も独創的だ。肥満体があたりの空間を狭く感じさせて周囲の人間が圧迫感を覚えるということはいかにもありそうだが、それによって空気の密度が増すとする感覚は新鮮だ。読者は一瞬驚くが、言われてみればそういう感じは何となくわかるのである。

体感的には重さを感じるはずのない対象が、心理的に重く迫ってくることもある。幸田文の『流れる』に出る「笄《こうがい》は一見セルロイドでなく本甲で、とろっと油のように重い黄色が鬢《びん》をひきたてている」という例では、色に重さを感じとっている。三浦哲郎の『ユタとふしぎな仲間たち』では、「この村の月は、まるでよく熟した夏ミカンだ」とあって、「みずみずしくて、てのひらにずっしりと重たい夏ミカンのようだ」と説明を加えている。これは目で見る月を、手に持った重さとして知覚した比喩表現である。また、林房雄の『双生真珠』では、「たちまち黒い夜が重い幕のように落ちて来ます」と、時間という抽象的な存在であるはずの「夜」を、「幕」のイメージで重くとらえ、そのあと、「指でかきわけられそうな夜の色です」というふうに、「幕」という喩えを発展させている。あるいは、「夜のとばりがおりる」という伝統的な比喩表現がヒントになっているかもしれない。

【痛痒】頭が三角に

触覚のうちでも特に、痛いとか痒《かゆ》いとかという感覚の描写をとりあげてみよう。柴田翔の『われら戦友たち』に、「不意に太い鉄の棒で突かれたような、殆《ほとん》ど生理的な痛みを胸に感じた」というふうに、鉄の棒のイメージを借りて強烈な痛みを誇張した例があるが、ここは姉さんはどう思うだろうか、と思ったときの胸の痛さ、すなわち精神的苦痛を強調した表現である。

「胸に罅《ひび》のはいったような痛みが走る」という遠藤周作『海と毒薬』の例や、「脇腹に火のような疼痛《とうつう》が走るのを覚えた」という井上靖『幽鬼』の例などは、痛みに関する典型的な比喩表現と言えるだろう。

三島由紀夫の『憂国』には、刃物の突き刺さる腹部の痛さを、さまざまなイメージを導入して念入りに描写した箇所がある。「刃はたしかに腹膜を貫ぬいたと中尉は思った」とあり、「自分の内部とは思えない遠い遠い深部で、地が裂けて熱い熔岩が流れ出したように、怖ろしい劇痛が湧き出して来る」と続く。そしてさらに、その苦痛は腹の奥から少しずつ広がって、「腹全体が鳴り響いているよう」になった。その感覚は、「乱打される鐘のようで、自分のつく呼吸の一息一息、自分の打つ脈搏《みゃくはく》の一打ち毎《ごと》に、苦痛が千の鐘を一度に鳴らすかのよう」で、ついには自分の存在そのものを揺るがしたという。

風雨を痛いほどに感じることもある。城山三郎の『辛酸』には、雨が蓑《みの》を通して「小さな針を並べたように肌を刺」すという場面が出る。幸田文の『流れる』には、雪が降るという予報が何度も外れて、そのかわりに「刺《とげ》のような風が吹いた」とある。曽野綾子の『永遠の前の一瞬』に「厚い防寒服を通して、寒風が刺すように痛かった」とあるのはいくぶん慣用的な比喩表現だが、大江健三郎の『芽むしり仔撃ち』に出てくる「霧をはらんだ冬の夜ふけの冷たい空気が硬い粉のように瞼《まぶた》や頬に痛かった」という例では、「空気」を「粉」に喩えており、独創性が見られよう。

痺《しび》れる感覚の際には「電流」の比喩がよく使われ、小林多喜二の『蟹工船』にも「弱い電気に触れるように、拇指《おやゆび》のあたりが、チャラチャラとしびれる」といった例が一度ならず出てくる。同じ作品に「手と足の先きが擂粉木《すりこぎ》のように感覚が無くなった」とあるような「擂粉木」に喩える例もやや慣用的である。

痒さに関しては内田百閒に『搔痒記』というそのものずばりの題をもつ随筆があり、こらえようのない痒さの描写もこれに尽きる。うつらうつら日を送っているうちに、頭がむやみに痒くなってきて、寝ている間も夢中で搔《か》きちらしたらしく、朝になると枕元に搔きむしった毛が掃き集めるほど散らばっている。そのうち、起きている時も痒くなり、引っ搔いても叩《たた》いても気がすまなくなり、いらいらして、その落ち着かない気持ちの持って行き場がなくなった。放っておくと頭のあちこちが気が変になるほど痒くなり、掻くと、ふけのかたまりのようになって落ちる。見ると小さなかさぶたで、その場所が少し濡れている。不潔にしておくからだと友達に注意されて、髪を洗ってみるとよけい痒くなる。その後、別の人に湿疹《しっしん》は乾かすに限るとアドバイスを受けて、そのまま洗わないでおいたら、いよいよ「頭の痒さは言語に絶する」までになったという。

そこで、郷里から出て来て東京の女学校に通っているお貞さんに頼むと、そのやり方が痛烈をきわめ、頭を縦横無尽にひっぱたいて掻きまわすので、「自分の頭が三角になる様」だったと比喩的に誇張して、「痛快の感に堪えない」気持ちを表現している。こういう素人療法ではひどくなる一方で、結局、大学病院の皮膚科に行くと、看護婦が鋏《はさみ》で頭を刈りだしたが、これがまた痛烈で「髪の毛を切っているのだか、頭の地を剪《はさ》み取っているのだか」わからないありさまなのが気に入り、「もっと深く頭の皮を剝いでくれればいい」と思う。こんな調子で誇張ぎみに経過を感覚的に語った後、医者が冷たい薬を塗布し、看護婦がぐるぐる包帯を巻いたことを述べ、【触感】の項で例を掲げたとおり、その感じをこんなふうに描写する。頭の広い範囲が包帯で覆われたことを「白頭巾を被った様」だと視覚的なイメージでとらえ、次いで、巻き方がきつくて頭が締めつけられるという触覚的な感じを「首を上の方に引き上げられる様でもあり、又首だけが、ひとりでに高く登って行く様な気持」だったと比喩表現で描く。そして、「上ずった足取り」で帰宅したと追い打ちをかける。ここは明確な比喩表現とは言えないが、足の裏がきちんと地面をとらえていないような足もとの心もとなさという感覚と、そのために気持ちが落ち着かないという感情的な側面とが融合し、首が登って行くイメージも波及して、読者の中でそこも比喩的な方向へシフトするだろう。

【乾湿】濡れ光る美しい蛭の輪

永井荷風の『ふらんす物語』に「身体《からだ》の中までも射通すかと思うような明《あか》るい乾いた午後《ひるすぎ》の日光」とある。昼たけなわの、潤いを感じさせない明る過ぎる日射しを、矢か針のように人間の皮膚を突き通して体内まで届くようだと誇張した比喩表現である。石坂洋次郎の『青い山脈』には、逆に、「まだ明けきらない朝の青い光とすがすがしい空気が、霧のように座敷の中に流れこんでいた」というふうに、適度な湿りけを「霧」に喩えたさわやかな感覚を伝える比喩表現の例が出てくる。同じように入り込む動きでも、前例は「射通す」、後例は「流れこむ」として、それを受ける側の感触の差を動詞の選択に反映させている。

永井荷風の『ふらんす物語』では、「高台の人家までが、明い夏の夜の空の下に、薄い銀色の水蒸気を着て夢のように立っている」と、「水蒸気」を衣服並みに扱う。村上春樹の『タクシーに乗った男』では、「雨があがったばかりで、まるでニューヨークじゅうがまるごと蒸し焼きにされているような」感じになる。「霧」のイメージがもう少し水分を増すと、同じ空気でも円地文子の『女坂』に出る「秋の夜ふけの夜気が水のように肌をひたした」という例のように「水」のイメージに転じ、動詞も「ひたす」としてそのイメージを補強する。同じ作品で、「しっとり水気をふくんだ真白い肌の吸いつくような冷たさが異常になまめかしく感じられた」と、そのイメージが人体である肌そのものにも現れる。

幸田文の『流れる』に「顔は皮膚が乾いて、唇の皺のあいだに紅のなごりが縦縞《たてじま》になってはさまっている」という極度に乾燥した肌の描写があるが、「縦縞」を衣服の柄というイメージでとらえれば、これも比喩表現の例になる。

同じ唇でも、その正反対の湿った唇の独創的な比喩の描写が川端康成の『雪国』に出てくる。それは駒子の唇で、少し寂しい感じの細く高い鼻の下にある「小さくつぼんだ唇はまことに美しい蛭《ひる》の輪のように伸び縮みがなめらかで、黙っている時も動いているかのような感じ」というのがそれである。皺があるとか色が悪いとかすれば不潔に見えるだろうが、駒子の唇は濡れ光って美しい。美しい唇というトピックを形容するのに、明らかにマイナスイメージをもつ「蛭」という喩えを持ち込んだ大胆な比喩だが、もしかすると、ぬめぬめとした唇の吸いつきそうな妄想が一瞬、作者の脳裏をかすめたかもしれない。

【温度】細長い冷たさ

有島武郎は『生まれ出づる悩み』に「くつの皮は夕方の寒さに凍って鉄板のように堅く冷たかった」と記し、小林多喜二は『蟹工船』で「蟹の鋏のようにかじかんだ手」と書き、三島由紀夫は『憂国』で「二月の寒さの上に、陶器の栗鼠《りす》の氷るような手ざわりを保っている」美しい手の指を描いた。こんなふうに冷たさという温度感覚が凍りつく硬さという触感でとらえられる例は多い。大江健三郎は『芽むしり仔撃ち』で「硬く凍っている馬糞《ばふん》、そのわずかな臭気のある寒さが矢のようにあたり一面の空気へ突きささっていた」と書いている。「寒さ」が「矢のように突き刺さる」ととらえた比喩表現の例だが、「臭気のある寒さ」というふうに、嗅覚と温度感覚との結合、「寒さ」という抽象的な名詞を「臭気のある」存在ととらえる具象化という言語操作がほどこされている。

幸田文の『流れる』には、「たてつけの狂った障子の合せ目にすわっていれば、外のささの鳴るのにあわせて家のなかの隙間風も梨花の背なかへ細長いつめたさを吹きつけてくる」とあり、ここでも「つめたさ」という温度感覚を表す抽象名詞を「細長い」と視覚的にとらえた共感覚的発想が見られる。たしかに、細長い隙間から吹き込む冷たい風は直接には背中の長四角の箇所に当たって、まずそこを冷やすことになるのだろう。梶井基次郎の『ある心の風景』には、「背を刺すような日表《ひなた》は、蔭《かげ》となるとさすが秋の冷たさが跼《くぐま》っていた」とあり、ここでは「冷たさ」という感覚的な抽象名詞を人間めかしてとらえる擬人化の手法を認めることができる。

有島武郎の『生まれ出づる悩み』にある「氷のようなふとんの冷たさ」というやや慣用的な誇張例では、「氷」という喩えは硬さではなく冷たさだけを連想させる。小川国夫の『三月』にも、汗ばんだあと森に一歩踏み込んだら、「青い氷のような空気が流れていて、気持がよかった」とあり、この「氷」も冷たさだけの喩えだろう。遠藤周作の『海と毒薬』で、診察する医者の指について「その感触には金属のようなヒヤリとした冷たさがあった」とあるのも同様だ。宇野千代の『色ざんげ』に「ぞっと水を浴びるような悪寒が僕の背中を走る」とあり、石坂洋次郎の『青い山脈』にも「水でも浴びせられたような悪寒にうたれた」とあるから、「悪寒」を「水を浴びる」感覚でとらえるのは慣用的らしい。

一方、温かいほうの比喩としては、三島由紀夫の『金閣寺』にこんな例がある。僧の頭を剃《そ》ったあと、温かい手拭でしばらくその頭をくるんでから、その手拭を剥がすと、「その下から、生れたてのような、ほかほかした、茹《ゆ》でたような頭が現われる」。読者は頭から湯気でも立っているようなイメージでとらえるかもしれない。

【感覚的把握】感性がめらめらと

この章の最後に、本来は感覚的な存在でない対象を、感覚でとらえなおす比喩的な表現を紹介しよう。林真理子の『言わなきゃいいのに……』に「頭の中に、きっちりとした回路ができあがり、ランプのように、理路整然とした言葉が次々と点滅してくる」という箇所がある。思考の過程を電気回路に喩え、明晰《めいせき》なことばとなって実現することをランプの点滅というイメージで象徴的にとらえた表現である。山川方夫の『海岸公園』には、晴れ晴れとした爽快な気持ちを、「透明な、自分がからっぽになったような澄んだ気分」ととらえ、人間というより「まるで一箇の荷物のように」バスに揺られている場面が出てくる。

石坂洋次郎の『青い山脈』に、「自分の言葉が、水に落ちた油のように、ギラギラ浮いているだけ」とある。しっくりとなじまない通じにくさを視覚的な感覚でとらえなおしたものだろう。小川洋子は『冷めない紅茶』で、ある女性の印象を「積もったばかりの雪のように、飾り気がなかった」というふうに、性格という抽象的な対象を「新雪」に喩え、色彩感覚で描き出した。三島由紀夫の『憂国』にある「まだどこにも兆していない死苦が、感覚を灼《や》けた鉄のように真赤に鍛えてくれるのを感じた」という例も、抽象体を色彩感覚でとらえ直した例だ。川端康成の『みずうみ』に「運転手の世界は温い桃色で客の世界は冷たい水色のようにも、銀平は思う習わしになった」とあるのも、紫外線よけのフロントガラスの色が周囲の窓ガラスと違うという現実の話題をきっかけにして、それぞれの住む世界の違いへと想像をふくらませた例である。

宮本輝の『二十歳の火影』には、作家の研ぎ澄まされた感性というものが、書き記した文章の表からではなく、「削り取られた、あるいはあえて書かなかったであろう行間の痕跡から、確かにめらめらと漂ってくる」とあり、ここでは「感性」という抽象的な存在が「めらめらと」という擬態語の働きによる〈炎〉のイメージを借りて表現されている。

吉本ばななの『うたかた』では、淋《さび》しさというものは気づかないうちにいつの間にか人の心にしみてくると語り、それを「夜明けに、窓いちめん映るあの青のようなものだ」と、これも色彩の印象でとらえて、いつも心のどこかにそういう「しんと澄んだ青が残っている」と比喩を続ける。さらに、その頃、自分は「まっ青に染まっていた」と振り返るのである。

柴田翔の『われら戦友たち』では、「頭の中で、いくら言葉を重ねても、ついに言葉にならない焦躁が、ぎりぎりときしみまわった」と、「焦躁」という内面の動きを「きしむ」という聴覚的な映像に託して読者に語りかけている。村上春樹の『遠い太鼓』で、ローマ滞在中長く続いた「壮大な疲労」が急に抜けたその唐突さを、「突然消滅した。ポンッと」と記したのも、無となる瞬間を音響的な感覚でとらえた表現と言えるだろう。

島尾敏雄の『死の棘《とげ》』では、「かくれごとの体臭」と擬人化し、さらに、それを「あぶくになって不意に表面に上ってくる」と、突然姿を現すようすを「あぶく」に喩え、その連想を「運河の汚水のように」というイメージで補強している。

山川方夫の『煙突』に「激しい衝動が、ふいに胸をタワシでこすられたように湧いてきた」というふうに、内面の「衝動」という抽象的な存在を明確に触覚としてとらえた例が出てくる。幸田文の『流れる』で、女主人がいかにも辛そうにしているのを見て、主人公が

「たぶん頸筋《くびすじ》から膏薬《こうやく》でも剝がされるような、ひりひりした心細さなのだろう」と推測するのも、「心細さ」という内面を皮膚感覚でとらえた描写である。内田百閒が『掻痒記』で、女中が「金盥《かなだらい》に薬を入れて、膝頭の大きな腫物を洗っていた」という話を聞いて、「家の中じゅうおできだらけになる様な、いやな気持がした」と記したのも、気味が悪いという内面をこれも触覚的な印象で伝える例である。

山川方夫の『海岸公園』に出る「自分が苦痛に似た、灼熱《しゃくねつ》した鉄棒のような固い一本の憎悪に化して行く」という例や、落合恵子の『シングルガール』に出る「皮膚の表面がチリチリと泡立つような意欲」という例にも、「苦痛」や「意欲」という人間の内面が触覚的な刺激に置き換わる抽象体の感覚的把握が見てとれよう。

有島武郎は『生まれ出づる悩み』で「君の心は妙にしんと底冷えがしたようにとげとげしく澄みきって」と「心」という内面を「底冷え」「とげとげしい」「澄む」と温度や触感、また視覚にも訴えて感覚的に描写し、武者小路実篤も『若き日の思い出』で「春の日に照らされて凍りついた氷がとけるように、私の心も解放されます」と、やはり「心」を感覚でとらえうる描き方をする。池澤夏樹の『真昼のプリニウス』にある「午後遅い時間はもの惜しげに一滴ずつしたたってゆく」という例では、「時間」という概念を液体並みに具象化している。

第二章　自然の表現

【自然現象】ねっとりとした春

サトウハチローは『浅草悲歌《エレジー》』で、「ねっとりとした春である」というふうに、〈春〉という季節を皮膚感覚でとらえ、「わずかにしめっている女の脇の下を思わせる春である」とその触覚的なイメージを具体化する。乾燥した冬を通り過ぎ、万物の生命の芽生える潤いの季節を迎えた少し気だるい気分をいくぶん揶揄《やゆ》的に表現したものだろうか。

岡本かの子は『やがて五月に』で、「晩春の花の萼《がく》をまだつけている新果のような五月の朝であった」と「新果」のイメージで〈朝〉を描き、大江健三郎は『われらの時代』で、「地下倉のなかに夕暮は微細な霧のようにしのびこんでくる」と「霧」のイメージで〈夕暮れ〉を描き、林芙美子は『うず潮』で、「少しばかり開いた扉口から、繻子《しゅす》のように光って濡れている夜が見える」と「繻子」のイメージで〈夜〉を描いている。横光利一が『花園の思想』で「海の断面のような月夜」と表現したのは、視覚的な類似を見出した素直な例のように思われる。

福永武彦の『草の花』に「音楽の余韻が漂っているように、空気は生暖かく重たかった」とある。これは音楽の記憶が作用して、目に見えない〈空気〉に熱や重量を感じさせる例だ。同じ重い空気でも、向田邦子の『りんごの皮』の例では「空気が葛湯《くずゆ》のように重たくなってくる」とあり、「何かしゃべった方がいい」と続くから、この場合は居心地の悪い雰囲気なのだろう。林芙美子の『清貧の書』にも、人気《ひとけ》のない部屋の空気を「坐っている肩の上から人の手のように重くのしかかって来る」ととらえた箇所がある。

空気が動くと〈風〉になる。有島武郎の『或る女』に出る「風は身を切るようでした」という例は慣用的な比喩であり、それをさらに強調すると、徳永直の『太陽のない街』にある「骨の髄を刺すような風」のような喩えになる。葉山嘉樹の『海に生くる人々』でも、「隙間からは剃刀《かみそり》の刃のような冷たい風がシュッシュッと吹き込んだ」と、刃物に喩えている。田村俊子の『木乃伊《ミイラ》の口紅』では、墓地のほうから吹いて来ることからの連想か、「人間の毛髪の一本一本を根元から吹きほじって行くような冷めたい風」という薄気味悪い比喩表現になっている。堀辰雄の『風立ちぬ』では、逆に軟らかい風を「生墻《いけがき》の間から抑えつけられていた呼吸かなんぞのように押し出されて」と、人間の息に喩えている。

〈雲〉はしばしば綿に喩えられる。有島武郎の『或る女』に「綿のような初秋の雲」とあり、長塚節の『土』にも「ふわふわとした綿のような白い雲がほっかりと暖かい日光を浴びようとして」とあるのはそういう慣用的な比喩表現だ。三浦朱門の『冥府山水図』に「向うの岩の割目から、水晶の綿のような雲が湧き出て」とあるのや、田宮虎彦の『足摺岬《あしずりみさき》』に「立ちすくんだ私を、ちぎれとんだ古綿のような雨雲が殴りつけていた」とあるのは一工夫加えた例だろう。夏目漱石の『坊っちゃん』に「線香の烟《けむり》のような雲」とあり、武田泰淳の『風媒花』に「軽い煙のような黒雲が、あわただしくちぎれては消えて行く」とあり、尾崎士郎の『人生劇場』にも「水平線とすれすれに白い雲がけむりのようにたちのぼっている」とあるように、煙に喩える例もよく見られる。

堀辰雄の『風立ちぬ』に「無数の鱗《うろこ》のような雲」とあり、尾崎士郎の『人生劇場』に「竜のウロコ（鱗）のような雲が空にひろがっている」とあるように、巻積雲に魚の鱗を連想するのも慣用的だ。大漁の前兆とされる鰯《いわし》雲や鯖《さば》雲にしても、その名付けの発想は同じだろう。

遠藤周作の『海と毒薬』に「羊の雲の過ぎるとき」とあるように、丸みのある雲が帯状に規則正しく並ぶ高積雲を「羊」に喩えるのも慣用的な比喩になっている。岡本かの子の『やがて五月に』には「水平線から雲の峯《みね》が山羊《やぎ》を積みかさねたように、宙天に架け出され」というふうに、羊でなく山羊を用いた変形の例も見られる。積乱雲を「入道雲」と呼ぶのも、もくもくと頭をもたげる雲の形が「入道」すなわち坊主の頭を連想させたのが俗称として固定したものである。

雲はそのほか臨時に実に多様な連想をかきたててきた。そのうちほんの数例を紹介しよう。福永武彦の『草の花』に「水平線にたたずむ雲が逆光を浴びて白いカーテンのように見える」、庄野英二の『星の牧場』に「ハンカチのような白い雲」「馬が何頭も何頭も後先になりながら走っていくような形」をした白い雲、干刈あがたの『雲とブラウス』に「あの雲、ポップコーンみたいだな」とある。林芙美子の『骨』に「薄明るい空に、だんだらになった白い雲が、卵の白身のように泡立っている」、長塚節の『土』に「土手のような雲」「泥をちぎって投げたような雲」「どこからか迷い出して落ちつく場所を見出しかねて困っているような白い雲」とある。武田泰淳の『ひかりごけ』に「まるで長々とのびた島の形を白紙に剪《き》りとったような、雲」、堀辰雄の『ルウベンスの偽画』には「赤い屋根の上に、ちょうど貝殻のような雲が浮んでいた」とある。

また、田宮虎彦の『落城』に「薄墨をながしたように雨雲が走った」とある。檀一雄の『佐久の夕映え』に「墨色の刷毛《はけ》でパッパッと刷《は》きなぐったような雲」、椎名誠の『犬の系譜』に「白ペンキで雑に塗りつけたような小さな雲」とあり、川端康成の『童謡』には「投げつけたような形の白雲が海を走り、日光のわりに物の影が淡い」とある。こんなふうに季節や天候に応じて、雲は日本人のさまざまな連想をよびおこしてきた。

〈雨〉の典型的なイメージは「糸」のようだ。長塚節は『土』に「白い菅糸《すがいと》のような雨」と書き、田宮虎彦も『絵本』に「しとしとと絹糸のように降りつづけている」と書き、漱石は

『明暗』に「点滴の珠を表面に残して砕けて行く雨の糸」ときめ細かく描いた。小林多喜二は『蟹工船』に「納豆の糸のような雨」と、糸は糸でも納豆の糸に喩えた。雨の筋が少し太くなると、石坂洋次郎の『山のかなたに』に出てくる「太い針金のように光る雨の線」のような例になる。林芙美子の『ボルネオ ダイヤ』にある「細引きのような太い雨」のような例も同様だ。同じ作家の『うず潮』には「白い葱《ねぎ》をちぎって放るような雨」という例もある。

数多くの雨筋を広く面として意識すると、丸谷才一の『横しぐれ』に出てくる「雨が横さまに簾《すだれ》のようになってそそいだ」という例のように簾のイメージになったり、石坂洋次郎の『若い人』にある「風に煽《あお》られた雨の筋が幕のように白くはためいて街頭の光りの中を移動して行った」のように幕というイメージをよびこむ例になったりする。林芙美子の『女性神髄』に出る「硝子戸はまるでカアテンを吊したように雨で白く煙っている」というカーテンのイメージも同様だ。

激しい降りになると、川端康成の『美しさと哀しみと』に「京都は夕方、流れるような夕立で、心配しましたわ」とあるような「流れる」イメージになったり、林芙美子の『ボルネオ ダイヤ』に出る「雨は湯煙をたてているような激しさで四囲《あたり》が乳色に染まってくる」のような湯煙のイメージをよびこんだりする。葉山嘉樹の『海に生くる人々』には「滝にでも打《ぶ》っつかったか、氷嚢《ひょうのう》でも打ち破ったかと思われるような狂的な夕立に遭った」という誇張した例があり、丸谷才一の『横しぐれ』には「どしゃぶり！（略）私は天からたたきつけられたように感じた」という例がある。

逆にやわらかな感じの降り方については、永井龍男の『青梅雨《あおつゆ》』に「降っている、ぬかのようなのが」とあるとおり、細かい粉として「糠《ぬか》」を連想する「糠雨」「小ぬか雨」が代表的だ。ほかに、有島武郎の『或る女』に「霧のように降るともなく降る雨」、富田常雄の『姿三四郎』に「撫《な》でるように降りすぎて行った夕方の驟雨《しゅうう》」、岡本かの子の『花は勁《つよ》し』に「生毛《うぶげ》のように柔く短く截《き》れて降る春雨」とある。サトウハチローの『夢多き街』に出てくる「二三日降りつづいた雨が、溜息《ためいき》のようにトタン屋根をぬらしている」という例は、「溜息」という思いがけないイメージで読者をはっとさせる。

雪も降り方でイメージが変わる。長塚節の『土』に出る「ぐるぐると空間が廻転《かいてん》するように見えつつ飛び散る忙しい雪」もあれば、宮本輝の『幻の光』に出るような「浜の雪はめくりあがり、何枚もの薄紙みたいになりながら、村落に向かって飛んでくる」ような降り方もある。幸田文は『流れる』で、「雪は大気を押しわけるようにゆっくりと、黒く、白く、まばらに降りて来る」と書いている。石坂洋次郎の『石中先生行状記』には「粉雪が夏の虫のように舞い狂っている」とあり、田宮虎彦の『銀《しろがね》心中』には「花びらのような牡丹雪《ぼたんゆき》が舞っている」とある。

同じ牡丹雪を川端康成は『雪国』で、「窓で区切られた灰色の空から大きい牡丹雪がほうっとこちらへ浮び流れて来る」と、まず愛用する「ほうっと」という独特の擬態語を駆使して感覚的に表現し、次いでそれを「なんだか静かな嘘《うそ》のようだった」と思いがけない比喩でその映像をぼかした。具象化して感覚的にとらえやすくするほとんどの比喩表現とは逆に、「雪」という具体物を、選《よ》りに選って「嘘」などという、眼や耳や鼻などの感覚器官で知覚できない抽象的な存在に喩えた例だ。理論上は比喩として禁じ手に近いが、いかにも現実感に乏しい光景をその場の雰囲気とともに奇跡的に伝えることができたように思われる。

〈波〉については、小林多喜二の『蟹工船』に「割れた硝子屑《ガラスくず》のように鋭い波」とあり、葉山嘉樹の『海に生くる人々』に「凍るような風の下に、メスのように光る、そして痛い波浪に刺された」とある。どちらも、荒々しい波を触覚的にとらえた比喩表現の例だ。前田河広一郎《まえだこうひろいちろう》の『三等船客』には、波のことを「青白いもの」と呼び、それを「大きい皺《しわ》のように」と喩え、「縒《よ》れ縒れになって近づいて」と、布のようなイメージで描き出した例が出てくる。中勘助の『銀の匙《さじ》』には「道を堰《せ》かれた波が海坊主の頭みたいに円くもりあがってはさっと砕けてしぶきを飛ばす」という比喩表現の例が出てくる。『蟹工船』には「波は風呂敷でもつまみ上げたように、無数に三角形に騒ぎ立った」とか、「何千匹の鱶《ふか》のように、白い歯をむいてくる波」とかといった視覚的な比喩表現も現れる。大岡昇平の『来宮心中』には「浪が鱗のように規則正しく並んで、一斉に動くともなく動いている」と、魚の鱗というイメージでとらえた例が出る。

〈火〉〈炎〉にはその形状から「舌」や「舐《な》める」、あるいは「飴《あめ》」というイメージがよく出る。室生犀星の『杏《あんず》っ子』に「金魚状の火の舌なめずり」という例があり、長塚節の『土』には「風呂には牛が舌を出して鼻を舐めずっているような焔《ほのお》が煙《けぶり》とともにべろべろと立って」とか、「愚弄するような火がべろべろと拡がっても」とかという例が出る。小出正吾の『逢《お》う魔が時』にも「ふいごの口から、まっ赤な炎が、まるで竜の舌べらのようにふきだしていた」とある。有島武郎の『生まれ出づる悩み』に「土間の隅の竈《かまど》には火が暖い光を放って水飴のように軟かく撓《しな》いながら燃えている」とあり、梅崎春生の『桜島』に「焔は飴のように粘っこく燃え上った」とある。

【天体】天の川が身を浸す

〈日〉すなわち〈太陽〉〈日光〉もさまざまなイメージでとらえられてきた。福永武彦の『草の花』には、低く垂れ込めた雲が灰色の層をなしていて、「インクのしみのような太陽がわずかばかりの薄明を地上に投げている」と、インクのしみに喩えた例がある。火野葦平の『麦と兵隊』には、地平線上に出ている真赤な太陽が楕円《だえん》形に見えるのを、「上下から押しつぶされ、卵のような恰好《かっこう》だ」と卵のイメージでとらえた例がある。林芙美子の『放浪記』には「大根の切り口みたいな大阪のお太陽様《てんと》」と大根のイメージでとらえた例がある。永井龍男の『冬の日』のラストシーンには異様な夕日が描かれている。住み慣れた家を近く出て行くことにした初老の女が、大晦日《みそか》に睡眠薬を飲んで長時間眠り、ようやく眼を覚まして雨戸の隙間から元日の夕日を目にする場面だ。「黒い屋根屋根の上で、それは弾んでいるようにも見え、煮えたぎって音を立てているようにも感じられた」とある。

三島由紀夫の『午後の曳航《えいこう》』には、「港の風景の巨大な鉄敷《かなしき》の上に、夏の朝の日光が、いちめんに板金《ばんきん》のように打ち延ばされて輝やいていた」とある。広々とした鉄板の連なりが一つになって光の面をつくりだした自然の情景を、人工的な「板金」のイメージでとらえた比喩表現である。梶井基次郎の『筧の話』には、「梢の隙間を洩《も》れて来る日光が、径《みち》のそここや杉の幹へ、蠟燭《ろうそく》で照らしたような弱い日なたを作っていた」というふうに、木の枝葉の間をくぐり抜けて弱まった日の光を「蠟燭」のイメージに置き換えた比喩が出てくる。石坂洋次郎の『若い人』に出てくる「朝日の光が靄《もや》のように街路に溢《あふ》れていた」という例は「靄」のイメージに置き換えている。開高健の『パニック』には、「田舎町には桜が咲き、やわらかな春風が日光を絹のように漉《こ》して流れた」というように、風という空気の流れを漉す「絹布」のイメージでとらえた比喩表現が現れる。

永井荷風は『あめりか物語』で、紅葉したオークの林の深い繁《しげ》りの中に射し込む夕日を、「木の葉の一枚一枚を照して、まるで金色の雨を降り注ぐようである」と描いている。稲垣足穂の『彌勒《みろく》』にも、「燦々《さんさん》と金粉を振り撒くような五月の陽光」とある。日野啓三の『夢の島』にも「夕日の光が金色の矢のように大気を貫いて」とあるが、これは光を直線的なイメージでとらえた例になる。大仏次郎の『宗方姉妹《きょうだい》』には、青葉の間を通り抜けて強い日の光が庭に降り注ぐ場面で、「明るいところと暗いところが、くっきりと分かたれて、青い焔を燃え立たせたように光の斑《ふ》が散らばった」という「焔」と「光の斑」というダブルイメージの比喩表現が出てくる。

長与善郎の『陸奥《むつ》直次郎』には「静かな慰めるような秋の日光」というふうに擬人化した例も見られる。谷崎潤一郎の『陰翳礼讃』では、「庇《ひさし》をくぐり、廊下を通って、ようようそこまで辿《たど》り着いた庭の陽光は、もはやものを照らし出す力もなくなり」というふうに、外光が次第に弱まってようやく書院に届くころには照らす力も失われていることを述べているが、そこに「血の気も失せてしまったかのように」と人体のイメージを借りた比喩を用い、「ただ障子の紙の色を白々と際立たせているに過ぎない」と続けるのである。

こぼれた日の光も多様な連想を呼ぶ。庄野英二の『星の牧場』には「こずえの葉のあいだから、光のかけらが星のように光っていた」という例が出る。中心は星のイメージだが、「かけら」というとらえ方も注目される。川端康成の『春景色』には、「竹の葉にこぼれる光が、さらさらと透明な魚のように彼の中を流れた」と、魚のイメージでとらえた例も見られる。安岡章太郎の『青葉しげれる』には「日向の縁側には、植木のこずえをくぐってくる光りがいっぱいだ。まるで笑っている女のえくぼのような斑点を、障子の上におどらせている」というふうに「えくぼ」を連想する例が出てくるし、黒井千次の『群棲《ぐんせい》』には、「重なった花びらの隙間から洩れる光が眼脂《めやに》みたいだ」というマイナス評価の例も見られる。

微妙な光もある。円地文子の『妖』には、梅雨の頃のいくぶん彩度と明度の抑えられた日ざしを磨《す》りガラスのイメージでとらえた、「すり硝子のような半透明な梅雨時の光線」という描写が出る。福永武彦の『飛ぶ男』には、「夕陽の溜息のような光線が、屋根屋根を越えて、河の水面にきらきらと映る」というふうに、溜息のイメージでとらえたソフトな日ざしが描かれている。岡本かの子は『やがて五月に』で、夏の夕刻の明るさを、「砂上の淡水のような肌目のこまかさで空気に溶け込み」と視覚的・触覚的にとらえた。川端康成は『雪国』で、峰々に暮色の立ち始めた山あいを眺めながら、冬の午後の弱々しい日ざしがトンネルの「地中の闇へ吸い取られてしまったかのように」感じる。

次に〈月〉に関する比喩表現を眺めてみよう。林芙美子の『女性神髄』に「マシマロのように溶けてしまいそうに柔かい月が芝居の書割のようにぼんやりと浮かんでいる」とある。芝居の書割の月という連想は平凡だが、マシュマロのように溶けてしまいそうだという視覚的・触覚的なとらえ方は新鮮だ。永井龍男の『風ふたたび』に「百日紅の花の向うに、貝がらのようにほの白い夕月が、ほそくかかっていた」とある例も、視覚的な連想でやわらかい雰囲気を漂わせる。

川端康成の『雪国』には、「月はまるで青い氷のなかの刃のように澄み出ていた」とあり、ここは逆に硬質のイメージである。倉橋由美子の『霊魂』に出る「細い、一枚の歯のような白い月」という例も硬質のイメージと言ってよいが、前例が光に焦点があたっているのに対し、これは色と形からの連想だろう。佐藤春夫の『田園の憂鬱』に出てくる「その月の全体の形も頭蓋骨に似ている。白銀の頭蓋骨だ」という例も形だが、連想の方向がまるで違う。

月の光は水の連想を誘いやすいようだ。長塚節の『土』に「水のような月の光を浴びて」とあり、太宰治の『斜陽』には「夏の月光が洪水のように蚊帳の中に満ちあふれた」とあり、庄野英二の『星の牧場』にも「月の光が木の間《こま》から細い噴水のようにながれこんで」とあり、林芙美子の『うず潮』にも「月の光。水の底にいるような青い光のなかに寝そべって」とある。

〈星〉でも天の川は、その名のとおり、川波や川の流れという水のイメージでとらえられる。宮沢賢治の『銀河鉄道の夜』に「天の川の波も、ときどきちらちら針のように赤く光りました」とか「天の川の水もそのときはゆらゆらと青い焔のように波をあげるのでした」とかと出る例は、比喩の中心はともに「針」や「焔」にあるものの、やはり星の集合を川波のイメージでとらえている。

川端康成の『雪国』のラストシーンはまさに象徴的だ。「天の河は島村の身を浸して流れて、地の果てに立っているかのようにも感じさせた」というふうに、その川は視覚的に流れるだけでなく、身を浸す皮膚感覚としてもとらえられ、さらに、「踏みこたえて目を上げたとたん、さあと音を立てて天の河が島村のなかへ流れ落ちるようであった」というふうに、体内まで流れこむイメージで描かれて、この小説一編が閉じられる。

この項の最後に、光の欠如としての闇をとりあげよう。庄野英二は『星の牧場』で「水のような夕やみが、ひたひたと水車小屋のなかにみちてきた」と、闇を水のイメージでとらえ、日野啓三も『夢の島』で、「夕闇はまだ浅い水底のような青味を残していた」と、やはり水のイメージで描いている。村上春樹の『タクシーに乗った男』には、「淡い闇が風に吹かれる膜のように都市の上をさまよい流れていた」とある。そして、さらに暗さを増すと、石坂洋次郎の『お山』にあるように、「高原の宵闇は羽をひろげるように容赦なく押し迫って、一切の物の形を漆黒の溶液に溶かしこんでしまう」。そうして、やがて、林芙美子の『茶色の眼』にあるような「コオルタールのような闇」が訪れる。

【風景】どてら姿の富士

堀辰雄の『美しい村』に、「木洩《こも》れ日がまるで地肌を豹《ひょう》の皮のように美しくしている」とある。これは木もれ日を描いているが、焦点はその光を受けて地面に実現する模様のほうにある。倉橋由美子の『ヴァージニア』には、「合成皮革のように清潔で退屈なアメリカの地表」とある。この例は地面の視覚的な描写ではない。全体として清潔ではあるが人工的で自然の魅力に乏しいといった印象を、合成皮革というイメージで象徴的に表した比喩表現だ。どちらもそれぞれに作者の感覚をうかがわせる。

夏目漱石の『草枕』には「路から左の方にバケツを伏せたような峰が聳《そび》えている」とあり、大岡昇平の『武蔵野夫人』には「蟹《かに》の這《は》いつくばったような醜い岩山」ともある。

逆に、有島武郎の『生まれ出づる悩み』には、そそり立つ山の形に関する具体的な喩えが展開する。「突然水際に走りよった奔馬が、揃《そろ》えた前脚を踏み立てて、思わず平頸《ひらくび》を高く聳《そびや》かしたよう」だというのがそれだ。嶮《けわ》しい山容のイメージが湧く。林芙美子の『浮雲』に出る「硯《すずり》をたてたような山容である」という比喩表現も、ほとんど絶壁に近い峻険《しゅんけん》な山の姿が目に浮かびやすい。

中勘助の『銀の匙』に「岩壁が屏風《びょうぶ》のようにめぐって」とあり、堀田善衛の『鬼無鬼島《きぶきじま》』に「断崖は、うちたてた屏風のように海に乗り出して」とあるのも、ほとんど直角に近い峻険さを強調した比喩表現の例だ。深田久弥の『四季の山登り』に「両側から荒鉋《かんな》で削りとったような尾根伝い」とあるのも、その粗削りのごつごつした岩肌の誇張だが、司馬遼太郎の『国盗《くにと》り物語』にある「白刃のような雪峰」の例になると、触覚よりも視覚的なイメージが強いかもしれない。

太宰治は『富嶽《ふがく》百景』という小説で、題名どおりのさまざまな富士の姿を描き分けている。絵の富士はかなり誇張されているという話の極端な例として北斎の浮世絵をとりあげ、「その頂角、ほとんど三十度くらい、エッフェル鉄塔のような富士」と評した。安宿の廊下の汚い欄干によりかかって見た甲府の富士、連山の後ろからちょこんと顔を出したその姿を「酸漿《ほおずき》に似ていた」とも書いている。頼りがいのある姿に見える富士の姿は擬人化され、「のっそり突っ立っている」その姿は、まるで「どてら姿に、ふところ手して傲然《ごうぜん》とかまえている大親分のようにさえ見えた」とある。

堀辰雄の『菜穂子』には「すっかり葉の落ち尽した無数の唐松の間から、灰色に曇った空のなかに象嵌《ぞうがん》したような雪の浅間山が見えて来た」とあり、檀一雄は『佐久の夕映え』で、その浅間山の美しさを「なまめかしい」と感じ、「怠惰な裸女の寝姿のようだった」とイメージをふくらませてみせた。大岡昇平の『武蔵野夫人』にも、丘陵の池の上から「関東山地の山々が雲をかぶって、髪を振り乱した女のように覗《のぞ》きかかっていた」とある。

森敦の『月山』に「臥《ふ》した牛の背のように悠揚として空に曳《ひ》くながい稜線《りょうせん》」と月山の山容を牛の背に見立てた比喩表現が出てくる。梶井基次郎の『闇の絵巻』にも「左手には渓《たに》の向うを夜空を劃《わ》って爬虫《はちゅう》の背のような尾根が蜿蜒《えんえん》と匍《は》っている」というふうに、動物の背中を連想した例も出るが、何よりも、「夜が更けて来るにしたがって黒い山々の尾根が古い地球の骨のように見えて来た」と、何万年も前の地球の骨を連想するのは、いささか抽象的ながら、並の人間にはちょっと発想できないすごいイメージだ。

佐藤春夫の『田園の憂鬱』に「短い頭髪のように揃うて立っている林」とあり、樹木を髪の毛に見立てている。続く「林は、裸の丘を額にしてそれの頂だけに、美しい生え際をして生えて見える」という表現も同様の発想だ。川端康成の『二十歳』でも、「吹雪の夜のこういう松林の負傷の青は、車の前燈に染め出されると、稲妻のなかの女の裸体のように、実になまなましかった」と擬人化している。

梶井基次郎の『筧の話』では、杉林の中へ入って行くときに感じる雰囲気を「ゴチック建築のなかを辿ってゆくときのような、犇々《ひしひし》と迫ってくる静寂と孤独とが感じられた」というふうに、建築物のイメージを借りて表現している。横光利一の『王宮』では、「尾を拡《ひろ》げた孔雀《くじゃく》のような椰子《やし》林」というふうに、林を鳥のイメージでとらえており、大仏次郎の『帰郷』では、その椰子林を「黒い花火を連発したような形で海を縁取っているデュフィ好みのマラッカの明るい風景」と、花火のイメージで比喩的に描いている。上林暁の『野』には、「麦畑の海を取り囲んで、あるいは島のようにあるいは岬のように、燃え上るような緑の森や林が入り乱れていた」とある。一面に広がる麦畑を海に喩え、森や林を、その海に浮かぶ島や、そこに伸びる岬に喩え、さらに燃え上がる焔のイメージをも動員した豊饒《ほうじょう》の比喩表現だが、それによって描かれる風景はきわめてリアルにとらえられている。

室生犀星は『あにいもうと』で、水の流れを、そこに感情移入して擬人的に描き出す。「川水は勢いを削《そ》がれどんよりと悲しんでいるようにしばらく澱《よど》んで見せる」と悲しみを描き、「少しの水の捌《は》け口があると、そこへ怒りをふくんで激しく流れ込んだ」と怒りを描くのがそれである。岡本かの子の『やがて五月に』でも、水源地の変化やその流域の地質の違いにより方向も様相も変化する川の流れを、「生きてのたうつ爬虫類《はちゅうるい》のようにも感じ取れる」と述べている。

田村俊子は『木乃伊の口紅』で、「流れには山の若楓《わかかえで》の蒼《あお》さと日光とが交じって寒天のような色をしていた」と、複雑な色合いを描いた。佐藤春夫は『田園の憂鬱』で水の流れをさまざまなイメージで描いている。「涼しい風が低く吹いて水の面を滑る時には、そこは細長い瞬間的な銀箔《ぎんぱく》であった」とし、「その小さな閃きが魚の鱗のように重なり合っている」とし、「うねりうねって、解きほぐした絹糸の束のようにつやつやしく、なよやかに揺れながら流れた」とする。また、浅く走って行く流れについては、「縮緬《ちりめん》の皺のように繊細に、あるいは小さなぴくぴくする痙攣《けいれん》の発作のように光ったりする」と描き、さらに、道沿いの細い流れについて、「月の光を砕きながら流れていた。それは大きな雲母《きらら》の板か何かのように黒く、そうして光って、音を立ててふるえていた」というふうに、流れの光や色や感触や動きの印象などを念入りにイメージ化してみせた。

が、それにしても、川端康成の『雪国』に出てくる「山裾の川は杉の梢から流れ出るように見えた」という繊細な比喩表現は、その発想が読者をはっとさせる。

太宰治の『斜陽』には、「真昼の光を浴びて海が、ガラスの破片のようにどぎつく光って」見える場面がある。あまりの淋しさにやりきれない思いで眺めやる眼に映る光景だ。横光利一の『落された恩人』には「水面には、無数の吸盤が青黒く声を潜めて落ち込む少女を待ち伏せているように思われた」とあり、小川洋子の『夕暮れの給食室と雨のプール』には、「プールの表面は一面、雨粒が作り出す水模様のせいで、無数の小魚が餌を欲しがってうごめいているみたいに見える」とあり、水面の波立ちがさまざまな連想を誘う。

井上靖の『猟銃』に「チューブから搾ってなすり附けたようなプルシャン・ブルーの、真冬の、陽《ひ》に輝いた海」とある。絵筆でのばすのでなくチューブから搾り出してそのままなすりつけるというイメージだから、読者はラフで強烈な色彩の海を想像する。同じく絵具の連想でも、大仏次郎の『帰郷』には、「町を縁取っている海は、まだ黒雲の下にあって、泥絵具で描いたように光のない灰色をしていた」とある。島木健作の『癩《らい》』に出てくる「翠巒《すいらん》のおのずから溶けて流れ出たかと思われるような夏の朝の瀬戸内海」の例は、前に引いた、杉の梢から流れ出る川という『雪国』の川端の発想を思わせて、読者を惹《ひ》きつける。

凪《な》いでいる内海はしばしば鏡の連想を誘う。福永武彦の『草の花』に「内海が一枚の鏡のように光った」とあるほか、林房雄の『青年』にも「緑色の丘にふちどられて澄みわたった鏡のように横たわっている内海の波一つたたぬ海面」とあり、吉行淳之介の『闇のなかの祝祭』にも「海面は青い滑らかなガラス板のように見える」とある。

しかし、波立ったり色が違ったりすると海面の印象はがらりと変わる。前田河広一郎の

『三等船客』には「さ、さ、ら、のように裂けた寒い水面」とあり、有島武郎の『生まれ出づる悩み』には「海面が、動《やや》もすると角立った波を挙げて、岸を目がけて終日攻めよせている」とあり、田久保英夫の『海図』には「海面に眼をやると、もう陽が傾き始めたのか、波がしらに淡朱の光を映じてうねり、無数の血色のけものが湧き上ってくるように見えた」とある。横光利一の『花園の思想』にいたっては、「海面は血を流した俎《まないた》のように、真赤な声を潜めて静まっていた」という不気味な印象に一変する。

「新緑の風物を胴に巻きつけるもののように、一人の乙女が丘の陰から頂の平へ、くるりくるり身を廻《まわ》しながら現れた」という岡本かの子の『やがて五月に』の例は、乙女の動きに焦点をあてながら、さりげなく初夏の風景を描き出した。これは映画の一シーンを見るようなイメージだが、静止画像や版画の連想も多い。武田泰淳の『風媒花』に「光景が、なつかしくも幻燈画のように、彼の脳裏を去来する」とあり、森敦の『月山』に「じ、さ、ま、も、ば、さ、ま、も餓鬼（女の子）も野郎ッ子（男の子）も狩り出され、降りしきる雪の中で墨絵のように動きまわっている」とあり、堀辰雄の『風立ちぬ』に「版画じみた冬景色」とあり、安岡章太郎の『海辺の光景』に「まるでチョコレートの化粧箱の色刷の絵のような風景」とある。また、井上靖の『猟銃』に「明るいが、どこか総体に冷たく沈んだ瀬戸物の絵のような、伊豆の美しい雑木林の風景」とあり、中野重治の『歌のわかれ』に「鉄橋（略）並樹（略）村々、それらすべてが、まだ芽の出ない櫨《はぜ》並樹の大木に上を区切られて、一枚の額縁のなかの絵のように安吉には美しく見えた」とある。そして、吉行淳之介も『風景の中の関係』で、「樹木の緑や、山肌の代赭色《たいしゃいろ》や、砂浜の白が、絵具刷毛の先で黒い地面のあちこちになすりつけられているようにみえる」と記した。

【草木】咲きほとばしる夢のしたたり

木の下の陰になった場所が、光線の加減で厳かな雰囲気を感じさせることがある。永井荷風の『ふらんす物語』では、「薄明るく色づいた木の下蔭は伽藍《カテドラル》のうちへはいったように冷やかな空気と幽邃《ゆうすい》な光線とがおのずから人の心を落ちつかせる」とあり、奥深い崇高な宗教的雰囲気をかもし出している。

個人の庭でも、手入れをしないと思い思いの方向にやたらに枝を伸ばし、全体として雑然とした雰囲気になる。小沼丹は『枯葉』の中で、「狭い庭に雑然と植わっている木は茂り放題に茂って、長いこと床屋に行かない頭のようになった」と、もじゃもじゃの髪の毛に喩えている。徳田秋声も『縮図』に「緑の髪に似た柳」と書いたし、梶井基次郎も『冬の日』で、「ごんごん胡麻《ごま》は老婆の蓬髪《ほうはつ》のようになってしまい」と、やはり人間の頭髪に喩えている。岡本かの子の『蔦《つた》の門』でも、門に絡んだ蔦について、「子供の手の届く高さの横一文字の線にむしり取られて、髪のおかっぱさんの短い前髪のように揃《そろ》っていた。流行を追うて刈り過ぎた理髪のように軽佻で滑稽にも見えた」だとか、「門の扉の頂より表と裏に振り分けて、若人の濡れ髪を干すように閂《かんぬき》の辺まで鬱蒼《うっそう》と覆い掛り垂れ下る蔓葉の盛り」だとか、髪に喩える例がよく出る。

檀一雄の『佐久の夕映え』には、赤みがかった山肌の一部に立ち木の群のあるのを「まるで破瓜《はか》期の少女の陰毛のようにポヤポヤと見える」と想像を走らせた例が出てくる。佐藤春夫の『田園の憂鬱』も、「丈の高い椿《つばき》が、この清楚な竹藪《たけやぶ》のなかの異端者のように、重苦しく立っていた」と明らかに擬人化して描いた。

動物を連想する例も多い。泉鏡花の『高野聖』に「譬《たと》えにもよくいうが松の木は蟒《うわばみ》に似ているで」とあり、林芙美子の『風琴と魚の町』には「柔かい芽を出した大きい、柳の木が一本、羊のようにフラフラ背を揺っていた」とある。また、樫《かし》の老木の古い葉が自然に落ちて新しい葉に入れ替わるようすを、野上弥生子は『哀しき少年』で、散る古葉が、「萌黄《もえぎ》っぽい緑に悉《ことごと》くふり落され、なにか羽の抜け変った大きな鳥のようにうっそうと若やいだ」と、鳥のイメージでとらえている。

岡本かの子の『金魚撩乱《りょうらん》』に、「鉛色の谷窪《くぼ》の天地に木々は濡れ傘のように重く窄《すぼ》まって、白い雫《しずく》をふしだらに垂らしていた」とあり、川端康成も『春景色』で山の木々を、あらゆる色彩の「日傘」に喩えた。宮本百合子の『伸子』にある「大きな冬枯れの樹木があった。箒《ほうき》を逆さにして空に冲《ひひ》らせたようなその梢」という例も、形としてはイメージが似ている。

岡本かの子は「私の住む家の門には不思議に蔦がある」という一文で始まる『蔦の門』に、門に絡まった蔦をさまざまなイメージで描いているが、前述の髪に喩えた例のほか、「金朱のいろの錦の嚢をかけ連ねたように美しくなった」と錦に喩えた例や、「緑のゴブラン織のような蔦の茂み」といったフランスの織物に喩えた例も出てくる。

苔については、島崎藤村の『新生』に「あだかも緑玉を砕いて棄てたようである」と美化した比喩表現が出ることもあるが、一般にはマイナスイメージの喩えが多い。梶井基次郎の『城のある町にて』には「冷い楓《かえで》の肌を見ているとひぜんのようについている蘚《こけ》の模様」とあり、皮癬《ひぜん》すなわち疥癬《かいせん》という皮膚病の連想だ。後藤明生の『吉野大夫』でも「枯葉のようにかさかさしていた」とか「錆《さび》のように石にこびりついていた」とかと、あまりいいイメージではない。ゼニゴケについて尾崎一雄は『まぼろしの記』で「テラテラと青光りして、鱗のように重なりひしめき」と書き、井伏鱒二も『山椒魚』に「銭苔《ぜにごけ》は緑色の鱗でもって地所とりの形式で繁殖し」と書いており、このあたりはプラスでもマイナスでもないゼロ評価の喩えだろう。

芽は、梶井基次郎の『蒼穹』に「瓦斯《ガス》体のような若芽に煙っていた欅《けやき》や楢《なら》の緑にももう初夏らしい落ちつきがあった」、小沼丹の『胡桃《くるみ》』に「胡桃の新芽はなかなかいい。かっちりした精巧な銅版画を見るような気分がする」とあって、いずれも好意的な比喩で現れる。

根については、泉鏡花の『高野聖』に「根方のところの土が壊《くず》れて大鰻《おおうなぎ》をこねたような根が幾筋ともなくあらわれた」と、鰻のイメージでとらえた例が出る。川端康成も『山の音』で「植木鉢のなかで、幹が力瘤《ちからこぶ》のようになる」と、山椿の幹を描いたのも、規模は小さいが類似した連想だろう。

梶井基次郎の『桜の樹の下には』では、桜の木の花があれほど見事に花を咲かせるのは、きっとその下に死体が埋まっているからだと妄想をくりひろげていると、そのイメージが鮮やかに浮かんでくるとして、死体が腐乱して水晶のような液を垂らすのを、「桜の根は貪婪《どんらん》な蛸《たこ》のように、それを抱きかかえ、いそぎんちゃくの食糸のような毛根を聚《あつ》めて、その液体を吸っている」、そのようすが見えるようだと展開させる。

夏目漱石の『草枕』には、「染み込んだ春の日が、深く草の根にこもって、どっかと尻をおろすと、眼に入《い》らぬ陽炎《かげろう》を踏みつぶしたような心持ちがする」とある。春の陽光を吸い込んでぬくもった草という季節感を掬《すく》い取り、陽炎を踏みつぶすというあり得ないイメージをよびこんで、不思議な感覚をユーモラスに伝える比喩の名品だ。

葉の落ちつくした木の枝を、田村俊子は『木乃伊の口紅』で「ペンで描いたような裸の梢」と書いている。言われてみれば、茂っている木に比べ、枝だけになった冬木立は、たしかにペン画でとらえやすい姿なのだろう。北杜夫は『狂詩』で、すっかり葉の落ちつくした枝々を見て、「素裸かになって繊細な神経をさらけだしているかのようだ」と書いた。また、古井由吉は『弟』で、「幹の中途からいきなり八方へ炸裂《さくれつ》したように、苛立《いらだ》たしさ剝《む》き出しの枝」と荒々しく描いた。

葉については、夏目漱石の『草枕』にある、「鋸《のこぎり》のような」タンポポの葉という比喩はわかりやすい。佐藤春夫の『田園の憂鬱』には「百足《むかで》の足のような葉」とあり、大岡昇平の『俘虜記《ふりょき》』に「樹は高い梢にやせた葉を冠のようにつけているばかり」とあり、福永武彦の『草の花』には「花はもう散って、ただ羽毛のように葉をつけたしなやかな枝」とある。小出正吾の『芭蕉の庭』では、大きな芭蕉の葉を「うちわのおばけみたいだね」と評している。「雨に光沢を得た樹の葉がその灯の下で数知れない魚鱗《ぎょりん》のような光を放っていた」という梶井基次郎の『城のある町にて』の例は、雨に濡れ、灯を受けて光る細かい葉を魚の鱗に見立てた比喩だ。田久保英夫の『海図』では「樹々の新緑が、生まれたての柔かい嬰児《えいじ》の手のように風に揺れていた」というふうに、生まれたての赤ん坊の手というイメージを借りて、その新鮮さを強調している。「喬木《きょうぼく》に重いほど盛んな緑が、菊子の後姿の細い首に降りかかるようだった」という川端康成の『山の音』の例は、緑が降るという発想が感覚的に新鮮な印象を残している。

太宰治の『富嶽百景』に「血の滴るような真赤な山の紅葉を、凝視していた」とある。竹西寛子の『天馬の丘』でも、山の真っ赤な紅葉を「燃えたつばかり」と形容しているのはそれに通じるが、そのあとに「凋落《ちょうらく》の時まであと幾日かと思えば、こちらまで染まりそうな色にもひとしおあわれが添うようでした」と続いて、描写の深まりを見せている。

花に関する比喩表現は例が多い。林芙美子の『めかくし鳳凰《ほうおう》』に「笑いさざめいているような、花盛りを眺めた」とあるのは、今を盛りと咲き誇る花のこぼれるような明るい賑《にぎ》わいを、屈託なく人の笑う明るい雰囲気に喩えて擬人化した例である。田村俊子の『木乃伊の口紅』で、桜の花を、「誰かの若い思いを欺こうとする無残な微笑の影のように思われて」と受けとめる例はむしろマイナスイメージで、陰のある笑いだが、ともあれこれも笑いに喩えている。

井上ひさしの『腹鼓記《ふっこき》』に「貧弱な花房で、老婆の、萎《しな》びてだらりと垂れさがった乳房のようだ」と出る例も、イメージはむしろ逆だが、これも人間めかした比喩表現の例と言える。長塚節の『土』に「少し舌を出しかけたような白い辛夷《こぶし》が、にわかにぱっと開いて」とあるのも、舌を出すという連想だから擬人化の例になる。川端康成の『山の音』でも、ひまわりの花を見て「偉人の頭のようじゃないか」と思う例は同様だ。中山義秀も『厚物咲』で、鉢の菊を、「瞑目《めいもく》した美女のようなあでやかさをもって、黒光りする板の間に神々しく照り輝きながらじっと身を横たえている」と、美女のイメージで描いている。

小沼丹の『煙』に、「梨花一枝《りかいっし》春の雨を帯ぶ」を背景に忍ばせた記述がある。「雨が降ったから、楊貴妃《ようきひ》を想い出して庭の梨の花を見たら」と始まる一節がそれだ。「僅《わず》かばかりの花がしょんぼり雨に濡れていた」と続くが、まずこの「しょんぼり」という形容が擬人化にあたる。そして、「何だか泣べそをかいているようで」と展開し、完全に人間扱いする。で、結局、「幾ら想像力を働かせてみても、涙を含む幽艶《ゆうえん》なる美女の風情など求むべくもなかった」と打ち消されるのだが、いくら否定されても、梨の花に楊貴妃のイメージを重ねる発想が読者に働きかける事実に変わりはない。夏目漱石の『草枕』に椿の花の散る場面があり、それを「また一つ大きいのが血を塗った、人魂《ひとだま》のように落ちる」というふうに、生きた人間ではないが人魂に喩える例も出てくる。

林芙美子の『河沙魚《かわはぜ》』に「裏口へ出ると、米をまいたように、こでまりの花が散り」とあり、岡本かの子の『やがて五月に』には「李《すもも》や梨の白い花はふけのように浮いている」と、マイナスイメージでとらえた例もある。瀧井孝作は『無限抱擁』で「辛夷の梢は、ぬれ紙のあんばいの花が漂う」と、濡れた塵紙のようなイメージで白い辛夷の花をとらえた。川端康成の『雪国』では、萱《かや》の白い花を「山に降りそそぐ秋の日光そのもののよう」と、光というやや抽象化したイメージで描いているほか、その「萱の穂が一面に咲き揃って、眩《まぶ》しい銀色に揺れていた」と写生したあと、それを「秋空を飛んでいる透明な儚さのようであった」と形容してみせた。「萱の穂」という感覚でとらえうる具体物を、「透明な儚《はかな》さ」というなかば感覚的な抽象体に喩えた例であり、映像化する通常の比喩に逆行する川端特有の非現実な印象に誘う表現である。

島崎藤村の『新生』に、「高いマロニエの枝の上に白く咲く花も盛りの時で、あだかも隠れた「春」の舞踏に向かって燭台《しょくだい》をさし延べたかのように見えていた」とある。岡本かの子も『母子叙情』で、マロニエの花を「小蠟燭《ろうそく》を積み立てたようなそのほの白い花」と、やはり蠟燭のイメージでとらえてみせた。が、同じ作品に、「初夏の晴れた空に、夢のしたたりのように、あちこちに咲き迸《ほとばし》るマロニエの花」と、現象という抽象体である夢を液体として感覚的にとらえた喩えを駆使し、そのマロニエの花を美化して描き出した。

谷崎潤一郎の『雪後庵夜話』に「姉妹たちの袂《たもと》にも千本桜の花の雨が降り注いでいたように思う」とあるように、桜は多く美しい花の代表として描かれるが、美化した比喩だけではない。芥川龍之介の『或阿呆《あるあほう》の一生』には「花を盛った桜は彼の目には一列の襤褸《ぼろ》のように憂鬱だった」とあり、田村俊子の『木乃伊の口紅』にも、前掲のように、「誰かの若い思いを欺こうとする無残な微笑の影のように思われて」とあって、ともに陰性の存在としてとらえられている。

「薔薇《ばら》といえば、その薔薇は、何時《いつ》かあの涙ぐましい——事実、彼に涙を流させた畸形《きけい》な花を一つ咲かせてから、日ましによい花を咲かせて、咲き誇らせて居たのに、花はまたこの頃の長い長い雨に、花片《はなびら》はことごとく紙片《かみきれ》のようによれよれになって、濡れに濡れて砕けて居た。砕けて咲いた」という佐藤春夫の『田園の憂鬱』の一節は、日本語の散文の絶唱とも言うべき美しい文章である。花びらを紙きれのイメージでとらえた比喩的な思考を、「よれよれ」という畳語、「濡れに濡れて」という反復強調、「砕けて居た」「砕けて咲いた」と続くいくぶん形を変えたくりかえしを重ねることで、読者の耳にそのリフレーンが印象深く鳴り響く。

【動物】煙のようなミミズの声

川端康成は『春景色』で、小猿のようすを、「小憎らしい梅干婆さんのように、まことにおとなしくきちんとしている」と人間のイメージで描き出した。小沼丹もまさに『猿』と題する随筆で、猿まわしの猿を「役者」として登場させ、もんぺを穿《は》かせられて「頗《すこぶ》る不満らしい顔をして」、「妙な横眼で」見物人のほうを見たり、「この野郎とでも云うように相手を振向いた」り、「知らん顔をして蚤《のみ》を取る恰好をし」たり、「木の丸椅子の上に坐って、何やら憂鬱そうに空を仰いだり」、ひどく人間じみた姿に造形した。

開高健の『パニック』には、鼠《ねずみ》がさまざまなイメージで比喩的に描かれている。猫が鼠を取るという常識があるだけに、「猫のようなネズミ」という喩えには驚かされる。「彼らはちょっと数えきれないほどたくさん集まり、甲高い声で小学校のようにさわぎつつ食事をしていた」というふうに、「食事」として人格を与え、小学児童のイメージでも出てくる。そして、「ネズミは地下水のようにつぎからつぎと林、畑、川原、湖岸、草むらのあらゆる隙から地表へ流れだして来てとどまるところを知らなかった」というふうに、その集団は地下水のイメージで語られる。

猫については、多くの作家がそれぞれのイメージで描き出した多彩な比喩表現の例が見られる。梶井基次郎は『交尾』で、一方で「市役所の測量工夫のように辻《つじ》から辻へ走ってゆく」と働く人のイメージで猫を描き、他方で「ブールヴァールを歩く貴婦人のように悠々と歩く」と、シャンゼリゼあたりをそぞろ歩くパリジェンヌの優雅なイメージを通わせる。また、『愛撫《あいぶ》』では「爪のない猫」を想像し、「空想を失ってしまった詩人」を連想して憐れんでいる。

小沼丹も『黒と白の猫』で、猫を徹底して人間扱いしている。「不届な無断侵入を試みた」とか、「涼しい顔をして化粧なんかしている」とか、「猫としては挨拶の心算《つもり》だったのかもしれぬ」とか、「その旨を猫に伝えたわけでも無いのに、猫の方は何やら心得顔に」とか、「猫は落着き払って、細君なぞ歯牙にも掛けぬ風情を示した」とか、「人間にするとさしずめ巴里《パリ》の御婦人ぐらいには見えぬことも無い」とか、「猫自身は勘当されたとは思っていない」とか、「猫は礼も云わずにひらりと姿を消してしまう」とか、「美人という言葉を耳にした訳でもあるまいが、ちょいと気取って」とか、「この尻軽猫め、いまはどこに別荘を拵《こしら》えたのか」とか、実に人間くさいのである。

大江健三郎の『セヴンティーン』でも、「喉をならし眼をつむり美女のように濡れた小鼻をふるわせて啼《な》いている」というふうに、美女のイメージをよびこんでいる。児童文学の松谷みよ子は『黒ねこ四代』で猫をさまざまなイメージで描いている。「赤ちゃんねこはまるくなって眠っていました。わすれられたひとかたまりの毛糸のように」と、毛糸のイメージでとらえ、「ぴかぴかつやのいいこと、香水でもふりかけたよう」とか、「どこからどこまで石炭のようにつやつやとまっ黒で」とか、「あと足で立つと、ちょうどペンギンのようながらになる白黒のぶち」だとか、「けしゴムみたいに小さな足音」だとか、人間や動物以外のイメージでもとらえている。猫の声について武田泰淳が『風媒花』で「宇宙を呪うような陰気な唸《うな》り声」と感じとった大仰な比喩の例は、読者を一瞬ぞくっとさせるかもしれない。

犬のイメージも多様である。丹羽文雄の『顔』には「人間のようにじっとこちらをながめていた」と、人間のイメージでとらえた比喩の例がある。谷崎潤一郎の『蓼喰《たでく》う虫』には「まるで鹿みたいな感じ」の犬が、佐藤春夫の『田園の憂鬱』には「まるで狼のような犬」が登場する。小出正吾の『名犬コロのものがたり』には、顔がやつれて「タヌキのようだったのが、キツネににてきた」犬だとか、「からだじゅうはまっくろ」なのに「しっぽの下からひざのへんまでだけがまっ白なので、なにか黒熊の赤ん坊が運動パンツをはいたようなかっこう」の犬も出てくる。これらは動物のイメージだが、そのほか、「オートバイのように元気なの」や「小さな急行列車のようなかっこうで走って」来る犬も登場する。志賀直哉の『万暦赤絵』には「犬はごむ毬《まり》のように店員にとびついた」とあり、芥川龍之介の『偸盗《ちゅうとう》』には「黒雲に足のはえたような犬の群が、右往左往に入り乱れて」とある。

犬の毛並みについては、椎名誠の『長く素晴らしく憂鬱な一日』に「小さな黒い糸くず状の犬」とあり、同じく『犬の系譜』に「モップのように乾いて艶のない灰色の毛を生やしていました」とある。倉橋由美子の『ヴァージニア』には「この犬の大きなあたたかい雑巾のような舌」という比喩が出てくる。永井龍男は『風ふたたび』で、犬が「小便を、やたらにひっかけるのは」「自分の勢力範囲と、縄張りを宣伝する行為」と解説し、「選挙の、ポスターみたいなもんだな」と比喩的連想を展開している。

川端康成は『春景色』で象についてさまざまなイメージをくりひろげる。「象が前足を百姓娘のはにかみのように内輪につぼめ」とか、「後足を鳥居のように拡げて、尿《いばり》をした」とかというのはほんの一例だ。「象は調教師の革鞭《かわむち》のような尻尾《しっぽ》を、きりきり振り廻していた」ともある。象の鼻については「尺取虫のように伸び縮みしている」とあるほか、「さなだ虫のように巻いたり、ほぐれたりする」ともある。その鼻が巻き上がると「赤貝のような口が見え」、その唇は「穏やかな海がなめらかな岩を舐《な》めるようにペラペラと動く」と比喩は続く。堀辰雄の『鳥料理』には、「象の皮膚はなんだか横文字の新聞を丸めたのをもう一度引き伸ばして／貼りつけたように、皺だらけで、くしゃくしゃになっている」とある。わざわざ「横文字の新聞」というあたり、なかなか芸が細かい。

芥川龍之介の『羅生門』に「鴉《からす》が、何羽となく輪を描いて、高い鴟尾《しび》のまわりを啼《な》きながら、飛びまわっている」とし、「門の上の空が、夕焼けであかくなる時には、それが胡麻をまいたように、はっきり見えた」と、多くの鴉を胡麻のイメージでとらえている。鈴木三重吉の『千鳥』に「干潟のほの白い砂の上に、黒豆を零《こぼ》したようなのは、烏《からす》の群が下りているのであろうか」とあるのも、類似したイメージの比喩である。

夏目漱石は『草枕』で、雲雀《ひばり》の生態をイメージゆたかに幻想的に描き出した。どこで鳴いているのか影も形も見えないのに、「瞬時の余裕」もなく「せっせと忙《せわ》しく、絶え間なく鳴いて居る」雲雀の声が聞こえて気分の落ち着かないようすを、「方《ほう》幾里の空気が一面に蚤《のみ》に刺されて居たたまれない様な気がする」と、空気が蚤に刺される、というようなあり得ない喩えを用いて誇張し、まず読者の笑いを誘う。次いで、雲雀のもう一つの特徴、上空へ上空へと昇る習性を、「どこ迄《まで》も登って行く、いつ迄も登って行く」と、空間的・時間的な連続性を強調してくりかえしたあと、「雲雀は屹度《きっと》雲の中で死ぬに相違ない」とそれをイメージ化し、「登り詰めた揚句は、流れて雲に入《い》って、漂うて居るうちに形は消えてなくなって、只《ただ》声丈《だけ》が空の裡《うち》に残るのかも知れない」と空想を逞《たくま》しくして、読者をしいんと黙らせる。

丸谷才一は『初旅』で七面鳥の印象を、「咽喉《のど》が赤く、頭と鼻は赤と白のまだら、羽は瑠《る》璃《り》いろに光る黒で、派手ななりの好きなお婆さんのようである」と、老婆のイメージで語った。庄野英二は『星の牧場』に「白鳥たちは白い雲のかたまりのようになって北の国にかえっていったよ」と書き、サトウハチローは『夢多き街』に「鷗《かもめ》はちぎれ雲のようにマストにひっかかって飛ぶ」と書いた。どちらも鳥を雲のイメージでとらえた比喩の例である。河野多恵子は『胸さわぎ』に「白鳥が三羽、並べ据えた剝製が台ごと曳《ひ》かれて行っているように、間隔にも姿態にも少しの動きも見せずに、位置だけ変ってゆく」と、白鳥を置き物のように描き、日野啓三は『夢の島』に「絞ったまま乾いた汚れ雑巾のようなカモメの体」と、その死体を描いた。

「暗い土の上に水のような色でも広がるように、じいいという煙のような声が立ち浸《し》みている」と鈴木三重吉は『桑の実』に書いている。繊細な感覚が描きとったミミズの声だという。実に神秘的な比喩表現である。

瀧井孝作は『野趣』で蛙《かえる》の鳴き声を「コト・コト、コロ・コロ、ギル・ギル」と書いている。作家訪問の折にその例を話題にすると、「僕のそのとき聞いた実感で、間違いない」と八王子の自宅で当人が保証した。作家によって耳は違う。長塚節は『土』で「きろきろきろきろと風船玉を擦り合わせるような蛙の声」と書き、林芙美子は『浮雲』に食用蛙の声を「ぽろんぽろん」と聴き取り、「雨滴《あまだれ》のように何時までも二人の耳についていた」と一度は雨だれに喩え、別の箇所では「太棹《ふとざお》の三味線でも聴いているように」と三味の音《ね》に喩えている。

志賀直哉は『菜の花と小娘』に、一度もぐって不意に浮かび上がったいぼ蛙を「口の尖《とが》った意地の悪そうな、あの河童《かっぱ》のような顔」と書き、広津和郎も『やもり』と題する作品で、そのやもりを、「壁に似た灰色の、妙に薄気味悪い形をしたその動物の顔つきが、ちょうど鼠の子のような可憐な表情を持っている」と、それぞれ別の動物のイメージでとらえ直している。泉鏡花は『高野聖』に、「濁った黒い滑らかな肌に茶褐色の縞《しま》をもった」と蛭《ひる》を写実的に描きとったあと、「疣胡瓜《いぼきゅうり》のような」ときゅうりのイメージをよびこみ、「血を取る動物」と説明を加えている。

佐藤春夫は『田園の憂鬱』で、馬追いという虫が「鋼鉄で出来た精巧な機械」を思わせる口を開いて食する、名も知らぬ小さな虫について「夏の自然の端くれを粉にしたとも言いたいほどにごく微細な、ただ青いだけの虫」と、自然の端くれを粉にするという突飛な発想の比喩を用いた。遠藤周作は『海と毒薬』で、蝶《ちょう》が「頭に白い羽毛をつけ、銀粉を全身にぬって片脚をかるく上げて、今、空中に飛び上ろうとする美しい踊子を想わせた」と、踊り子のイメージで擬人化してみせた。松谷みよ子は『黒い蝶』に、「黒い蝶は、その子の胸にとまり、ぴたりと、はねをとじました」と蝶の動きを記し、それを「悲しいしるしのように」と抽象的なイメージで比喩的に展開させている。

横光利一は『蠅《はえ》』で、その蠅を「眼の大きな一疋の蠅だけは、薄暗い厩《うまや》の隅の蜘蛛《くも》の網にひっかかると、後肢《あとあし》で網を跳ねつつ暫《しばら》くぶらぶらと揺れていた」と写生するが、そのあと、「豆のようにぽたりと落《おっこ》った」と、豆に喩えている。

川端康成は『雪国』で、蛾《が》を「拳《こぶし》でどんと叩《たた》くと、木の葉のようにぱらりと落ちて」と書き、「枯葉のように散ってゆく蛾もあった」とも書いている。堀辰雄の『風立ちぬ』にも

「一枚の朽ち葉みたいになった蛾の死骸」とあるように、蛾を葉のイメージでとらえる傾向が見られる。が、『雪国』には、秋風が吹くと、その蛾の「翅《はね》は薄紙のようにひらひらと揺れた」ともあり、「国境の山々は夕日を受けて、もう秋に色づいているので、この一点の薄緑はかえって死のようであった」と、「死」というイメージに抽象化した比喩表現も出てくる。

同じ作品に、「杉林の前には、数知れぬ蜻蛉《とんぼ》の群が流れていた。たんぽぽの綿毛が飛んでいるようだった」と、とんぼをたんぽぽのイメージでとらえた比喩の例も出る。石坂洋次郎の『山のかなたに』では、「中空には生徒の数に劣らない沢山の赤トンボが、まるでなにかの図案のように群れ飛んでいた」とか、同じ作家の『お山』では、「絣《かすり》のように群がり光る赤トンボ」とかと、とんぼを模様化して描いている。冒頭でも掲げた「螢の大群は、滝壺《たきつぼ》の底に寂寞《ひっそり》と舞う微生物の屍《しかばね》のように、はかりしれない沈黙と死臭を孕《はら》んで光の澱《おり》と化し、天空へ天空へと光彩をぼかしながら冷たい火の粉状になって舞いあがっていた」という宮本輝『螢川』の末尾は圧巻だ。微生物の屍、光の澱、火の粉という多彩なイメージに、沈黙と死臭を孕むという比喩的思考をも織り交ぜて絢爛《けんらん》たる蛍の一大絵巻を展開した例である。

尾崎一雄は『虫のいろいろ』で、「私がセンをとった時、蜘蛛は、実際に、間髪を容《い》れず、という素速さで脱出した」というふうに、「脱出」という語を用いることで人間じみた雰囲気をよびこんだあと、「それは、スタート・ラインで号砲を待つ者のみが有つ素速さだった」と短距離走者のイメージで擬人的な比喩表現を導いている。

虫の鳴き声については、梶井基次郎の『城のある町にて』に「質の緻密な玉を硬度の高い金属ではじくような虫」といった硬質のイメージの比喩の例もあるが、一般に糸、または糸を紡ぐイメージでとらえる例が目立つ。永井荷風の『濹東綺譚《ぼくとうきだん》』に「一筋二筋と糸のように残って聞えた虫の音」とあり、尾崎士郎の『人生劇場』にも「そとでは虫が織るように鳴いている」とあり、鈴木三重吉の『桑の実』にも「まだ早い蟋蟀《こおろぎ》が一匹、ひそひそと青白い糸を引くように鳴いている」とあり、岡本かの子の『落城後の女』にも、「季節と季節を繋《つな》ぐ糸は断ち切れても、なお一筋二筋、かすかに秋を繋ぎ止めているとでもいうような鳴き方で蟋蟀が聞える」という比喩表現の例が出てくる。

虫の声にはもう一つ、湧くというイメージが目立つ。中勘助の『銀の匙』に「雨もよいの風がひゅうひゅうと松を鳴らしてなにかの湧いてくるように虫がなく」とあり、林芙美子の『うず潮』にも「激しい河の流れや虫の音が、地の底からわき立つようだ」とある。宮本輝の『螢川』に「虫の鳴き声とせせらぎの音が地鳴りのように高まっている」とあり、「再び虫たちの声が地の底からうねってきた」とあるのも類例と言えるだろう。

夏の暑さをかきたてるように鳴く蟬《せみ》の声には、やはり熱の連想が多い。堀辰雄の『風立ちぬ』には「何かが燃え出しでもしたかのように、蟬がひねもす啼《な》き止まなかった」とあり、夏目漱石の『こころ』には「煮えつくような蟬の声の中にじっと坐っていると」、水上瀧太郎の『山の手の子』に「油を焦すようだった蟬の音」、平林たい子の『施療室にて』に「油蟬が油を煮るように喧《やかま》しくなき出した」、長塚節の『土』に「熬《い》りつけるような油蟬の声」、大岡昇平の『武蔵野夫人』にも「油蟬のたぎるように鳴く裏庭」とある。

魚類については、横光利一が『花園の思想』で「鮪《まぐろ》は計画を貯えた砲弾のように、落ちつき払って並んでいた」と砲弾のイメージを導入し、同じく『春は馬車に乗って』では鮟鱇《あんこう》を「踊り疲れた海のピエロ」に喩えた。堀田善衛の『鬼無鬼島』には、舟が進むにつれて水面すれすれを飛ぶ飛び魚を「まるで人が叢《くさむら》を進むときにバッタが飛び散るよう」とバッタに喩えた例が出てくる。岡本かの子は『金魚撩乱』で金魚について、「西班牙《スペイン》の舞妓《まいこ》のボエールのような斑黒点がコケティッシュな間隔で振り撒《ま》かれ」とか、「鰭《ひれ》は神女の裳《も》のように胴を包んでたゆたい」とか、「日を透けて着色する長い虹のような脱糞《だっぷん》をした」とかと、さまざまなイメージで描いてみせた。

竹西寛子は『緋鯉《ひごい》』で、鯉が「ゴム輪の上を通り過ぎる時、からだを横に倒しながら、尾鰭《おひれ》をはげしく打ちつける」のを、「鱗の汚れを拭い取っているように見えた。からだをマッサージしているようにもまた、時によっては、痒《かゆ》みを搔《か》いているようにも見えた」と擬人的に描いている。室生犀星が『あにいもうと』で鱒《ます》について「女の足のようにべっとりと動かなくなる」とか、「嘘《うそ》つきのような口をあけたぎちぎちした鱒」とかと、人めかして表現した比喩表現も同様である。

第三章　文化・社会の表現

【言語】詩は小説の息

夏目漱石の『明暗』の中に「二人の間に伏せ字のごとく潜在していたお延という名前」という直喩表現が出てくる。印刷物で、事情があってはっきり書けない場合に、その差し障りのあることばを○や△や×などの記号に置き換えるのを「伏せ字」とよぶ。ここでは、「お延」という女の名を人前ではっきり言うのが憚《はばか》られることを印刷用語の「伏せ字」というイメージを借りて比喩的に表現している。同じ作品に、「あとの言葉は、啜《すす》り上げる声の間から、句をなさずに、途切れ途切れに、毀《こわ》れ物のような形で出て来た」という例も出る。泣いているために冷静にことばを並べて文を組み立てることができず、整った文としてまとまらないまま、前後がつながらずにばらばらに出てくるのを、全体の機能を分担できない毀れ物というイメージでとらえた比喩表現である。

井上ひさしの『ブンとフン』には「金魚の糞《ふん》のようにただただ長いだけの副題」とある。

金魚が糞をすると尾のすぐ後ろに付き従うイメージがある。やたらに長たらしいだけで大して価値のないサブタイトルを、長いだけで役に立たないその金魚の糞に喩えてけなした例だ。

安部公房の『他人の顔』に、「その言葉は、ぽとりとぼくのなかに落ちこみ、純粋なアルコールのように素早く全身にしみわたった」とある。酒が五臓六腑にしみわたるように、ことばが全身にしみこむほどの深い影響を与えたのだろう。徳永直の『太陽のない街』に「聴衆は、丸薬のように、言葉を呑《の》みこんで」とあり、尾崎一雄の『暢気眼鏡《のんきめがね》』にも、「「心気一転」「豁然大悟《かつぜんたいご》」そんな言葉も呑みなれた薬のように何の反応もなくなった」とあって、ことばをともに薬のイメージでとらえている。

竹西寛子の『少年の島』に、「数珠玉のようにつながって老婆の口からほとばしり出る意味のわからない言葉」とあるのは、一つ一つの単語としては認識できるが、それがつながって全体として何を言いたいのかが伝わってこないというイメージだろうか。石坂洋次郎の『若い人』に「やわらかい言葉の底を一筋の黒い糸のようなものがピーンと貫いているのが感じられた」とあるのは、それぞれのことばをつなぐ糸というイメージであり、宮本輝の『泥の河』にも、ことばが「まだ滑らかな信雄の心に、縺《もつ》れ合った糸屑《いとくず》のようになって置かれた」と、やはり糸のイメージでとらえた比喩表現の例が見られる。

鋭いことばは突き刺さる刃物のイメージでとらえられる例が多い。有島武郎の『或る女』

には「自分の言葉は稜針《かどばり》で、それを倉地の心臓に揉《も》み込むというような鋭い語気になって」とあり、梅崎春生の『桜島』には「言葉のひとつひとつが皆するどい剣のようにはねかえって、私の胸に突き刺さって来る」とあり、井上靖の『猟銃』にも「短刀でも突き刺すような言葉の感じ」とある。さらに中山義秀の『醜《しこ》の花』にはことばもその調子も「神経へ錐《きり》をもみこむように辛辣《しんらつ》になってきた」とあり、大江健三郎の『われらの時代』では、「言葉は電気ドリルのように硬く鋭利になって現実をくだきはじめていた」と、さらに強烈なイメージをよびこんでいる。林房雄の『青年』に、ことばの一つ一つが「背筋にさしこまれた一本の熱鉄のように全身を戦慄させ」とあるのも類例と言えるだろう。

　ことばが心に衝撃を与えるさまは、そのほかさまざまなイメージでとらえられている。芥川龍之介の『偸盗』では「この語《ことば》の中には、蠍《さそり》のように、人を刺すものがある」というサソリのイメージ、円地文子の『女坂』では「軽薄な阿諛《あゆ》の言葉はそういう須賀の心に蜱《だに》のように食入った」というダニのイメージだ。芥川の『芋粥《いもがゆ》』では「この語《ことば》が自分の顔を打ったように感じた」と衝撃を物理的な打撃ととらえ、中村真一郎の『遠隔感応』にも「言葉を投げてよこした。それは私の顔に当って鮮烈に弾けたような気がした」とある。さらに強烈になると、大庭みな子の『啼《な》く鳥の』にある「他人の頭蓋骨を咬《か》み砕くような言葉」というイメージになる。円地の『女坂』では「紺野の口から出る言葉は、はれている歯根を思いきりおしつけるような痛い快さで須賀の心をゆすぶる」という具体的な感覚の比喩になっている。

もう一つ、ことばには光のイメージも目につく。夏目漱石が『明暗』でことばを「松明《たいまつ》のように兄の眼先に振り廻した」と書いたのは、明かりに喩えた例だ。田宮虎彦は『菊坂』に「手紙の言葉だけは、妙に私の心の中で、燐光《りんこう》のような光りをたてて、まだもえつづけていた」と書き、林房雄は『青年』に、ことばを「思想の闇の中にさしこんだ朝の光のように感じる」と書いている。川端康成の『千羽鶴』に「この奇怪な言葉が、菊治には稲妻のようだった」とあるのも稲光のイメージだろうし、曽野綾子の『遠来の客たち』に「雨足の中をリンチ隊長の烈しい言葉が稲妻のように走りました」とあるのも、「走る」とある以上は視覚的にとらえたと考えるのが自然だろう。一方、有島武郎の『或る女』に「言葉が喰《く》いしばった歯の間から雷のように葉子の耳を打った」とある例や、伊藤整の『氾濫』に「賞讃《しょうさん》の言葉が、この青年の耳に、その生涯の運命を決定するような天空からの宣言として、雷のように鳴り響い」たとある例は、雷鳴という聴覚的なイメージでとらえている。

伊藤整の『氾濫』に「幸子の言葉は、軟かい甘い微風《そよかぜ》のように彼の心を包んだ」とあり、林芙美子の『晩菊』にことばは「わあっと四囲《あたり》いちめん水っぽい秋の夜風が吹きまくるようで」とあるのは、ことばをともに風のイメージでとらえた比喩表現だ。林芙美子の『浮雲』には「自然に出る、女の言葉は、瞬間の虹のようなものである」とあり、夏目漱石の『明暗』には「言葉は霰《あられ》のようにいそがしかった」とある。小島信夫の『アメリカン・スクール』には「小川の囁きのような清潔な美しい言葉の流れ」、開高健の『裸の王様』には「彼の言葉はよく手入れのゆきとどいた芝生のように刈りこまれ、はみだしたものがなく、快適で、恵みにみちている」とあって、このあたりは言語を自然のイメージでとらえている。なかでも、「鍋をかきまわしながらぼつぼつとこぼす言葉は煙のような趣があった」という中野重治の『歌のわかれ』の例は、思いがけない連想がしみじみとした味わいを漂わせている。

文字については、夏目漱石の『明暗』に「蠅の頭ほどな細かい字」とあり、林芙美子の『放浪記』に「下宿屋の軒に、蚤程の小さい字で社名が出ていた」とあり、壺井栄の『二十四の瞳』に「蟻《あり》のようにこまかい字の手紙」とあり、谷崎潤一郎の『雪後庵夜話』には「髪の毛がちらばったような、果敢《はか》ない、細い、鼻糞のような文字」とある。文字列の印象としては、小川洋子の『シュガータイム』に「几帳面《きちょうめん》で切れ目のない文字の羅列が、モザイク模様のように見えてきれいだった」とあり、上林暁の『聖ヨハネ病院にて』に「字配りは歪んでいるが、読んで読めないことはない字が、虫が這《は》ったように並んでいる」とあり、広津和郎の『やもり』には「原稿用紙の上に書いた自分の文字が、まるで泳いででもいるように、その輪郭がふわふわと動く」とある。

村上春樹の『風の歌を聴け』に「僕が時折時間潰しに読んでいる本を、彼はいつもまるで蠅が蠅叩きを眺めるように物珍しそうにのぞきこんだ」とある。「蠅が蠅叩きを眺める」という突飛な喩えは、本などというものは人間にとって油断がならないようでおかしいが、縁のない人間から見ればそんなものかもしれないと思わせて、妙な説得力がある。高田保の『我輩も猫である』に「実話には骨があるが詩には肉しかない」というのも感覚的に納得がゆく。木山捷平の『大陸の細道』に「片仮名のようにポキポキした難解な詩」とあるのも同様だろう。

それでは、詩とは何か。そういう問いに正面きって答えるのは難解きわまりないが、詩人から出発した室生犀星は『杏っ子』という小説の中で、「詩って小説にない小説の息みたいなもの」という、まさに感覚的な比喩でその本質をとらえてみせた。縷々《るる》説明してもおそらく要領を得ないと思われる微妙な問題について、「小説の息」というイメージで一瞬のうちにわからせる。こういうあたりは文学的なセンスと言うほかはない。

【社会】横町は虫様突起

森鷗外は『追儺《ついな》』で、未知の世界というものの持つ刺激的な感じを「まだ読んだことのない書物の紙を紙切り小刀で切るときの感じ」に喩えて表現している。伊藤整は『火の鳥』で「内部の、電球の内側のような小さな今の世界」というふうに、日頃考えもしない電球の内側などというイメージで描き出した。林芙美子は『放浪記』で「世の中、何もかもが吸殻のようになってしまった」と嘆いた。同じく『晩菊』では「終戦のあとの気の抜けた世相が、案外真空の中にいるように静かだった」と評している。ともにイメージが感覚的に納得できる。「気の抜けた」という言い方はまるで緊張感の失われた状態をさす抽象的な慣用表現だが、それが図らずも、空気などの物質が存在しない物理的な状態をさす「真空」というイメージでとらえられているのは興味深い。真空といえば、佐藤春夫の『田園の憂鬱』でも、「譬《たと》えば三つの劇《はげ》しい旋風《つむじかぜ》の境目に出来た真空のように、世紀からは置きっ放しにされ、世界からは忘れられ」というふうに、農村の風景をやはり真空のイメージで描いている。

麦畑については、「曇った空の下にビロードのように滑らかに美しく眺められた」といった志賀直哉の『暗夜行路』のような例もあるが、風が吹いて青い麦のそよぐ風景は波のイメージをよびこみやすい。島崎藤村の『千曲川のスケッチ』に「麦畠がある。風が来ると、緑の波のように動揺する」とあり、藤沢桓夫《たけお》の『君に告げん』にも「麦畑では少しばかり伸びた麦が微風《そよかぜ》の方向へ漣《さざなみ》のように揺れていた」とあり、火野葦平の『麦と兵隊』にも「麦畑は青い海のように、またも果てしなく続く」とある。緑色も青の中に含めて考える日本語の発想を背景に、麦の穂の揺れが誘う波の連想で展開する。

一般に道路は細長いところから、帯のイメージがよく見られる。円地文子の『妖』にずばり「中腹に帯のようにひろがった道」という例があり、吉行淳之介の『海沿いの土地で』にも「海に沿って、埃《ほこり》っぽい道が投げ出された帯のようにつづいており」とある。「あの長い並木道が、まるで延ばした帯皮のように、何処までも真直ぐに長く続いて」とある林芙美子の『放浪記』の例も類似のイメージだ。同じ作者の『耳輪のついた馬』に路面の状態を評した「昆布のようにつるつるした都会の歩道」という例があり、日野啓三の『夢の島』にも「巨大な爬虫類《はちゅうるい》の皮膚のようなアスファルトの路面」という例がある。

森鷗外の『雁』に「医学生が虫様突起と名づけた狭い横町」という、いかにも医者の連想らしいイメージが出てくる。そして、「これは袋町めいた、俎橋《まないたばし》の手前の広い町を盲腸にたとえたものである」という説明が続く。

稲垣足穂は『彌勒《みろく》』で「巨大都市が、実は、そこに片肘《かたひじ》をついて寝そべっている山岳のような骸骨だったことに、気がついた」と、山岳と骸骨という二つのイメージで都市をとらえた。小林多喜二の『蟹工船』には、デッキの手すりに寄りかかって函館の街を眺め、「蝸牛《かたつむり》が背のびをしたように延びて、海を抱え込んでいる」というイメージを浮かべる箇所が出る。堀辰雄の『麦藁《むぎわら》帽子』には、「あんなにも美しく、まるで一つの大きな貝殻のように思いなしていた、その海べの村が、いまは私の目に何んと見すぼらしく、狭苦しく見えることよ！」と、村を貝殻のイメージでとらえた例が出てくる。

長塚節の『土』に、「狭い庭の先に紙捻《こよ》りを植えたような桑畑」という、細さを誇張した例がある。太宰治の『富嶽百景』では、山麓の細長い町を「富士に、日も、風もさえぎられて、ひょろひょろに伸びた茎のようで、暗く、うすら寒い感じの町であった」と、「茎」という植物のイメージを借りて比喩的に表現している。

夏目漱石の『草枕』に「詩のような春の里」という比喩表現の例がある。春という季節に眺める眼前の里が詩のような雰囲気を感じさせるのか、詩の中に出てくるような春の里なのか、これだけでは判然としない。が、佐藤春夫の『田園の憂鬱』に出てくる「丘つづき、空と、雑木原と、田と、畑と、雲雀《ひばり》との村は、実に小さな散文詩であった」という例の場合は、その風景自体に散文詩というものの雰囲気を感じとっているのだろう。

三島由紀夫の『金閣寺』には、あまりに衛生管理が行き届きすぎて「街全体を病院のような感じ」にしているという例が出てくる。森田たまの随筆『続もめん随筆』には、関西のある町について「あまりに整いすぎたあたりの美しさ」を眺めると、「何かお菓子の中にでも住んでいるような」気分になって、「迂闊《うかつ》に身動きもできぬようなあやふやさを感ずる」ことが述べてある。梅崎春生の『幻化』にも、市内を歩きまわった印象を聞かれ、「何だか歯切れの悪いお菓子を食べているような気分だった」と答えるシーンが出てくる。岡本かの子の『やがて五月に』に「賑《にぎ》やかな街区は飴《あめ》の中に閉じ込んだ砂糖のように見えた」とあるのも類似の連想が働いている。

夏目漱石の『三四郎』に「早く適当の日本人を招聘《しょうへい》して、大学相当の講義を開かなくっては、学問の最高府たる大学も昔の寺子屋同然のありさまになって、煉瓦《れんが》石のミイラと撰《えら》ぶところがないようになる」とある。煉瓦造りの外壁を持つ建物を動物並みにミイラというイメージでとらえた表現だ。徳永直の『太陽のない街』には、「疲労した巨大な河馬《かば》のように横たわった大工場」というふうに、もっとはっきりと建物を動物のイメージでとらえた比喩表現が出てくる。

永井荷風の『濹東綺譚』では、「玉の井停車場の跡が雑草に蔽《おお》われて、こなたから見ると城跡のような趣をなしている」というふうに、今では廃線になった停車場の跡を昔のお城の址《あと》のイメージでとらえている。どちらも夢の跡なのだろう。丸谷才一の『初旅』は、「遠い彼方に、西洋ふうのとがった屋根の駅が影絵のような風情でひっそりと控え」というふうに、駅舎の雰囲気を、これも懐かしい影絵というイメージでしっとりと描きとった。

「特別急行列車は満員のまま全速力で馳けていた。沿線の小駅は石のように黙殺された」という当時の読者を驚かせた斬新な書き出し。新感覚派の誕生と評された横光利一の『頭ならびに腹』の有名な冒頭だ。駅の建物を石のイメージでとらえている。内田百閒の『特別阿房列車』にある「輪郭のはっきりしない、何となくわんわん吠《ほ》えている様な大阪駅」という例では、駅を犬に喩えている点はわかりやすい。しかし、駅の構内の騒音が犬の吠える声に似ているというような単純な連想ではないだろう。「何となく」とあるように、単なる音響の類似ではなく、その場の空気から、どことなくそんな感じを受けるのだろう。その前にある「輪郭のはっきりしない」という形容も、けっして駅舎の外壁の面がかすんで見えるというような物理的なぼやけ方ではなく、感覚的にとらえどころのない雰囲気を象徴的にとらえた比喩表現だったように思われる。きちんと論理的に説明しがたい表現ながら、そういう不思議な雰囲気が読者に感覚的もしくは生理的に伝わってくる感じがするのが不思議だ。

大原富枝の『婉という女』に「政治という幾つもの頭と、尾をもつ、大蛇《おろち》のような複雑怪奇な生物」とある。政治家という個々の人間の印象としては時代とともにスケールが小さくなってきた感じがするが、政治というなまぐさい存在自体は、いつの世もそういう複雑怪奇なものなのだろう。

永井荷風の『濹東綺譚』に「中年後に覚えた道楽は、むかしから七ツ下りの雨に譬《たと》えられている」とある。「七つ」は現在の午後四時で、その頃から降り出した雨は長く降り続く傾向が強く、いろいろな喩えに使われた。七つ雨と四〇代の色狂いはなかなか止《や》まないとも言われ、「七つ下がりの雨」ということばは「あがったためしがない」ということから、飲み食いしないことをさす洒落《しゃれ》もあったようだ。ここは「七つ下がりの雨と四十過ぎの道楽は止まぬ」ということわざをふまえたもので、中年以降に覚えた道楽はなかなか止むものではないということを「七つ下がりの雨」に喩えた例である。

寺田寅彦に『科学者とあたま』という痛快な随筆がある。全編これ比喩と逆説を駆使したエスプリの宝庫だ。頭が悪くて先が見通せないおかげで、ふつうは考えもしないような実験をし、わけもわからず大胆な理論を発表している間に、たまに正しいものが交じる。科学の世界では失敗はすべて消え去り、たまたま正しかったものだけが歴史に残るといった流れを受けて、「科学もやはり頭の悪い命知らずの死骸の山の上に築かれた殿堂であり、血の河のほとりに咲いた花園である」という一節が出てくる。「死骸」「山」「築く」「殿堂」「血の河のほとり」「咲く」「花園」という多彩なイメージをちりばめた展開だ。

【製品】画用紙のスーツ

谷崎潤一郎は『陰翳礼讃』で、和紙の感触を「木の葉に触れているのと同じように物静かで、しっとりしている」と述べている。「物静か」という形容も触覚を聴覚に転化させたとらえ方であり、比喩的なカテゴリー転換が見られる。ごみに菌が付着するとか、そこから黴《ばい》菌《きん》が発生するとか、というようなことは現実にあるが、高見順は『如何《いか》なる星の下に』で「そのゴミは黴菌のようにごちゃごちゃと集団をなして」というふうに、ごみ自体を黴菌のイメージでとらえてみせた。三木卓は『隣家』で「庭に侵入してきたずうずうしい糸屑なの。だから今お帰りいただいた」と糸屑を人間じみたイメージで扱った。

村上春樹は『ハンティング・ナイフ』で、車椅子の「車輪のスポークは異様に進化した獣の歯のように、闇の中に不吉な光を放っていた」というふうに、動物の歯を連想した。小川洋子も『妊娠カレンダー』で、聴診器の「細くくねった管」や、ピンセットの「鈍い銀色の光」や、血圧計の「洋梨型のゴム袋」を、「なまめかしい昆虫のようだった」と、洋梨の連想以外に、やはり生きもののイメージでとらえている。

安岡章太郎が『沖の干潟』で、「鼻の穴に酸素吸入や胃袋につながる管をつっこまれ、胸には何本もの心電図のコード」など、まさに「体じゅうに種々様々の管や紐《ひも》」のまつわりついた病人のようすを「まるで大きな蜘蛛《くも》の巣のよう」だと感じた例は、視覚的にわかりやすい比喩表現と言えるだろう。室生犀星は『杏っ子』で、女にとってのボタンの意味合いを個性的にえぐりとった。「女というものの肉体の外側には、つねにきらめいて光ったおもちゃが必要」だと見抜き、「杏子は指環《ゆびわ》をいじくるように釦《ボタン》をいじくり」とイメージで論証した。

小林多喜二は『蟹工船』で「垢《あか》でスルメのようにガバガバになったメリヤス」と、布をするめに喩えた。徳永直も『太陽のない街』で「おしめの襤褸《ぼろ》ッ切れが、滴を氷柱《つらら》にしたまま棒鱈《ぼうだら》のようにぶらさがっていた」と、やはり布を棒鱈に喩えている。一方、永井龍男は『風ふたたび』で、「白い画用紙を切り抜いたような麻のスーツ」と、ぱりっとした爽やかな印象を、思いがけない画用紙の連想で鮮やかに描いた。

衣服には袖があり、両袖が同時に動くと、鳥の羽ばたくイメージを誘う。中村真一郎の『遠隔感応』に「袖を通していない白い上着が肩のうえで翼のようにひらひらしながら」とあるのはその典型的な一例だ。森田たまの『もめん随筆』に「着更《きか》えたばかりの黒地に白い亀甲絣《きっこうがすり》のぶつぶつとした着物の袖」とあり、それを「鳥の翼のようにひろげて眺め」る場面が出てくる。

空中を飛ぶものの中でも特に蝙蝠《こうもり》のイメージが飛び交う。徳永直の『太陽のない街』では、巡査の帽子を「黒い団《かたま》り」ととらえ、それが「蝙蝠のように、闇の中をとんぼかえりながら」「河水に呑《の》まれて」ゆくさまに蝙蝠の連想を働かせている。同じ作品に、「古いマントを蝙蝠のように動かした」という例もある。

福永武彦の『草の花』で、「ズボンが空中に舞い上」がるようすを、「まるで大きな鳥が翼を羽ばたかせたように」と表現する箇所は、ズボンを明らかに翼のある生き物のイメージでとらえた比喩だが、まだ蝙蝠とまで特定はできない。しかし、「長い脛《すね》を包んだズボンが黒い蝙蝠のように踊った」という例も別にあるから、そういう一連の比喩表現と見られる。島尾敏雄の『死の棘』にも「シナ襟の黒いコートを着けていたから、こうもりのように見え」るという例が出てくる。

丸谷才一の『初旅』にも、「女たちはたいてい、裾が地面とすれすれの、うしろが長く割れたコートを着ていて、それは足の動きにつれて蝙蝠の翼のようにひるがえる」という似たイメージの比喩表現の例がある。幸田文の『黒い裾』にも、「ぱっと蝙蝠が飛んだように着物が両袖を浮かせて畳へ這《は》った」というイメージ鮮明な比喩がいい働きをしている。

森鷗外は『雁』で「みやげに蝙蝠の日傘を買って来た。柄がひどく長くて、張ってある切れが割合に小さい」と書いたあと、「ずんぐりむっくりしたお常が持ってみると、極端にいえば、物干竿《ものほしざお》のさきへおむつを引っかけて持ったようである」と展開する箇所も、そのイメージが読者の笑いを誘い出すだろう。中山義秀の『秋風』には、「青い野の中を真っ赤なパラソルが一つ、男達に前後をまもられながら、傾き傾き遠ざかってゆくのだ。まるで波にのせられて、ゆるゆると運ばれてゆく、美しい花びらのようだった」と、赤い日傘を美しい花びらというイメージでとらえなおした例がある。

林芙美子の『放浪記』に「靴をそろえる時、まるで河馬の口みたいに靴の底が離れていた」という例も笑いを誘うが、割れてぱっくりと口を開けた靴から河馬を連想するのはやや慣用的な感じがあり、まったく独創的とは言えないだろう。そこへくると、雪駄《せった》について室生犀星が『性に眼覚める頃』に「まるでそれは一つの肉体のような重さと、あやしい女の踵《かかと》の膏《あぶら》じみた匂いとを漂わした」と書いた例は、履き物に実存をとらえて感覚的にもずしりと重い。

三浦哲郎の『ねぶくろ』にまさに寝袋の描写がある。「手が外へ出せないので、涙と目脂《めやに》を拭くことはできな」い。婆さんはその感じを「まるで、なにかの蛹《さなぎ》になったみたいだ」と思うのだ。この蛹というイメージは読者にとって思いがけない連想だろう。

永井荷風は『歓楽』で、花簪《はなかんざし》や半襟の「華美を極めた色彩」にむしろはかなさを感じとる。「盛りの絶頂に達して今はただ散るのを待つ花に対するようなはかない」気分に誘われるのだという。川端康成は『千羽鶴』で茶会のようすを描きながら、「娘らしい赤い袱紗《ふくさ》も、甘い感じではなく、みずみずしい感じだった」とし、それを「令嬢の手が赤い花を咲かせているようだった」と、袱紗を花のイメージでとらえている。

獅子《しし》文六の『沙羅《さら》乙女』に「エジプトのミイラのように、両脚に厚い繃帯《ほうたい》を施されて、身動きもできない」とある。包帯でぐるぐる巻きにされた姿からミイラを連想する発想はごく自然だ。宮本百合子の『伸子』には、「石膏《せっこう》の型でも作るように、べたべた伸子の足いっぱい膏薬《こうやく》を塗りこんだ」とある。一面に膏薬を塗りたくった姿から、石膏の型を作る工程を連想するのは、読者にとって思いがけない発見かもしれない。

【食品】瞑想的な羊羹

安岡章太郎の『ガラスの靴』の中に、「雑沓《ざっとう》の中にナマナマしくさらされた食い物を見ると、僕はソースをかけた靴を皿に入れて目の前におかれたように、まごついた」とある。レストランであまりに硬いステーキに呆《あき》れた客が「まるで靴の底でもかじるようだ」と文句を言ったら、ボーイが「お客さん、そんなものを召し上がるんですか」と逆に呆れられたという笑い話があるが、この例でも「ソースをかけた靴」などという、日頃誰も思ってもみないイメージが飛び出して、読者はつい笑ってしまう。

中勘助の『銀の匙』に出てくる「腭《はぐき》のようにふくらかにくびれた水蜜」という例も、水蜜桃が歯ぐきの連想を誘うのが読者には意外だろう。岡本かの子は『食魔』で「はつ夏の澄める空を映すかのような薄浅黄色のスープ」と書き、『母子叙情』で「星がうるんで見える初夏の夕空のような淡い浅黄色の汁」とコンソメスープを美化した。

夏目漱石は『草枕』で羊羹《ようかん》を讃美《さんび》して、「青味を帯びた煉《ね》り上げ方は、玉《ぎょく》と蠟石《ろうせき》の雑種のようで、はなはだ見て心持ちがいい。のみならず青磁の皿に盛られた青い煉羊羹は、青磁のなかから今生まれたようにつやつやして」いると述べている。玉と蠟石との雑種というとらえ方、青磁の中から生まれたばかりのように艶やかだというとらえ方を重ね、生きもののイメージを吹き込んでいる。それを受けて谷崎潤一郎は『陰翳礼讃』の中で、「玉《ぎょく》のように半透明に曇った肌が、奥の方まで日の光りを吸い取って夢みるごときほの明るさを啣《ふく》んでいる感じ」だと、羊羹の肌合いの深みのある美しさを具体化し、「夢みるごとき」というイメージを重ねてさらに美化している。ここまでは視覚的な美しさを讃《たた》えた描写だが、その奥深さを「瞑想的ではないか」とほとんど哲学的な境地にまで高め、礼讃している。

室生犀星は『杏っ子』で「残った酒が徳利の口から、吃気《しゃっくり》のようにごぼごぼこぼれた」と、酒が滑らかに注がれずにつかえながら出てくるさまを「しゃっくり」に喩えている。この連想は思いがけないが、言われてみればその感じが読者にもよくわかる。

三浦哲郎は『かきあげ』で、久しぶりに酒を口にしたときの体の感覚を、「酒を断ってすでにひさしい軀《からだ》が、面食らっていた。眠りこけていた軀中の酒の虫が一斉に目醒《めざ》め、きらきらと輝きながらざわめき立つのがわかった」と書いている。下戸にはこの感覚がわかりにくいかもしれないが、酒の虫というイメージをよびこみ、それが目を覚まして輝きながらざわめき立つという動的な映像展開を見せたこの例は、経験者には深く身にしみてよくわかるだろう。

【家屋・道具】骨董は女

獅子文六の『胡椒息子《こしょうむすこ》』に、「染めつくように青い行く手の空に、純白な、角砂糖をつんだような建物が見えた」とある。真っ白い建物から、角砂糖を積み上げたという連想を働かせた比喩表現だ。三島由紀夫は『金閣寺』で、建造物に死のイメージを重ねている。「豪奢《ごうしゃ》の亡骸《なきがら》のような建築」とか、「御堂も渡殿も、支える木組も、風雨に洗われて、清らかに白くて、白骨のようである」とかという例がそれだ。「不均整な繊細な建築は、濁水を清水に変えてゆく濾過器《ろかき》のような作用をしていた」という例もある。

金閣そのものについては、「時間の海をわたってきた美しい船のように思われた」と船のイメージでとらえた例や、「黒く錆《さ》び果てた巨大な金無垢《きんむく》の碇《いかり》のように沈んでいた」というふうに船の碇に喩えた例もある。また、「巨大な音楽のように世界を充《み》たし」だとか、「音楽の怖ろしい休止のように、鳴りひびく沈黙のように、そこに存在し、屹立《きつりつ》していた」とかという音楽関連のイメージを導入する例もある。「怖ろしい休止」といった異例の語結合や、「鳴りひびく沈黙」のようにむしろ対立する意味の語が強引に結びつく対義結合の矛盾感に満ちた表現を駆使することで抽象化を図った難解な例だ。一方、『仮面の告白』では、「祖父、祖母、父、母、と都合十人がこの古い箪笥《たんす》のようにきしむ家に起き伏ししていた」と、建物である家屋を、そこに納まる箪笥という家具のイメージでとらえているわかりやすい比喩表現もある。

徳田秋声の『縮図』に「家も豚小屋のように手狭なものであった」とあるのは豚小屋のイメージ、同じく『黴《かび》』に「檻《おり》へ入れられたような、ここの家から放たれて行きたい」とあるのは檻のイメージで、ともにさほど珍しい例ではない。が、上林暁の『聖ヨハネ病院にて』に出てくる「家そのものが一つの押入のようで、戸を開けて入って来たとたん、黴臭い匂いがむっと立ちこめている」とある例は、家全体をその一部の構造物である押入れのイメージでとらえた思いがけない発想が目を引く。

開高健の『裸の王様』に「部屋は死んだ細胞だ」という隠喩表現が現れる。日野啓三も『夢の島』で、「鉄筋とコンクリートのビルがいつのまにか勝手に増殖し始めているような感じ」と、街にビルが増える現象を細胞分裂のようなイメージでとらえている。

同じ作品に「キノコの群のような家並」という例もあり、阿刀田高の『Y字路の街』にも「毒茸《どくきのこ》のようにけばけばしい家並み」という似たイメージの比喩表現例がある。長塚節の『土』にも、やはり茸のイメージで、「村の茅家《あばらや》はことごとく落葉を擡《もた》げて出た茸のような小さな悲惨《みじめ》な物」という例がある。林芙美子の『泣虫小僧』には「鍵の抜けたピアノのようながらんとした車庫の中」という比喩表現が現れる。鍵《けん》の抜けたピアノなどというものを想像してみたことのない読者には意外なイメージだろう。

夏目漱石は『道草』で、「幾つとなく続いている部屋だの、遠くまでまっすぐに見える廊下だの」を見て、「あたかも天井の付いた町のように考えた」と書いている。有島武郎の『或る女』にも、「横丁のような暗い廊下」という例がある。いずれも家の中を町というイメージでとらえた比喩だ。有島の同じ作品に、「油じみた襟元を思い出させるような、西に出窓のある薄汚い部屋」とある。西日の差す汚い部屋という空間が、人間の油じみた襟元を連想させるというのだ。不潔感がそういうイメージを呼び寄せるのだろう。

筒井康隆の『夢の木坂分岐点』には「脳細胞のように襖《ふすま》で仕切られた座敷」と屋内を脳内に見立てた比喩表現が現れる。林芙美子の『放浪記』には、「道をはさんで、煤けた軒が不透明なあくびをしているような町」とある。軒を擬人化した例だ。川端康成は『雪国』で、「頭の上は屋根裏がまる出しで、窓の方へ低まって来ているものだから、黒い寂しさがかぶさったようであった」と書いている。これは屋根裏という空間的な存在を、寂しさという心理的なイメージでとらえており、新感覚派らしい大胆なカテゴリー転換の比喩表現である。

円地文子の『妖』に、坂道の脇に建つ家の一室から、道行く人のけはいを感じる場面がある。それは坂と母屋との中段になる部屋で、坂に面した壁に寄せて置いたソファーベッドに身を横たえると、「路面から三尺ほど低い坂の腹にぴったりくっついて横たわっていることになる」として、作者はその気分を「棺《ひつぎ》の中にねているような異様な静かさ」に誘い入れたと、棺のイメージを導入して描いている。坂を上り下りする人の足音が、靴音も下駄の音もからからに乾いて耳の上に響き、雨の折は「坂から崖を伝って流れ落ちる水の声」がひときわ高く耳に入る。横になって、斜め上にある坂から聞こえて来る、そんな人間くさい音にじっと耳を傾けていると、起きている時に目で見ているよりも「遥かにその人々の動きを語っているさまが生々《いきいき》浮び上り、心を揺りたてる」のだという。

安岡章太郎の『伯父の墓地』に「長生きしたり、家を大きくしたりした人たちの墓は大きく、子供や赤ん坊のときに死んだものの墓は小さく」とある。たしかに、残酷ながらそれが現実だ。当たり前なこととして誰も取り合わない。だが、作者は「その不揃《ふぞろ》いな様子が、普断着をきた人のようで自然な表情が感じられ」ると書いている。「普段着をきた人」というイメージが読む者を納得させる。そういえばそうだと笑いそうになりながら、読者はそこに複雑な気持ちを覚えることだろう。

川端康成の『千羽鶴』で、自殺した太田夫人の遺影から目をそらし、花立てにしてある志野の水指《みずさし》を茶器のように眺めて菊治は、「白い釉《うわぐすり》のなかにほのかな赤が浮き出て、冷たくて温かいように艶な肌」に触れてみる。「やわらかい女の夢のよう」と思いながら、遺された娘の太田文子に、「女の」という部分を省略して「やわらかい、夢のようで、いい志野は僕らも好きですね」と菊治は言ってみる。「冷たくて温かい」という対義結合の矛盾に満ちた言いまわしといい、目の前にあって手を触れている志野の水指を「夢」という抽象体のイメージでとらえた比喩といい、大胆で繊細かつ微妙な表現である。

安部公房の『他人の顔』にかなり理屈っぽい喩えが出てくる。薬品で人前に出せない顔になってしまった主人公が、自分の顔が失われたとして精巧な仮面をかぶり、ある時は他人になりすまして妻を誘惑しようとすることもある。そんなある種、哲学的とも言えば言える小説だけに、「虚数」という数がある。二乗すると、マイナスになってしまう、おかしな数だ。仮面というやつにも、似たところがあって、仮面に仮面を重ね合わせると逆に何もかぶっていないのと同じことになってしまう」といった奇妙な類推の比喩的な思考が展開する。だが、仮面の場合にはたしてそうなるか否か半信半疑のまま、読者は狐につままれたように笑うだろう。

井上ひさしの『腹鼓記』に「茶釜を西日にかざしてみるとまるで星月夜の空である。あっちこっちに穴が明いている」とある。古くて穴だらけになった茶釜などという、およそ風流とは縁遠い、役に立たない代物を、星月夜という美しいイメージでとらえなおした比喩表現で、実物との落差が読者の笑いを招く。

井伏鱒二の『多甚古村』に「御飯に味噌汁をかけ、茶筅《ちゃせん》をつかうように箸で忙しく飯を口中に掻《か》き込む」とある。眼にも留まらぬ箸の運び方、あまりに速く往復するため次々に残像が働いて、二本の箸の先がまるで抹茶を掻きまわす茶筅に見えると誇張したイメージ転換の例だ。これもまた極端な喩えが読者を笑わせる。

同じ作家の『珍品堂主人』は骨董屋《こっとうや》の話だから、当然ながら骨董に関する喩え話が多い。「海千山千の骨董屋が特異なものを掘出したい一心で時たま真赤な偽物に飛びつくことがある」として、それを「泳ぎの巧者が水に溺れる譬《たと》えの通り」と諺《ことわざ》を適用するのはその一例だ。また、店の品物に博物館の人が目を留めたとなると、「まだ指折りのうちに入らない骨董屋」の気持ちとしては、「博士論文がパスしたも同じように肩身が広くなる」と述べているのも、わかりやすい比喩表現だ。

同じ作品で、「骨董＝女」論とも言える注目すべき見解がくりかえし披露される。東京杉並区清水町の井伏宅を訪問した折、「あの発想はどこから出たものですか」と質問した。冗談に「ご自分の体験とか」と水を向けると、「あれは小林秀雄の論ですよ。骨董も女も惚《ほ》れてない人には一文《いちもん》の価値もない。惚れてるから夢中になる。彼、夢中だったからね」と、小説家の舞台裏を見せてくれた。とっさに、「どっちにですか。骨董のほうですか」ととぼけると、生真面目に「骨董のほうに」と応じ、「小林君は昔、茶碗《ちゃわん》が欲しくて家を売ったり。それから刀の鍔《つば》に凝って、鍔は人間の象徴だとか一生懸命理屈つけて、方々に鍔を見に行く。今は勾玉《まがたま》かな」と井伏は具体例で敷衍《ふえん》した。作中に「大学で哲学を講義している堅気の先生」で、「哲学研究の傍ら文学的な著述もして、その印税をすっかり骨董に注ぎこんでいる」来宮という名で登場する人物は、その小林秀雄がモデルだと作者自身が語った。「こんなに骨董の好きな大学教授は珍しい」が、「自分の思いを致している女に振られてから、どかんと骨董が好きになっ」たという作中人物に関する注目すべき事情も語られる。

それだけに、学生時代からの来宮の持論であるとして、「骨董は女と同じだ。他の商売とは違う。変なものを摑《つか》むようでなくっちゃ、自分の鑑賞眼の発展はあり得ない。骨董にも女にも、相場があるようで相場がないものだ。持つ人の人格で相場がある。なるほど骨董に惚れたとする。惚れるから相場があり、自分の発展がある。しつこく掛合っていると、いつかは相手が売ってくれる。いつかは相手が、うんと云う」として作中にまとめられた見解は説得力に富む。時には贋物《にせもの》をつかまされるような痛い目に遭いながら、次第に見る眼が養われるし、女の色香に迷う苦い経験を重ねながら、人間の値打ちを見抜く力を身につけていくというこの見解は、そのとおりかもしれない。美的な価値や魅力という世界では、たしかにそれを求める人間側の気持ち次第で相場は大きく動く。また、手に入らないからといって簡単に諦めるのではなく、自分の気持ちを粘り強く伝え続けることで相手の気持ちを動かすことも事実ありそうだ。

ここは手に入れるまでの喩えだが、手放すときの気持ちも似ているという。「いよいよ別れるとなると、どうしても金銭ずくでは割切れないものがそこにある」という点も共通だし、別れてからの気持ちにも通うものがある。「売り惜しみをして、さんざん九谷さんに口説かれてから手放すことにしたものなんで、今、こうしてその箱を見ると、惜しみながら別れた可愛い女に再会したような気持でした」という箇所もある。また、「徒《あだ》し女は骨董と同じようなものである。しかも贋の骨董だって、どうしても手放す気になれない場合がある」という一節もあり、この喩えは骨董と女と双方向で働く。

【照明・乗り物】車が舌打ち

内田百閒の『東京日記』に「雨戸の間から外に洩《も》れている座敷の燈《あか》りが、明るくなったり暗くなったりして、息をしているように思われた」とある。灯《あかり》が生きもののように感じたというのだが、はためくような灯《ひ》の揺れは、たしかに呼吸を連想させる。

芝木好子の『隅田川暮色』には、「川船のまわりに人魂が漂うように、船頭のつけた提燈《ちょうちん》の火が波に赤い色をうつしていた」とある。これは提燈の灯に人魂を連想した比喩表現である。

田村俊子の『木乃伊の口紅』には、ほんものの人間を思わせる艶っぽい灯火が描かれている。「森の中の灯は酔いにかすんだ美しい女の眼のように、おぼろな花の間に華やかな光りと光りを目交《めま》ぜしていた」というのがそれだ。酔いに霞《かす》んだ美しい女の眼というイメージが読者をはっとさせる。

井伏鱒二の『珍品堂主人』には、「燈籠《とうろう》の笠《かさ》がほんのり明るく闇を区切って、それと松の梢が昔の人の噂《うわさ》をしているような風情です」とあって、燈籠と松の木とを擬人化している。

上林暁の『薔薇《ばら》盗人』では、蠟燭《ろうそく》の灯がある種の神秘的な雰囲気を感じさせる。「蠟燭の火が一本ほの揺れて、その光のそばで、父親の喜八が後光に包まれたような恰好《かっこう》をして、草《ぞう》履《り》を作っていた」というのがその例である。蠟燭の光がかすかな風でほの揺れるため、それによって照らされる人物にあたかも後光が射したかのように見えるというのだ。

自転車にはなぜか鳥のイメージが現れる。壺井栄の『二十四の瞳』に「自転車はすうっと鳥のように近づいてきた」とあり、室生犀星の『杏っ子』にも、全速力で馳《は》せる自転車から、「翼をひろげた怪鳥めいたすがた」を連想する例が出てくる。

火野葦平は『麦と兵隊』で、自動車を「美しい東洋の満月のさしこむ硝子張りの水族館のような箱」に喩えた。石坂洋次郎は『若い人』で、夜の大通りを激しく行き交う自動車の列を、「光りの縞《しま》模様《よう》のようにひんぱんにすれちがい」と、美しい残像のように描いた。「前方からジープがさッとそれ自体、一つの光線の束になって躍りかかるように走ってきた」という井上友一郎の『ハイネの月』の例も類似のイメージでとらえている。

自動車には昆虫の連想も目立つ。外車にずばりビートルと名乗る車種もある。坪田譲治の『風の中の子供』に「ピカピカ黒光りのカブト虫のような自動車」という好例があり、大仏次郎の『帰郷』にも「続けて通るジープが、昆虫の動作を見るようである」とある。永井龍男の初期作品『絵本』には「タクシーは天道虫《てんとうむし》のように、ゆるい坂から山の手へのぼる」とあり、村上龍の『トパーズ』にも「首都高速にびっしりと渋滞した車やトラックの群れを見てそれが毛虫とか芋虫とかいろいろ気持ちの悪いものに見えた」という比喩表現が出てくる。自動車ではないが、吉行淳之介も『鳥獣虫魚』で「長くポールをつき出して、ゆっくり走っている市街電車は、石膏色の昆虫だった」と書いている。なお、作家訪問の際に帝国ホテルの一室で、石膏色は「感動のない、倦怠感のようなものを象徴する色として使われるわけですか」と問い、「ええ、そうです。それと、その逆の「夕焼け」が多いですね」という作者自身のことばを引き出したことがある。いずれも作者自身の幼時体験がからんでいるのだという。

河野多恵子は『たたかい』で、「車は舌打ちするように激しくスタートして、走り去った」と、人間が舌打ちするのに喩える思いがけないイメージを導入した。同じく急発進するさまを椎名麟三は『永遠なる序章』で「車は馬でも跳ねるようにとび出している」と馬の動きに喩えた。

小島信夫は『汽車の中』で、「列車が、尻をぶっ叩かれた馬のように、仕方なしにあえぎ始める」と、戦後間もない頃の超満員の汽車を馬に喩えたり、「手おいの猪《いのしし》のような、こぼれそうな鈴なりの汽車」と猪のイメージを借りたりして揶揄《やゆ》している。三木卓は『ほろびた国の旅』で満鉄の流線型の特急機関車を「まるで巨鯨の頭のようにずんぐりしていて、まつくろい力のかたまりのよう」と表現した。

永井龍男の『絵本』に、「古風な機関車が真白な煙りを吐いて止まっている。それは葱《ねぎ》をふみながらきき耳立てた雄《お》ん鶏《どり》に似ている」と、機関車を雄鶏に見立てた比喩が出てくる。鎌倉の永井宅を訪問した折、「新感覚派の気運に乗って、新しい文章を書いてやろうと、止《よ》しゃいいのに若気の至りで、ああいう形のものを書いた」と当人が認めたとおり、これなどは時代のせいで新感覚を競う気負いが感じられる。が、のちの『風ふたたび』に出てくる「スピードにのって、進行中の車内はリキのかかった独楽《こま》に似ている」という実感の比喩には説得力がある。

船にも鳥のイメージが多い。横光利一の『花園の思想』に「舟は落された鳥のように、動かなかった」とあり、壺井栄の『二十四の瞳』にも、「またたくまに船は遠ざかり」としたあとに「とぶ鳥のかげのようにすぎた」とある。林芙美子の『風琴と魚の町』にも「帰って来た船が鳩《はと》のように胸をふくらませた」とあり、曽野綾子の『遠来の客たち』にも「船が水鳥のように真白でこぢんまりしている」とある。林房雄の『青年』にも、軍艦について「白い波頭の上に海鳥のように身体《からだ》をゆすっている」という例が出る。小林多喜二の『蟹工船』にも「駆逐艦は翼をおさめた灰色の水鳥のように、見えないほどに身体をゆすって、浮かんでいた」とある。同じ作品に、「船が、しゃっくりにでも取りつかれたように、ギク、シャクし出した」と、船の揺れを人間のしゃっくりに喩えたユニークな例も出てくる。「ぎくしゃく」という擬態語を強引に二つに区切ってカタカナ表記することで、いかにもぎこちない動きをイメージ化している。

【抽象】海鼠のような時間

岡本綺堂の『修禅寺物語』に、「月には雲の障りあり」とあって、すぐ「その望みもはかなく破れて」と続く例が出る。困難が生じることを、月に雲がかかる自然現象に喩えるのは慣用的で、「月に叢雲《むらくも》、花に風」という伝統的な比喩に近い。山本周五郎の『青べか物語』に、「つまらねえ」と言ったあと、「あんなことっくれえ蝿《はえ》の頭みてえなもんだ」と続く箇所がある。物の数にも入らない無価値な存在を、こんなふうに蝿の頭に喩えるのも、きわめて慣用的な例である。「どんな新しい物事でも」のあと「土が水を吸うようにスクスクと受け入れる」と続ける石坂洋次郎の『青い山脈』の例もいくらか慣用的でそれに近い。

岡本かの子の『母子叙情』には「むす子を巴里《パリ》へ留学させて置く」と書き、「その理由が立派な趣意書のように心に泛《うか》んだ」と続けるあたりになると、「理由」という抽象的な存在を「趣意書」という具体的な書類のイメージでとらえた独創性がうかがわれる。「事情が、春の山雪のように思いがけなく、母親の頭上へなだれ落ちて来た」といった森田たまの『もめん随筆』の例になると、「春の山雪」の「なだれ落ちる」動的なイメージが「思いがけなさ」を活性化する。村上春樹は『レーダーホーゼン』で、「もし彼女が僕にその話をしてくれなかったら」と仮定し、「僕はあるいはこの本を書いていなかったかもしれない」と内省するところで、「そういう意味ではマッチを擦ってくれたのは彼女だった」と展開する。きっかけを与えることを火つけ役に喩えた例であり、さらに比喩性が強い。

小林秀雄の『Xへの手紙』に「現実から立ち登る朦朧《もうろう》たる可能性の煙に咽《む》せ返る」という表現が現れる。「可能性」という抽象的な存在を、「煙」に喩え、それに「咽せ返る」と展開して、さらにそのイメージを補強している例である。高田保は『河童ひょうろん』で、「エチケットはチケットと違うから、ぜひとも無ければというものではないが、ある方が正式というものである」と述べ、「エチケット」を音の似た「チケット」と比較する言語遊戯のあと、「ネクタイみたいなものか？・」と小粋な喩えを持ち出した。

大岡昇平は『花影《かえい》』で、「客が詰めかける前のバーの雰囲気が好き」だと書き、それは「水に放たれた魚のように、息をしやすいように感じるのだ」と、息苦しさから解放される気分を魚のイメージに託して伝えようとする。田宮虎彦は『絵本』の中で、「けはい」というものを耳に聞こえる聴覚的な存在ではなく「風のように私の肌に感じられた」と、むしろ触覚的な存在として描いた。田村俊子も『木乃伊の口紅』で「自分の情緒を臙脂《えんじ》のように彩らせようとしている女の心持がいやであった」というふうに、「情緒」という抽象体を「臙脂」という色彩のイメージを導入して、視覚的に描いて見せた。小川洋子も『シュガータイム』で「微《かす》かな気配」を「赤ん坊のため息のような、砂時計の砂のような」と、二つのイメージを借りて表現している。

川端康成の『雪国』にこんな場面がある。「駒子がせつなく迫って来れば来るほど、島村は自分が生きていないかのような呵責《かしゃく》がつのった」とあり、「駒子のすべてが島村に通じて来るのに、島村のなにも駒子には通じていそうにない」と続く。相手が自分の中にはまりこんできても、それに応えてやることができず、「ただじっとたたずんでいる」ほかはない。「妻子のうちへ帰るのも忘れたような長逗留《ながとうりゅう》」のさなかで感じる島村の自責の念と無力感を、作者は、「駒子が虚《むな》しい壁に突きあたる木霊《こだま》に似た音を、島村は自分の胸の底に雪が降りつむように聞いた」という入り組んだ比喩で表現している。駒子が迫っても島村はどうしてやることもできない。思うように島村の反応が得られない、そういう駒子の張り合いのなさをまず、「虚しい壁に突きあたる」というイメージでとらえる。そうして、それがわかっていながらどうにもならない島村自身の哀《かな》しみを「胸の底に雪が降りつむ」というイメージでとらえ、そこに重ね合わせた複雑な比喩表現になっている。

三島由紀夫は『金閣寺』で「暗い時間の海に呑み込まれ」と、「時間」を「海」のイメージでとらえ、堀田善衛も『鬼無鬼島』で、「あとさきのない暗い海底のような時間の澱《よど》みへひき込んで行く」と、やはり「海」に喩えている。安部公房は『他人の顔』で、「覆面姿に似つかわしい、のっぺらぼうの何週間か」というふうに、変化の無い時間を「のっぺらぼう」ととらえ、また、「意味もなく、愚かしげで、通過する時がことごとく、ほこりまみれの飴細工《あめざいく》のように思われた」というふうに、まったく気持ちをそそらない時間という抽象的な存在に「飴細工」のイメージを導入して具体化した。武田泰淳は『風媒花』で、とらえどころのない「現在」という時間的存在を、「うねりくねる海鼠《なまこ》の如き」と形容した。

永井龍男の『風ふたたび』に花火の華麗な描写が出てくる。「金のあざみ、銀のあざみ。柳の雪が燃え、散る菊にダリヤを重ねる。五彩の花々は、絶え間なく空を染め、絶え間なく空に吸い込まれた」と、名詞止めの文を織り交ぜた対句調で華やかに謳《うた》いあげたあと、その迫力に圧倒された女性が「人の一生の中にも、あの花火のように、張りつめた一瞬があり得るのだろうか？」と自問する一節である。生涯の一瞬を花火のイメージに喩えた例だが、発想としては、現実に見ている花火の映像をきっかけにして、そこにふと人の一生という時間を連想したという順序になるだろう。

稲垣足穂は『彌勒』で芸術を蛾《が》に喩えている。ただしそれは、「青白い雨の明方の硝子戸のあいだで鱗粉を飛ばせている瀕死《ひんし》の蛾」である。そして三島由紀夫は『金閣寺』で、美というものを虫歯に喩えるのだ。「舌にさわり、引っかかり、痛み、自分の存在を主張する」。その点で美はまさに虫歯のようなものなのだという。

串田孫一の『曇時々晴』に「あの人はもともと快晴型の人であって、生涯を快晴で通せればそれ以上結構なことはないが、そうも行かず、晴時々曇ぐらいになっている」という一節がある。書名に象徴されるように、それぞれの人間の生涯を天候に喩えた例である。

小沼丹の『竹の会』には、病後に酒宴に参加した作者自身らしい主人公を、批評家である大先輩の青野季吉がたしなめる場面がある。「僕は三塁まで来てるんだ。だからこのくらいの無理はしてもいいんだ。君なんか、まだ一塁にいるじゃないか。無理しちゃ不可ん」と、それぞれの人生を自分の好きな野球に喩えて相手の体を心配するシーンだ。言い方はいささか乱暴だが、温情あふれることばである。

【行為・動作】睡眠は時雨空の薄日

井上靖の『猟銃』に「遠い遠い昔の、夢のように霞《かす》んだある日のお話でございます」とある。距離が遠く離れると、対象がはっきり見えなくなる。時間的にも隔たるほど記憶がぼんやりする。そういうぼうっとした状態になるのを「霞む」と視覚的にとらえるのは慣用的な表現で、そこに「夢」というイメージを持ち込んで強調した例である。

拡散して薄れ、次第に見えなくなる変化については、「霧」や「霞」よりも「煙」のイメージがよく使われる。永井荷風の『濹東綺譚』に「いつの間にかこの話は烟《けむり》のように消えてしまった」とあり、豊島与志雄の『理想の女』に「その姿は煙のように消えてしまった」とあるのは、その一例にすぎない。一方、黒井千次は『群棲』で、「二人で穴を掘って埋めてしまったかのように、その後手紙の話は夫婦の間から姿を消した」とある。ここでは話題から「消える」現象を、「埋める」という行為に喩えている。

張りつめた緊張は、破れやすいイメージで語られる。林房雄の『青年』に「硝子のような緊張がやぶれて、銃声がとどろきわたる」とあり、古井由吉の『衣』に「いまにもこなごなに罅《ひび》割れしそうな緊張」とあるのは、そういう例と見られる。一方、島木健作の『生活の探求』に「それまで張りつめていた緊張のなかに、ちょうど風穴のように不意にゆるみが入った」とあり、岡本かの子の『母子叙情』に「緊張し続けていた気持がこうしていると、湯に入ってほごれるようだった」とあるのは、逆に緩む場合のイメージである。

くるくる「変わる」場合には慣用的に「猫の眼」のイメージが使われる。宇野千代の『おはん』に「くるたんびに、猫の目みたよに機嫌がかわる」とあり、武田泰淳の『風媒花』に「猫の眼のように変る祖母の命令」とあるのはその一例だ。瞬間的にすっかり変わってしまう場合は、有島武郎の『或る女』に「態度は掌《てのひら》を返えしたように変ってしまった」とあるように、しばしば「掌を返す」というイメージが使われて慣用化した。

「閉ざす」場合は、倉橋由美子の『ヴァージニア』に「二枚貝みたいに自分を閉ざしてしまう」とあるように、よく「貝」のイメージが現れる。また、「閉じこもる」場合には慣用的に「かたつむり」などのイメージが利用される。広津和郎は『再会』で、「あなたのは初心《うぶ》で臆病で内向性なの」としたあと、「自分でカラを作ってマイマイツブロみたように閉じこもる質《たち》なの」と続け、村上知行は『殉情《じゅんじょう》の人』で「旱魃《かんばつ》時の蝸牛《かたつむり》のようにじっと己《おのれ》を閉じ込めて」と書いている。大江健三郎の『われらの時代』にも、「疲労からやどかりのようにとじこもって殻のなかでぐったりしてヘンリ・ミラーを読んでいた」とある。

林芙美子の『放浪記』には「客が途絶えてくると、私達はよくかたつむりのようにまあるくなって話した」とあり、「かたつむり」は丸いイメージでも使われる。しかし、体を折り曲げる場合は「海老」のイメージが多い。稲垣足穂の『彌勒』に「寒さは蝦《えび》のように屈《かが》むことをも彼に強いる」とあり、堀田善衛の『鬼無鬼島』にも「岩角でとまったとき海老《えび》のように身を縮めて」とあり、林房雄の『青年』にも「海老のようにからだを曲げ」とある。なお、林の同じ作品には「胎児のように身をちぢめなければならぬ」と「胎児」のイメージを導入した例もある。

酒に酔う感覚にもいろいろある。「泥酔」というように、獅子文六の『沙羅乙女』には文字どおり「泥のように酔ってきた」という例が出る。これは正体をなくすほどに酔う場合の慣用的な比喩になっている。安岡章太郎の『悪い仲間』には「雲を踏むような不安な酔」とある。アルコール飲料の種類によって酔いのイメージは違うらしく、阿部知二の『冬の宿』には「ウイスキが頭を刺すように廻《まわ》ってきて」とあり、尾崎士郎の『人生劇場』には「どぶろく」の酔いが空いている腸《はらわた》の中へ喰い入るようである」とある。中でも「焼酎《しょうちゅう》の酔い特有の、あのガラスの破片が頭に充満しているような、陰鬱な気分」という太宰治の『人間失格』の触覚的なイメージの例は忘れがたい。

林芙美子の『松葉牡丹』に、「夜露でしめった毛布の上に、志村はボストンバッグを枕に泥のように疲れて眠っている」とある。ここの「泥のように」という喩えは、結果として、正体をなくすほど深く眠っている状態を形容しており、意味的に「泥酔」の場合とつながるが、直接には、「泥のように疲れている」ことから生じると考えるべきかもしれない。同じ作家の『放浪記』には、「働く家をみつけに出掛けては、魚の腸《はらわた》のように疲れて帰って来ていたのに」と、「魚の腸」というイメージが使われた。

安部公房の『他人の顔』には「疲れが、棒杭のように眉間の芯に突き刺さっていた」と、「棒杭」のイメージを導入し、「突き刺さる」という触覚的な連想を援用して描いた。同じ作品に、「疲労が、つまった下水のようにあふれ出し、関節という関節に、ねっとりタールのような淀みをつくりはじめた」という箇所もある。ここでは「疲労」を、「下水」と「タール」という二つのイメージに、「あふれる」「淀む」という液体を連想させる動詞を組み合わせて、念入りに仕立て上げた比喩表現になっている。この作品には「茶の渋のような疲労」という比喩もあり、これもイメージ転換の方向が類似している。

大江健三郎の『死者の奢《おご》り』に、「疲れが濡れて重い外套《がいとう》のように躰《からだ》を包むのを感じた」という例があり、ここでも水分を含む比喩的イメージとなっているのが注目される。宮本輝の『螢川』には「これまでの長い疲れが、歩くたびに体の芯から絞り出されてくるような心持ち」とあり、これも「しぼり出す」という動詞がやはり水分を連想させる。こう見てくると、志賀直哉の『和解』にある「濃い霧に包まれた山奥の小さい湖水のような、少し気が遠くなるような静かさを持った疲労だった」という比喩表現も、静かさに重点があるとはいえ、「湖」という水のイメージが導入されているのは興味深い。

睡眠もいくぶんそれに似たイメージでとらえられる例が少なくない。椎名麟三の『永遠なる序章』に「重苦しい、泥濘《でいねい》のような眠り」とあり、椎名誠の『長く素晴らしく憂鬱な一日』に「寝入るときはそのままねむりの中へズブ沼に沈みこむようにひたすら体をゆだねていけばそれでいい」とあり、古井由吉の『水』に「心地よく小波《さざなみ》立ちながらどこまでも平らかにひろがっていく眠り」とあるのは、いずれもまさに液体の連想が感じられる。

度を超えた深い熟睡は「死」のイメージをよびこむこともある。葉山嘉樹の『海に生くる人々』には「夜の明け方まで、死のような眠りにつく」とあり、太宰治の『人間失格』には「女は死んだように深く眠る」とあり、三島由紀夫の『金閣寺』には「死のような仮睡《まどろみ》に落ちた」とあり、庄野潤三の『静物』には「まるで息をしていないように眠っていた」とあり、向田邦子の『犬小屋』には「それこそ麻酔がかかったように眠ってばかりいる」とある。どれも同じ方向のイメージだ。

さらに強調して、人間でなく物体のイメージをよぶこともある。有島武郎の『或る女』に「男は材木のように感じなく熟睡していた」とあり、和田伝の『沃土』に「飯を嚙《か》み嚙み寝床へ匍《は》い込み、それなり丸太棒《まるたんぼう》のように眠った」とあり、堀辰雄の『恢復期』に「ひどい疲労から小石のように眠りに落ちた」とある。

梶井基次郎の『のんきな患者』には、「睡眠は時雨空《しぐれぞら》の薄日のように、その上を時々やって来ては消えてゆく」とある。深まりもせず長く続きもしない眠りの実感が自然のイメージで美しく描きとられていて、印象に残る比喩表現である。

石坂洋次郎の『暁の合唱』に、「一途《いちず》にひたすらに泣きわめく。驟雨《しゅうう》でも来たようで、一種の壮観を呈する」とある。「驟雨」という思いがけないイメージを導入し、「泣く」ことからはおよそ想像しにくい「壮観」などという雰囲気をかもしだした例だ。安部公房の『他人の顔』にも、「断水した蛇口から空気がもれるみたいな、人を狼狽《ろうばい》させる泣きかた」という、奇妙な比喩表現が出てくる。

文学では笑いに関し、実にさまざまな比喩が現れる。「はちきれるほどの若さを持った彼女は箸がころげたのを見たように明るく笑いながら」という有吉佐和子の『恍惚《こうこつ》の人』の例は慣用的だ。石坂洋次郎の『若い人』に出てくる「怺《こら》えきれなくなった機関銃みたいに笑ってしまったわ」という例も、「機関銃」のイメージは、早口でまくし立てる場合ほど慣用的ではないが、笑いの形容としてもさほど珍しいとは言えない。しかし、同じ作品に「木魚をたたくような飾りけのない笑いが二つ三つボクボクと湧いた」ともあり、こちらは「木魚」のイメージが意表を突いて、「ボクボク」というオノマトペがそれを活性化する。同じ作品にある「落ち葉のような乾いた笑いをまき散らしながら」という例でも、「撒き散らす」という動詞が「落ち葉」のイメージを縁取りしている。

また、やはり同じ作品に、「剃刀《かみそり》で斜《はす》に切ったような笑い方なんです」ともあり、「つやつやした大きな赭《あか》ら顔に濃い湯気がめぐってるような訳の判らない笑いをいっぱいに滲《にじ》ませ」ともある。どちらも具体的なイメージが難解ながら、独創的な比喩の例であるのは間違いない。向田邦子の『はめ殺し窓』に出てくる「ふ、ふと湯玉が上ってくるように笑いの玉がこみ上げて来て、大きな声で笑っていた」という例も、直前の「湯気」の例とイメージがいくらか通い合うが、体の外側と内側という感覚の差も感じられよう。

和田伝の『沃土』には、「日焼けした固い頬の肉が鼻から両側にみちをあけたようないつもの笑いさえ浮んだ」とあり、「固い頬の肉で蒟蒻《こんにゃく》のように笑った」ともある。丹羽文雄の『顔』には「突如、障子をやぶって顔をだしたように笑いだした」とある。いかにも唐突な感じだ。同じ作品に「呼吸をするように、笑う。笑う意味がないのに、笑っている」ともある。これは、それほどに絶えず笑っているという感じなのだろう。芥川龍之介の『一塊の土』には「涙を流し流し、吃逆《しゃっくり》をするように笑い出した」とあり、平林たい子の『桜』には「咳《せき》のような笑い方で笑った」とある。

そんな中で、「彼女はよく笑った」と書き、その感じを「洗ったばかりの葡萄《ぶどう》の房の綺麗《きれい》な粒がいくつも転って行くような印象を与えた」と、洗いたての葡萄に喩えた清岡卓行の『アカシヤの大連』の例は、イメージが新鮮で深く印象に残る。

比喩がひとつの人生観を暗示する例となれば、何といっても太宰治の『富嶽百景』に出てくるこの例だろう。「人は、完全のたのもしさに接すると、まず、だらしなくげらげら笑うものらしい」と、発見的な事実を披露したあと、その際の笑い方を、「全身のネジが、他愛《たわい》なくゆるんで」と、「ねじが緩む」というイメージで形容し、さらに、自ら「これはおかしな言いかたであるが」と前置きして、「帯紐《おびひも》といて笑うといったような感じである」と、着物を締め付けている帯や紐をほどいて、何のこだわりもなく体の底から思いきり笑うと解説を加える。ここは物に動じない頼もしい富士の姿に大親分の雰囲気を感じて、体じゅうの力が抜けたようにだらしなく笑う自身の気持ちをそんな比喩で描いてみせたくだりである。

発言行為については、田宮虎彦の『絵本』にある「悪魔のような囁《ささや》き」、大岡昇平の『俘虜記』にある「噛《か》んで吐きだすようにいった」、中勘助の『銀の匙』にある「気の短い父が癇癪《かんしゃく》をおこして噛みつくようにいう」、野間宏の『真空地帯』にある「黙ってしまった曽田にあびせるようにつけ加えた」のような慣用的な比喩も多い。

石坂洋次郎の『若い人』にある「やさしい一息に続く言葉で、そよ風のように囁きました」、あるいは、「始も終も無い煙のようなお饒舌《しゃべり》」という例や、川端康成の『山の音』にある「毒を吐くようにつぶやいた」、森田たまの『もめん随筆』にある「どこといって区切りのない紐のようにずるずると引きずった話しぶり」といった例はもっと個性的だ。安岡章太郎の『海辺の光景』の「胸の中から最後の空気を吐き出すように、つぶやいた」、黒井千次の『群棲』の「乾いた咽喉《のど》に貼りついた声を引き剝がすように呟《つぶや》く」、宮本百合子の『伸子』の「泥濘《でいねい》を歩くような重さで伸子は言った」、志賀直哉の『濁った頭』の「拳固《げんこ》で卓を叩《たた》くように、こうキッパリと腹の中で言って見た」のような例はさらに独創性が高い。

広津和郎は『神経病時代』で、「八行ばかりに書いた老婆の記事を二行に縮めよう」とする苦心を、「死人を棺につめる時、棺の外にはみ出る手足をぽきぽき折ってしまう」のと同じような残虐を、「自分が働いているような気がした」と書いた。

「結婚」というものを、野上弥生子は『真知子』で、「十二時の時計に促されて、胃の腑が空かなくても空いても昼の食卓に坐らされるような、いわば慣例に過ぎない一つの儀式」と書き、宇野千代は『色ざんげ』で、「結婚は缶詰の表側に貼ってあるレッテルのようなものだ」と謎《なぞ》をかけ、すぐにそのこころを、「中身はとにかくとしてよそ眼にはぜひとも華やかで明るくて愉《たの》しくなくてはならぬ」と解説した。

林芙美子の『浮雲』には「かびのような人間の生きかた」とあり、大岡昇平の『花影』には「死んだようになって生きている」とある。三浦哲郎の『川べり』に「メトロノームのように正確な間を刻んだ歩き方」とあり、室生犀星の『杏っ子』では「にわかに歩行が疾風状態に変った」と、多様なイメージが展開する。

第四章　顔の表現

【頭】音楽を包む防壁

樋口一葉の『たけくらべ』に「頭《つむり》の形《なり》は才槌《さいづち》とて首みじかく」とある。本庄陸男の『白い壁』にも「さっと立ち上るなり大きくさいづち頭を頷《うなず》かせた」とある。「才槌」は小形の木の槌《つち》で、胴の部分がふくれた形をしているところから、前後が突き出ている形の頭を「才槌頭」と呼ぶ。すでに慣用化した比喩である。が、才槌自体をあまり見かけなくなった現在では、ぴんと来ないかもしれない。

島崎藤村の『新生』には「幼少《ちいさ》い時は弱い児《こ》だったからねえ。あの巾着《きんちゃく》頭が何よりの証拠サ」とある。「巾着」は紐でくくる布か革の小形の袋状の財布で、それに形の似た頭の喩えに使うのも珍しくなかった。小林多喜二の『蟹工船』には「赤い臼《うす》のような頭をした漁夫」が登場するなど、頭の形もイメージはいろいろだ。

長与善郎の『竹沢先生という人』に「福助のように巨《おお》きな頭をして、赤ん坊のような手足を持った怪物然たる学者」が登場し、北杜夫の『夜と霧の隅で』には「脳水腫のため南瓜《かぼちゃ》のような頭を持ったその子」とあり、大岡昇平の『野火』にも「頭部は蜂にさされたように膨れ上っていた」とある。大きな頭で特に印象に残るのは、檀一雄の『花筐《はながたみ》』に出てくる「その頭をゆらゆら空気のなかに浮遊させ、ゆっくりと出ていった」という「畸《き》形《けい》のように巨きな頭」の描写だ。形の上では明確な比喩になっていないが、その動きを「ゆらゆら」と形容し、「浮遊」と戯画化した筆致によって、人間離れしたイメージをかきたて、カテゴリー転換を果たしている。

夏目漱石の『吾輩は猫である』に「薬《や》罐《かん》頭が顔を洗って居るんでさあ」とあるところから考えると、禿《は》げた頭を「薬罐」に喩えるのは、その当時からすでに慣用化していたらしい。同じ作品で漱石は、学者や作家は頭を使うのに貧乏だから、栄養不足でたいてい禿げている、という真偽不明の一般論を展開させたあと、その一例を挙げ、「彼はつるつる然たる金《きん》柑《かん》頭を有して居った」と、「金柑」のイメージを持ち込んだ。

小林多喜二は『防雪林』で、「頭がすっかり禿げて、それが一年中も陽《ひ》にさらされて、赤いいいひょうたんのようになっている」と、禿げ頭から「瓢簞《ひょうたん》」を連想した。志賀直哉の『清兵衛と瓢簞』は、瓢簞に夢中になっている子供が、「路端《みちばた》に浜を背にしてズラリと並んだ屋台店の一つから飛び出してきた爺さんの禿頭」を見て、ほんものの瓢簞と間違える話である。そういうことのあとだからこそ、「その爺さんはいい色をした禿頭を振り立てて彼方《むこう》の横町へ入って行った」と、「いい色をした」という形容が付くのだろう。

梶井基次郎の『城のある町にて』には、「頭が奇麗に禿げていて、カンカン帽子を冠《かぶ》っているのが、まるで栓をはめたように見える」とある。「栓」などという突拍子もないイメージが読者の笑いを誘う。禿げではないが、髪を剃《そ》った坊主頭について、武田泰淳は『異形の者』で想像をたくましく描いている。「剃りたての頭部は、うき世の風になれない赤ん坊の皮膚のような、うす桃色のうす皮がういういしく張っていて」と、赤ん坊の皮膚というイメージでとらえたあと、「その中に詰っている私の全智能はもはや髪の偽装に守られるすべもなく、はずかしげに収縮し、やがてはあきらめて宇宙に身を委せてしまったように見えた」というところまで掘り下げるのである。

『黒い雨』で、「頭の髪のあるべき部分がつるつるに禿げ、ねじり鉢巻をしていたと見える跡だけ皮膚が正常に残って」と、原爆の被害者を冷静に描きとって、人間暴力の残虐さを告発した井伏鱒二は、同じ作品で「頭も顔も埃《ほこり》だらけだぞ。灰の鬘《かつら》を被《かぶ》っておるようだ」とも書いている。被った灰を「鬘」に見立てた比喩である。

小林秀雄の『モオツァルト』に出てくる「頑丈な頭蓋は、音楽を包む防壁の様に見える。痩せた顔も、音楽の為に痩せている様に見える」という例も忘れがたい。そういう目で見ると、この批評家にとっては、モーツァルトという人間自体が音楽そのものという存在に感じられるのだろう。

【髪】闇と曙に染まる

円地文子の『耳瓔珞《みみようらく》』に「島田に花簪《はなかんざし》を飾った娘の頭がところどころ薬玉《くすだま》のように人波の間に浮んでいた」とある。「薬玉」というと、祝いの際に使う、玉が二つに割れて中から紙ふぶきの飛び散るあの仕掛けを思い浮かべやすいが、ここでは造花などを玉のように束ねて飾りの糸を垂らしたものというイメージだろう。幸田文の『流れる』には、「花笄《はなこうがい》が眼につく。島田はむろん鬘だが、笄は一見セルロイドでなく本甲で、とろっと油のように重い黄色が鬢《びん》をひきたてている」とある。笄の色を「油のように重い黄色」と「油」のイメージでとらえ、それを「とろっと」という擬態語で活性化した例である。野上弥生子の『秀吉と利休』に「或《あ》るせんみつ屋に養われている琉球《りゅうきゅう》おんなの、引きつめ髪のてっぺんに長いかんざしを一本、触角のように突ったてた、年齢にしては眼の色っぽい小さい黒い顔」とある。ここでは「簪」を虫の「触角」というイメージで描いている。

武田泰淳の『秋風秋雨人を愁殺す』に「豚のシッポのような辮髪《べんぱつ》を切りすて」とあり、野間宏の『暗い絵』には「牝鶏《めんどり》の尻尾《しっぽ》のような髪の毛をつけた顔」とあるように、束ねた髪の毛は一般に動物の尻尾を連想させやすい。曽野綾子の『たまゆら』にも「髪も二人とも同じように後で一束にひっくくっているけれど、姉の方はそれを髷《まげ》のようにまるめ、妹はばらりと尻尾のように垂らしている」とある。

横光利一の『花園の思想』には「お前の明るいお下げの頭が、あの梯子《はしご》を登った暗い穴の所へ、ひょっこり花車《だし》のように現われるのさ」とある。幸田文は『流れる』で、「髪は流行のあわびみたいな型だ」と「鮑《あわび》」のイメージを持ち込み、「まんなかだけてろっと素直な毛で、ぐるりいっぱいむちゃくちゃに縮らして、そこへ本甲らしいカルメンのような大きな櫛《くし》がささっている」と具体化しながら、さらに「カルメン」のイメージを重ねている。

夏目漱石の『吾輩は猫である』では前髪の豊かさを戯画化して滑稽感をかもしだす。まず、「年は四十の上を少し超した位だろう」と中年じみた雰囲気を漂わせ、「抜け上った生え際から前髪が堤防工事の様に高く聳《そび》えて、少なくとも顔の長さの二分の一丈《だけ》天に向ってせり出している」と、大仰なタッチで笑わせる。「堤防工事」という比喩、「天に向って」という誇張を併用して、その並外れた存在感を際立たせている。安岡章太郎の『ガラスの靴』には、「パーマネントをかけた頭髪は、いつも陰毛みたいにちぢれている」とある。これも思いがけない連想だ。

円地文子は『妖』で、「パーマネントが流行って来て、髪を惜しげなく殺《そ》ぐ時も、顔の右左に黒い塊がぽとりぽとり大きい雫《しずく》のように落ちてゆくのを見ても気が負《ひ》けるどころか、込みすぎた木の枝を払うように爽やかに感じた」と、「しずく」のイメージ、植木の剪定《せんてい》のイメージを駆使して描いている。

昔から「髪は烏《からす》の濡れ羽色」と言われるように黒い髪が好まれてきたが、黒ければ黒いほどいいというものではないらしい。川端康成は『雪国』で、「前髪が細かく生えつまっているというのではないけれども、毛筋が男みたいに太くて、後《おく》れ毛《げ》一つなく、なにか黒い鉱物の重ったいような光だった」と鉱物のイメージを導入して描く。そんな駒子の髪に手を触れて、「こんな冷たい髪の毛は初めてだとびっくりしたのは、寒気のせいではなく、こういう髪そのもののせいであったかと思えて」、島村はあらためて眺め直してみるのである。鉱物じみた重さと冷たさを感じるイメージ転換の例だ。

大岡昇平の『野火』には、「頭髪は分解する組織から滲《にじ》み出た液体のため、膠《にかわ》で固めたように皮膚にへばりつき、不分明な境界をなして、額に移行していた」と、毛髪の硬い感じを「にかわ」のイメージでとらえている。井上光晴の『地の群れ』には「小豆《あずき》と鉄をまぜあわせたようなぶつぶつした髪の毛」とある。こういう硬質の印象とは逆に、谷崎潤一郎は『春琴抄』で「頭髪も亦《また》非常に多量で真綿の如く柔くふわふわしていた」と「真綿」のイメージで描き、『少将滋幹《しげもと》の母』では「額から垂れたゆたかな髪が輪郭を覆い隠しているので、厨《ず》子《し》の中にある御仏を拝むよう」というふうに、その軟らかい豊かな髪が顔全体を仏じみた感じに見せることをとおして、慈愛に満ちた雰囲気を演出した。

永井荷風は『ふらんす物語』で、「帽子の下から雲のように渦巻き出《い》で豊《ゆたか》に両の耳を蔽《おお》う髪の毛」と書き、中村真一郎も『遠隔感応』で「春の雲のように柔かい髪」と書いた。ともに「雲」のイメージをよびこんで、豊かな髪の柔らかさを強調している。

三島由紀夫は『鹿鳴館』で、「会わないでいた二十年の間というもの、夜の闇が夜毎《よごと》に染めて、ますます黒く、ますます長く、ますますつややかになったこの髪」と、夜の闇が髪を黒く染めるというイメージをつくりだし、一方、「髪がすっかり白くなり、私が女でなくなるときに、曙《あけぼの》がその白髪を染めるのですわ」と、今度は曙が髪を染めるというイメージをくりひろげる。

川端康成の小説『雪国』の冒頭に、こんな場面があった。夕闇が次第に濃くなるにつれて車窓が透明なガラスから鏡へと姿を変える。その途中で外の風景を映しながら同時に車内の人物の姿をも映し出す微妙な時間がある。車窓を流れ去る夕景色を眺めていた主人公の視線が、ふとその手前に娘の顔が映っているのに気づくシーンである。間接的にとらえた女性の描写だ。作者はそこを中心に『夕景色の鏡』と題する短編として発表し、のちに書き継いで今日の中編『雪国』が成立した。

ほんものの鏡に映った女性の顔を島村がやはり間接的に眺める場面もある。初めて島村の部屋に泊まった駒子が、夜が明けかかる頃に帰ろうとして鏡台に向かう。ふとその鏡に眼をやった島村は、まずそこに雪景色を見出す。「鏡の奥が真白に光っているのは雪である」という一文がそれだ。そして、「その雪のなかに女の真赤な頬が浮んでいる」と続く。化粧を直して帰ろうと鏡に向かっている駒子の顔だ。ここでも自然を背景にとらえた人物像が、

「真白」な雪と「真赤」な頰という鮮やかな対照でくっきりと描き出されている。「なんともいえぬ清潔な美しさであった」と、思いがけない美の発見に感動の筆がはじける。

川端はそこで行を改め、「もう日が昇るのか、鏡の雪は冷たく燃えるような輝きを増して来た」と雪の変化を描き、次いで、「それにつれて雪に浮ぶ女の髪もあざやかな紫光りの黒を強めた」と人の変化を描いた。「冷たく燃える」という意味の反発する語の連続、輝く雪を「燃えるような」ととらえる比喩的な思考が働いて、読者を刺激する。朝日はまだ姿を現していない。が、黒い髪が紫がかって見えるという目の前の現象を通じて、島村がもうすぐ日が昇ることを察知し、駒子との別れの時をかみしめていることが伝わってくる。

【こめかみ】むくむくと這う

梅崎春生の『紫陽花《あじさい》』に「顔は青白く神経質らしく、こめかみに静脈を浮き出させている」とか、「こめかみに青筋を立てて怒り始めている」とかとあり、椎名麟三の『永遠なる序章』に「異常に神経がたかぶっているらしく、こめかみに青い静脈が怒張している」とあるように、こめかみの描写は青筋を立てる例が多い。

嘉村礒多の『秋立つまで』に出てくる例は強烈な印象を残す。「歯をがちがち鳴らし乍《なが》ら座を蹴立てて突掛るカツ子の白まなこに一滴の血のしたたりを見た気がして、私の頭にもカーッと血が湧き上った」という場面だ。いきりたって白目の血走ったようすを「一滴の血のしたたりを見た」と強調したところも凄《すご》みがあるが、その直前に「殺気立って蟀谷《こめかみ》にむくむくと幾条《いくすじ》もの青筋を這《は》わして」とある箇所は迫力満点だ。青筋の怒張するさまを、「むくむくと」「這わす」といった語を駆使して、まるで蛇のような動物めいたイメージを想起させる例である。

【額】冥府の烙印

青筋はこめかみだけではない。古く二葉亭四迷の『浮雲』に、「何時しか額に芋蠋《いもむし》ほどの青筋を張らせ、肝癪《かんしゃく》の 眥《まなじり》を釣上げて唇をヒン曲げている」と、芋虫のイメージで生きものめかした例があり、田宮虎彦の『落城』にも、「青白い額にみみずばれのような青筋がぴくぴく痙攣《けいれん》する」と、みみず腫れのイメージで活性化した例が見られる。

額そのものの形状ではないが、徳田秋声の『あらくれ』に、「白粉《おしろい》の斑《まだら》にこびりついたような額のあたりが、屋根から照り返して来る日光に汚らしく見えた」とある。小島信夫の『小銃』には「女の垢《あか》で黒ずんだ額には、すだれのように髪の毛がさがっていた」と、すだれのイメージがよびこまれ、安岡章太郎の『海辺の光景』には、「刈り上げた白毛の頭髪が、毀《こわ》れた泥人形のように、つやを失った額や頬にかかっている」と、泥人形のイメージが現れる。

思いがけないイメージが滑稽な味わいをもたらす比喩表現もある。鈴木三重吉の『千鳥』には、「人並より余程《よほど》広い額に頭痛膏《こう》をべたべたと貼り塞《ふさ》いでいる」とあり、まるで自分の額の広さを隠すために膏薬を貼っている感じに描いたあと、「昨夕《ゆうべ》の干潟の鳥のようである」という喩えが続く。牧野信一の『鬼涙村』では、「額が木魚のようなふくらみをもって張出し」と、「木魚」のイメージが登場し、曽野綾子の『たまゆら』では、「カマボコ板を横にしたような狭い四角い額」と、「かまぼこ板」のイメージが飛び出す。それぞれに意外な喩えが笑いを誘う。

夏目漱石の『こころ』に、いつも物静かな先生の表情の微妙な変化にふれた箇所がある。「時として変な曇りが其《その》顔を横切る」というのがそれだ。「表情が曇る」という表現がよく使われるほど、この「曇り」のイメージは慣用的と言ってよい。雑司が谷の墓地で不意に先生に呼びかけた際の先生の表情の変化で、原文ではそこに「窓に黒い鳥影が射すように」という比喩表現が現れ、「射すかと思うと、すぐ消える」と続く。

しかし、額の描写で深く印象に残るのは、森田草平の『煤煙』に出てくる「あの眉と眉の間の暗い陰は、誰の眼にも附くじゃないか。冥府《あのよ》の烙印《やきいん》を顔に捺《お》したような——一度見りゃ一生忘られない顔だ」という例である。「冥府の烙印」を連想させるのだから、永久に消えそうもない暗い表情なのだろう。

【眉】生えたての苔

眉は二本の棒だから、いろいろな見立てが試みられる。それを時計の針に見立てて、目尻の釣り上がった眉を「一〇時一〇分」、逆に、垂れ下がった眉を「八時二〇分」と呼んだりするのはその一つだ。夏目漱石の『吾輩は猫である』に「背のすらりとした、色の浅黒い一の字眉の、意気で立派な泥棒」とあり、有島武郎の『或る女』に「男の一文字眉は深くひそんで、その両眼は一際鋭さを増して見えた」とあり、近松秋江の『黒髪』にも「白い額に、いかつくないほどに濃い一の字を描いている眉毛は、さながら白沙青松ともいいたいくらい、秀でて見えた」とあるように、まっすぐの眉は「一の字」に喩えられる。

途中で曲がってしまうと「への字」に見え、大岡昇平の『花影』にも「眉毛もだんだん延びて来て、いつの間にか、への字眉になってしまったのを、シャドウでごまかす」とある。

樋口一葉の『たけくらべ』に「目かくしの福笑いに見るような眉」とあるのは、左右の配置の悪いちぐはぐな眉だろう。同じ作品に「毛虫眉毛を動かして」とあり、高見順の『故旧忘れ得べき』にも「毛虫のような眉の下で徒《いたず》らに、色の悪い眼をパチクリさせていた」とあるように、ぼさぼさに生えて感じの悪い眉は毛虫に喩えられる。同じ作品に「何事かと彼女が芋虫のような眉を寄せて手紙を受けとる」というふうに、芋虫に喩えた例もあり、「眉が芋虫のように濃くモサモサし」と説明した箇所もある。毛虫眉のうち特に太くて濃い不気味な眉は、節足動物のゲジに似ているとして「げじげじ眉」と呼ばれ、林芙美子の『放浪記』にも「げじげじ眉で」という表現が出てくる。

火野葦平の『糞尿譚《ふんにょうたん》』に「細面の顔に三日月形の眉毛がいかにも婀娜《あだ》っぽく」とあるように、軽く湾曲した細い眉は慣用的に三日月に喩えられる。弓なりの形のよい眉は女性の美しい眉の典型だった。円地文子の『老桜』に「眉は半月型」とあるのは、もう少し丸みを帯びているのだろう。中村真一郎の『遠隔感応』には「暁の月のような形に眉を細く描いている顔」とある。

阿部知二の『冬の宿』には「観音眉」とあり、柔和で慈しみ深い雰囲気がある。嘉村礒多の『秋立つまで』に「地蔵眉の恰好《かっこう》」、川崎長太郎の『漂流』にも「描いた地蔵眉を半分近く短くした」とあるように、穏和な地蔵の顔に喩えることもある。

向田邦子に『男眉』と題する作品がある。ほうっておくと左右がつながってしまう濃い眉のことを「男まみえ」と呼ぶらしい。その作品に、妹が生まれたときに、赤ん坊の顔を見て「地蔵まみえ」だと言って家族が喜んでいるので、地蔵まみえと皆がほめそやす弓形のやさしい眉というものを実際に見てみようと、母親の隣で眠っている赤ん坊の顔をのぞきこむと、「茹《ゆ》で上ったような赤むらさき色の顔にうすい肌色のうぶ毛が一面に生え、目の上で上《うえ》下《した》から寄り集り、生えたての苔《こけ》のように撚《よ》れているだけ」だったとある。

【瞼】困惑に満ちた

梅崎春生の『寒い日のこと』に「瞼《まぶた》の皮が薄く、蛙《かえる》と同じでほとんどまたたきをしない」とあり、「その瞼の下の眼が青味がかって怒っていた」と続く。蛙のイメージが一瞬よぎるが、ここは瞼の状態が蛙と似ているわけではなく、長くまばたきをしないようすが蛙を連想させる例である。

島尾敏雄の『われ深きふちより』に「妻のあの視覚ばかり鋭敏になって発達してしまった皮膚のうすい熱っぽい、自らを統御できなくなった困惑に満ちたまぶた」とある。これも瞼の形状に関する客観的な描写であるよりは、その瞼を見た夫が、精神に異状を来してきた妻の内面を慮《おもんぱか》り、そこに「一種の幼なさをただよわせ」ていると感じている例だろう。

谷崎潤一郎の『春琴抄』に「春琴女の閉じた眼瞼《まぶた》にもそれが取り分け優しい女人であるせいか古い絵像の観世音を拝んだようなほのかな慈悲を感ずる」とあり、野上弥生子の『秀吉と利休』にも「仏像めいて半眼に閉ざされた瞼は濡れたまま」とあり、大岡昇平の『野火』にも「この明るい陽光の中でも、彼の垂れ下った瞼の下に、時々仏像の眼の光が、走るように思った」とある。こんなふうに優しい感じの瞼が仏のイメージを誘うこともある。

瞼が貝のイメージをよびおこす例も見られる。小林多喜二の『蟹工船』に「カキの貝殻のように、段々のついた、たるんだ眼蓋から、弱々しい濁った視線をストオヴの上にボンヤリ投げていた中年を過ぎた漁夫が唾をはいた」とあるのがその一例だ。宇野千代の『色ざんげ』にも、「蒼《あお》ざめた顔の中に泣き腫れた瞼がうすあかい二枚の貝殻のようになって閉じていて」とあり、「紅色の貝殻のように腫れている瞼」ともある。

小林多喜二の『蟹工船』に「眼のふちがあかべをしたようにただれている」という例がある。これは「あかんべ」のイメージでとらえた滑稽な表現だ。一方、森田たまの『もめん随筆』に「いくら飲んでも一向に酔われるけしきなく、ただ一すじ紅い絹の糸を濡らしてすっと刷《は》いたように、まぶたの上にほのかな紅の色のにじんでいる」とある例では、紅の絹を刷くというイメージを借りて、まぶたの紅色を美しくとらえている。

織田作之助の『蛍』では、「夜中用事がなくても呼び起すので、登勢は帯を解く間もなく」とあり、「古綿を千切って捨てたようにクタクタになった」と続くのだが、その極度の疲労を表す比喩的イメージを具体化する一点として、「いつか眼のふちは黝《あおぐろ》み」と、青黒い瞼が象徴的に使われている。

井伏鱒二の『黒い雨』には、顔が「極度に腫れて倍くらいな大きさになり、瞼を指でこじ明けなければ目が見えなくなった」被爆者の悲惨な姿が描かれているが、そうでなくても、瞼が腫れ上がると重く感じられる。谷崎潤一郎の『細雪』には「寝不足なのか、泣いたせいなのか、それとも眼病を患《わずら》ってでもいるのか、眼瞼《まぶた》が脹《は》れて垂れ下っているために始終眼をつぶっているような顔つきをした、従って表情の鈍い、呆《ぼ》けかかった老婆のような外貌」が描かれている。石坂洋次郎の『麦死なず』には、「瞼は膠《にかわ》づけにされたように渋滞し」と、さらに重苦しい感覚を「膠づけ」という段階まで強調した比喩的描写が現れる。

【睫毛】毛糸のかたまり

川端康成の『雪国』のヒロイン駒子は睫毛《まつげ》が濃い。「女が黒い眼を半ば開いているのかと、近々のぞきこんでみると、それは睫毛であった」と、はっとする島村の驚きが記される。そして、「閉じ合わした濃い睫毛がまた、黒い目を半ば開いているように見えた」とくりかえされ、さらに、「黒い眼を薄く開いていると見えるのは濃い睫毛を閉じ合わせたのだと、島村はもう知っていながら、やはり近々とのぞきこんでみた」と執拗にくりかえされ、後述する「蛭《ひる》のような唇」と「蚕のような体」に象徴される駒子というヒロインの肉体的な魅力をさらに印象づける。

円地文子の『妖』に「眼を囲む睫毛も多すぎて瞳がうっとうしく滲《にじ》んで見えた」と、濃い睫毛のマイナスイメージが記されることもあるが、濃い睫毛は一般に魅力的なものとされる傾向が強い。大江健三郎の『芽むしり仔撃ち』に「少女は眼をふせた。その瞼へ濃いまつげの影が葉の影や草の影のように青んでひろがった」とあるのは、睫毛を葉や草のイメージでとらえた例だ。

宇野千代の『色ざんげ』には、「窓からさすうす日をうけて半眼に開いているつゆ子の瞼は廂《ひさし》のように濃い睫毛の影を頰に落し」ている描写が出る。廂を連想するぐらいだからかなりの量感があるのだろう。が、それによって薄日をさえぎり、頰の上部に影が映るとまで誇張した、この「廂」のイメージの比喩は読者を驚かす。

井伏鱒二の『黒い雨』には、「焼けた睫《まつげ》が一とかたまりの黒い団子状になって、さながら黒い毛糸が焼けて出来たかたまりのようである」という比喩的な表現が現れる。広島で被爆した人間の惨状を示す一例だ。同じ人間という存在の、かつて現実に犯した残虐な行為を告発する作品である。「団子」と「毛糸」という二つのイメージが働いて、読む者の心の奥深く忘れがたい印象を刻むことだろう。

【目】空のかけら

川端康成の『伊豆の踊子』の初めのほうに「水死人のように全身蒼《あお》ぶくれの爺さん」が登場し、「瞳まで黄色く腐ったような眼を物憂げに私の方へ向け」る。古手紙や紙袋などの紙《かみ》屑《くず》の中に埋もれている、「到底生物《いきもの》と思えない」その「山の怪奇を眺めたまま」、主人公が棒立ちになるシーンである。北杜夫の『夜と霧の隅で』にも、「うす青い瞳孔は作りもののように不気味」で、何を考えているかわからない正体不明の男と何日か過ごす箇所がある。どちらも、眼が腐るとか、作り物だとか、現実離れしたイメージが薄気味悪い雰囲気をかもしだしている。

梅崎春生の『桜島』にある「硝子玉のように気味悪く光る瞳を、真正面に私に据えた」という例も、作り物というイメージである。吉行淳之介の『娼婦の部屋』に、「秋子の眼は、いつもは淡桃色《うすももいろ》の靄《もや》に囲まれたように潤んでくるのだが、その日は、ガラス玉のように眼窩《がんか》に嵌《はま》っているだけだった」とある箇所も、後半のイメージはそれに通う。

瞳の鋭い光については、福永武彦の『冥府』に「眼鏡を外して胸のポケットに入れ、鷲《わし》のような瞳をきらりと輝かせた」とあり、火野葦平の『糞尿譚』に「鳶《とび》のように光る瞳をみはって」とあるように、鳥のイメージがよく使われる。野上弥生子の『秀吉と利休』には「美しい黒瞳《くろめ》が、なにかごぼっと水面に小魚が跳ねたような瞬き方をして」と、魚の動きに喩える例もある。高見順の『故旧忘れ得べき』には「その友人は小動物的な小さくよく動く眼を狡猾《こうかつ》げに四囲《あたり》に配って」と小動物のイメージが使われている。

印象的な瞳ということになれば、やはり川端の『雪国』の冒頭の章から、列車の窓という「夕景色の鏡」に映った、のちに葉子とわかる娘の瞳の描写をあげないわけにはいかない。明るい間は単なるガラスとして外の景色を映している列車の窓も、暮れきって外が暗くなるにつれて、車内を映す鏡へと変わってゆく。そうなってしまう直前のたそがれ時は、外を流れる夕景色を背景にして車内の人物の映る二重写しの映像が実現する。

車窓を風景が流れ、点々と人家の灯《ひ》も見える頃、島村が温《ぬく》もった窓ガラスを指で拭うと、そこに娘の顔が現れた。流れ去る人家の灯は「冷たく遠い光」で、その顔を明るく照らし出すほどの力はない。が、顔の中の「小さい瞳のまわりをぼうっと明るくしながら」、偶然それがちょうど娘の眼と重なる瞬間がある。思わず目を見はる島村は、「彼女の眼は夕闇の波間に浮ぶ、妖《あや》しく美しい夜光虫であった」と不意を突かれて、はっと心を打たれるのである。

井伏鱒二の『さざなみ軍記』には、「少女は花卉《かき》の種子《たね》みたいな黒い瞳におどろきの様子を示して私を見た」と、観賞用の植物に喩えた例がある。

俵万智の『プーさんの鼻』にも「プルーンの種のようなる眼《まなこ》して吾子が初めて見ている我が家」という一首があり、ようやく目を見開いた初めてのわが分身の眼をプルーンの種に喩えている。

上林暁の『薔薇盗人』には、「薩摩芋《さつまいも》のようにいびつに赤肥《あかぶと》りした大きな顔の端っこのほうに、飯粒のように白くくっついた小さな眼である」というふうに、顔には「薩摩芋」、眼には「飯粒」という、ともに食べ物のイメージを並べた滑稽な比喩表現が登場する。

北杜夫の『夜と霧の隅で』には、「こんな冷い、無機物のような動きのない灰色の瞳を見たことがなかった」と、先輩の医者の生きものではないような冷ややかな眼を描き、「絶対に抵抗を許さぬものを含んでいた」と解説する。それが人間らしい潤いに欠ける「無機物」というイメージだ。木山捷平の『河骨《こうほね》』には「その瞳の光は冬の湖のように冷たかった」とある。三島由紀夫の『仮面の告白』には、「泉のように感情の流露をいつも歌っている深い瞬かない宿命的な瞳」とある。園子のそういう稀有《けう》の美しさをもった瞳に向かうと、主人公はいつも言葉を失ってしまう。

眼の開閉に関して安岡章太郎は『ガラスの靴』に「彼女は毀《こわ》れた人形みたいに両眼をポッカリあけてその軀《からだ》を投げ出すように横たえていた」と、人形のイメージを導入する。

細い目の形容には伝統的に「糸」のイメージが用いられてきた。古く徳冨蘆花《ろか》の『思出の記』に「彼は糸の如き眼に僕を見上げ見下ろし」とあり、宇野千代の『色ざんげ』にも「笑うと糸のように細くなる眼」とあり、同じ作家の『おはん』にも「細い、糸みたようなおはんの眼がつりあがって、さっと顔から血の気がひきました」ともある。三島由紀夫の短編『橋づくし』にも、「ふくらみ返った頬の肉に押しひしがれて、目はまるで糸のようである」とあり、水上勉の『越前竹人形』にも「整った顔だちだった。細い糸のような眼をしている」とある。幸田文の『流れる』では、「藁《わら》しべを聯想《れんそう》させる細い眼はぴかぴかと濡れている」というふうに、「糸」でなく「藁しべ」のイメージを用いている。

細い眼には「象」の連想もあり、永井荷風の『おかめ笹』に「象のような目を一層細くして大声に笑い出した」、遠藤周作の『海と毒薬』に「象のような眼をさらに細めて、私の躰を舐《な》めるように眺め」という例が出てくる。宇野千代の『色ざんげ』に「眼鏡はかけていなかったけれども強い近視眼であると見え、ほんの少し離れたものを見るときにもその大きな眼をすうっと猫の眼のように細くする癖があって、奇妙に色っぽい印象を与える」とあるように、目を細める場合はしばしば「猫」のイメージが使われる。

眼の両端が吊《つ》り上がると「狐目《きつねめ》」と言われる。実際、井伏鱒二の『遥拝隊長』に、「吊りあがった両の目が血走って、玩具屋で買って来た狐のお面のような顔に見えた」とある。岡本かの子の『生々流転《しょうじょうるてん》』に「ほのかに薫る香水の間から三日月のように笑い和《なご》めた眼」とあるように、「三日月」のイメージは柔和だが、それが三角に見えるようだと、きつい感じになる。森鷗外の『ヰタ・セクスアリス』に「目は基線を上にした三角だと云ったが、その倒三角形の目がいよいよ稜立《かどだ》っていたであろう」とあるのはその一例だ。

四角に見える眼もある。梅崎春生の『空の下』には、「とがめるような眼付きになって、私をにらみつける」とあり、その眼を「老人の眼は四角な感じの眼で、ちょっとトーチカの銃眼に似ている」と形容する。同じ作品に「ブリキの貯金箱の差入口のようなれいの四角な眼が、まばたきもせず、じっと私の表情を凝視している」という例も出る。「トーチカの銃眼」とか「ブリキの貯金箱の差入口」とかといったイメージが滑稽な雰囲気を誘う。

北條民雄の『いのちの初夜』に、「美しい方の眼が何時の間にか抜け去っていて、骸骨のように其処《そこ》がぺこんと凹《へこ》んでいる」とあるように、眼球の存在が感じられない眼が「骸骨」

のイメージをよびおこすのは自然だろう。そこまで達しなくても、一般に眼窩《がんか》が落ち窪《くぼ》むと、堀田善衛の『広場の孤独』に「肉の中におち窪んだ、猛禽類《もうきんるい》のような眼に、ぐいと凝視されたような気がした」とあるように恐怖感を誘いやすい。梅崎春生の『空の下』には、「カラッポみたいな感じのする眼窩を、ひたと私に固定させて」とあり、やはり不気味な感じが漂う。

里見弴の『極楽とんぼ』に「子供の顔に、ぎろッとした両眼を嵌《は》め込んだような、なんとも無気味な男」とある例も凄《すご》みが感じられよう。安岡章太郎の『海辺の光景』では、神経を冒されてきた母親の眼の感じを、「そのころから母の眼つきは変ってきた」とし、「眼玉のなかにもう一つ眼玉のあるような妙な光り方で、それが絶えずキョロキョロとうごき、ふと追いつめられた犯罪人をおもわせた」と比喩を重ねて表現している。

鋭い視線としては、古く幸田露伴の『風流仏』に「小兎《こうさぎ》攫《つか》む鷲《わし》の眼《まな》ざし恐ろしく」とある。高見順も『故旧忘れ得べき』で「獲ものを前にした猛獣みたいな眼付」と書き、『草のいのちを』でも「弟は、捕えられた猛獣のように眼を光らせて部屋の隅に坐った」と同じく「猛獣」のイメージで表現している。田宮虎彦の『足摺岬』にも、「眼だけは老いた鷹《たか》のようにするどく光ってみえた」とか、「鷹のように光っている老いた眼の光にいすくめられていた」とかと、猛禽類のイメージに託す比喩を用いている。川端康成の『名人』に「居住《いずま》いを正すと、顎《あご》を引き、上瞼を開いて、貫くように盤を見た」とある。囲碁の対局姿である。視線の鋭さを「貫く」という動詞で誇張した比喩表現だ。

その川端は『雪国』で、女性の鋭くきらりと光る眼を魅惑的に描いている。夕景色を背景に車窓に映ったあの葉子のまなざしだ。「とっさに仮面じみた例の真剣な顔をして、刺すように燃える目」で島村を見つめる。この「刺すように燃える目」という比喩は、眼の描写であると同時に、葉子の一途な性格をも象徴しているだろう。「ええ」とうなずくはずみに、その「葉子はあの刺すように美しい目で、島村をちらっと見」る。その瞬間、「島村はなにか狼狽《ろうばい》した」と展開する場面だ。駒子と惹《ひ》かれ合っている島村だが、「ありさまを無心に刺し透《とお》す光に似た目」に出会い、この女にも思わず惹かれる。それが「狼狽」という思いがけない一語で適切にとらえた、男の心の動揺である。

このように鋭く刺すような眼もあれば、心に溶け入る眼もある。坂口安吾の『青鬼の褌《ふんどし》を洗う女』に「特別の光も感情も何一つきわだつものの翳《かげ》もないのに、どうして私の心にふかく溶けるように沁《し》みてくるのだろうか」とあるのがそれだ。大江健三郎の『芽むしり仔撃ち』に「野兎《のうさぎ》の眼のような充血して力ない眼」とあり、宇野千代の『色ざんげ』には「柔かい鳩《はと》のようなその眼《まな》ざし」とある。兎や鳩はやさしいイメージがあるのだろう。志賀直哉の『暗夜行路』に出てくる「眼は死んだ魚のよう、何の光もなく、白くうじゃじゃけている」という例は、そのマイナスイメージを強めた比喩と言えるだろう。

平林たい子の『鬼子母神』に、「世の母親が子供に注ぐ目は、牝鶏《めんどり》の目のように近視」だとあり、「母親の本能が吐き出す霧のようなもので、相手の形をぼんやりぼやかして包んでいる」という説明が続く。いささか理屈っぽい比喩だが、読者はあるいはみずからを顧みて、なるほどと納得するだろう。堀辰雄の『菜穂子』には、「彼女の上へ目を注ぎながら、彼女を通してそのもっと向うにあるものを見つめているような眼つきを肩の上に感じながら」とある。いわゆる「遠い目」である。円地文子の『妖』にも、「前に坐っている人と話していても、ほんとうの相手はその背後の遠いはるかな虚空にいるような焦点のずれた眼をしている」とある。

吉行淳之介の『原色の街』に、「とうとう我慢できなくなってしまったの。男たちの眼つきが」という、いわゆる赤線の街に住む女の気持ちが描かれている。「この女は、金でなんとかなるかな、いくら位で、ついて来るかしら、それともタダでうまく浮気できるかな」と考えている男の眼つきだ。目つきひとつから、なるべく金をかけないで女をものにしたいという男の魂胆を見抜く女の眼には、男たちのそのさもしい眼の動きが、「舐《な》めまわすような、疑《うたぐ》りぶかい湿った眼」と映る。読者の肌にまでからみつくような表現である。作中のその女は、男のそんな眼にがんじがらめにされ、どこにいても「その眼がチリチリ皮膚に焼きつく」ように感じる。表現の隅々にまで感覚的な比喩の働いている一節である。三木卓の『ほろびた国の旅』にも「まるで青大将かカマキリでも見るようなうさんくさそうな目つき」とある。

安岡章太郎の『驢馬《ろば》の声』に出てくる「まるでブヨブヨした水晶体から指をつっこんで脳《のう》味噌《みそ》を手探りするような眼つき」という例は触覚的な比喩表現で凄《すご》みを感じさせる。

激しい感情のみなぎる眼は「火」のイメージでとらえられる例が多い。吉行の『原色の街』に、「彼のつめたい、確かめるような眼の底にも、焔《ほのお》があった。それは、皮肉な青い色をまわりにきらめかせながら、ゆっくり燃えつづけていた」とある。島崎藤村の『破戒』に「丑松《うしまつ》の眼は燃え輝いて居る」とあり、丹羽文雄の『青麦』に「かの女は燃えつくような目で、かれを見た」とあり、宇野千代の『色ざんげ』に「女の眼は何か敵意のある光で燃えている」、あるいは、「憎悪と傷つけられた自負心との燃え上る火のような眼に変って、いまにも僕にとびかかって来るかと思われた」とあり、庄野潤三の『流木』に「怨《うら》みをこめた、燃えるような視線を注いでいた」とあり、島尾敏雄の『死の棘』に「焼けつく視線が感じられ」とあるなど、「火」のイメージで展開する比喩的な表現が続出する。

澄んだ眼はしばしば「鏡」に喩えられる。平林たい子の『鬼子母神』に「この艶やかな目、どんな良質の水銀の裏打ある磨きのよい鏡よりもよく澄んでいるこの目は、まだいくらも人生を映していないということで真新しく、こんなに綺麗《きれい》なのだ」とあるのは、その典型的な例だ。芹沢光治良の『巴里《パリ》に死す』には、「白い翼のような頭巾の下に、碧《あお》い空のかけらのように澄んだ眼は、どの患者の胸をも見透すのであろうか」とある。「空のかけら」という思いがけないイメージが新鮮で、読者の脳裏に深い印象を刻むだろう。

【耳】アタリノ空気ガ清冽ニ透キ徹ル

野上弥生子の『秀吉と利休』に、「両側に大きな貝殻のように附着した耳」とある。ここでは単に「貝殻」とあるだけで、どういう種類の貝と特定されていないが、野間宏の『崩解感覚』には「頸部《けいぶ》を締めているその紐《ひも》の上にはあわび貝の形をした大きな耳が埃《ほこり》をかむったような白い汚れた色をして外につき出ている」というふうに、耳の形が鮑《あわび》に似ていると限定して出てくる。

上林暁の『天草土産』に「耳たぶは赤蛙のように透きとおっている」と、赤蛙のイメージととらえた耳朶《みみたぶ》の比喩表現が出るが、もう一つの「透きとおる」というイメージも、その薄さを強調する描写としてよく現れる。伊藤整の『鳴海仙吉』に「耳はうす赤く透きとおるようだ」とあり、阿部知二の『冬の宿』にも、「不断から眼につくほど美しい耳——繊細な円味をもって、薄い桃色に半ば透きとおった耳は、こんな時、生きもののように見えるのであった」と、それだけが別の生きもののように感じられるという比喩表現が出る。

そういう透きとおる美しい耳の描写の白眉は、谷崎潤一郎の『鍵』に出てくる妻の耳の例だろう。この作品では、夫の日記の部分を漢字カタカナ交じりにしてある。その日記に、中国の婦人は耳の肉の裏側が異様に白くて美しいというようなことが何かに書いてあったのを思い出した、という前置きを置いて、「妻ノ耳ノ肉モ裏側カラ見ルト冴《さ》エ冴《ざ》エト白クテ美シイ」と、そういう中国人に匹敵する美しさであることを述べたあと、思いもかけず、「アタリノ空気マデガ清冽《せいれつ》ニ透キ徹ッテイルヨウニ見エル」と続けるのだ。耳飾りの真珠の玉がそういう耳と映り合って相乗効果をあげていることを書き添えるのだが、冴え冴えと白い耳の美しさが、あたりの空気の透明度を高め、清冽な感じに見せているとするこの大胆な比喩的な表現は、読者の心を吸いとるだろう。

妻自身も自分の耳の美しさを意識しているらしく、「イヤリングを着けた耳朶をわざと寝室へさし出して、「出かけて来ます」と云う顔つきをして見せる」といった叙述も続く。ここで「わざと」と感じるのは、そんな見方をしている夫の主観のせいであり、ひょっとすると勘ぐりかもしれない。

もう一つ、耳たぶではなく耳の穴についての例だが、里見弴の『銀二郎の片腕』に出てくる奇抜な比喩を紹介しよう。「彼の耳の穴は、恰《あたか》もそこに括約筋が出来たように」と、まず「括約筋」のイメージを登場させ、続いて「或《あるい》は暗箱のしぼりという機械を取付けたように」と、今度は「写真機の暗箱」のイメージを追加する。そうすることで、「大きくも小《ちい》さくも、自在に締めたり緩めたりすることが出来るようになっていた」と、耳の機能を具体的に視覚化する。「真実《ほんとう》の周《まわり》に柔く塗りつけられた嘘《うそ》は、彼の耳のしぼり機械《じかけ》に会うと、その中から真実だけが手繰込《たぐりこ》まれるに従って、綺麗に扱《こ》き落されて了《しま》って、耳の外部《そと》に残った」というのである。

【鼻】しりもちをついたようにへなへな

武者小路実篤の『真理先生』に、人間の顔というものは見れば見るほど変なものだという感想が出てくる。「中でも鼻と言うものは変だね」として、「随分よく出来ていると思う愛子さんの鼻だって、鼻だけ見たら変なものだ」と続く。顔全体としては美しく見えても、眉毛でも耳でも口でも、その部品を単独で見ると、実に奇妙なものに感じるという。単独で眺める習慣はないが、言われてみれば、なるほどそんなものかもしれない。

鼻の描写として真っ先に思い浮かぶのは、何といっても芥川龍之介の『鼻』に出てくる内供《ないぐ》の長大な鼻だろう。なにしろ、「長さは五六寸あって、上唇の上から顋《あご》の下まで下っている」とあるからすごい。芥川はそれを「云わば、細長い腸詰めのような物が、ぶらりと顔のまん中からぶら下っている」と、「腸詰」すなわちソーセージに喩えている。ただ、この小説は中世の説話から題材を得て書いた作品だから、現代のソーセージとは無縁で、人間離れしたイメージを実現する誇張として利いているのだろう。

現実の人間らしい範囲で読者の印象に残る鼻となれば、夏目漱石の『吾輩は猫である』の登場人物、大金持ちの金田夫人の偉大な鼻が筆頭だろう。漱石はそれをまず、「人の鼻を盗んで来て顔の真中へ据え付けた様に見える」と、盗品を安置しているというイメージを持ち込んで比喩表現に仕立てる。ここは大きいというだけでなく、顔の中でそこだけが異様な感じで他とつりあわず、いかにも借りものという感じで自分のものらしくない、といった違和感を際立たせるほうに重点があるのだろう。

次に、その「無暗《むやみ》に大きい」ことからくるアンバランスな感じを、「三坪程の小庭へ招魂社の石燈籠《いしどうろう》を移した時の如く」と、靖国《やすくに》神社のばかでかい石燈籠のイメージをよびこんで具体化する。そしてそこから、「独りで幅を利かして」と、鼻そのものをひとりの人間めかしてあつかい、続いて、その「鍵（鉤）鼻」の形態を「ひと度は精一杯高くなって見たが、是《これ》では余《あん》まりだと中途から謙遜《けんそん》して、先の方へ行くと、初めの勢いに似ず垂れかかって、下にある唇を覗《のぞ》き込んで居る」と徹底して擬人化する。そのため、その金田夫人がしゃべると、「此《この》女が物を言うときは口が物を言うと云わんより、鼻が口をきいて居るとしか思われない」と誇張し、以来その女を「鼻子」と呼ぶことにきめたとするのである。

さらに、「御母堂の鼻はシーザーのそれの如く、正《まさ》しく英姿颯爽《さっそう》たる隆起に相違御座いません。然《しか》しその周囲を囲繞《いにょう》する顔面的条件は如何《いかが》なものでありましょう」というふうに、必要以上の漢語を駆使して大仰に語る調子が笑いを誘う。「尤《もっと》も発達せる尤も偉大なる天下の珍品」であり、「鞍馬山《くらまやま》で展観会があっても恐らく一等賞だろう」とさんざん持ち上げた末に、「悲しいかなあれは眼、口、其他《そのた》の諸先生と何等《なんら》の相談もなく出来上った鼻であります」と揶揄《やゆ》する箇所もある。早く言えば、鼻がばかでかく、それだけ見ていれば立派でも、顔面を構成する他の部品とあまりにも不均衡でみっともない、ということなのだが、眼や口を擬人化して「先生」呼ばわりする語り口がなんともおかしい。

漱石に限らず、大きな鼻はなにかと話題になりやすい。徳冨蘆花の『思出の記』には、「大きな鼻を見る毎に、僕は千荊万棘《せんけいばんきょく》をつき分け押分け進んで来る豪猪《ごうちょ》の鼻を想い起《おこ》すのである」と、猪《いのしし》の鼻を連想する例がある。同じ作品に、「鼻が無性《むしょう》に大きいので、一寸見ると顔中鼻ばかりかと思われる」というふうに、顔面を覆うばかりの鼻のイメージを実現した例もある。野間宏の『暗い絵』にも、客の姿を見定めるように暖簾《のれん》の間から覗《のぞ》いている親父《おやじ》の顔を見て、「まるでその親父の大きな鼻だけが、そこから覗いているというように思える」という類例が出てくる。

高見順の『故旧忘れ得べき』には、「そのデッかい鼻からはじまって顔が出来たといっていいような、ぶざまな顔」という例があり、鼻から先に生まれてきたようなイメージをかきたてる。永井荷風の『おかめ笹』に出てくる「小鼻の開いた大きな鼻ばかりが一段目立って顔中にはびこっている」という例も、草木が茂り放題でやたらに広がる意を表す「はびこる」という動詞を用いることで比喩的な感じを強め、顔の中で鼻だけが幅をきかしているようなイメージをつくりだした。

宮地嘉六の『煤煙の臭い』では、「偉大な鼻は約五秒置き位に自動車の警笛に似た発声と共に異様な震動を起す」と、「警笛」にも喩えられるものすごい鼾《いびき》とともに、その鼻の動きを「異様な震動」ととらえている。一九八〇年夏の欧州旅行の際、ライン川下りの船で響いた乗客の鼾も川波が立つほどであった。

幸田文は『流れる』で、「秋の尾根を見るような高い鼻をもった初老の女である」と、高い鼻に「秋の尾根」というイメージをよびこんだ。岡本かの子の『生々流転』にも「峰のある高い鼻」という例があるが、幸田文のこの例は「秋の」というところがポイントなのだろう。「秋」と限定することで、すうっと高いすっきりとした鼻をイメージさせるからである。

鼻の形については、高見順の『故旧忘れ得べき』に「鼻は所謂《いわゆる》団子鼻であった」とあり、野間宏の『暗い絵』に「鼻先の開いた獅子鼻《ししばな》」とあり、円地文子の『妖』に「赤い鷲鼻《わしばな》の根を皺《しわ》めて」とあるあたりは、もともとはそれぞれ形の類似にもとづく比喩だったが、今ではそういう名詞として辞書に登録されているほど慣用的になっているから、さほどの新鮮さはもはや感じられない。立野信之の『軍隊病』には「低い猪鼻《ししばな》の先」という例もある。

山本有三の『波』には、乳児の鼻の形について、「しりもちをついたように、へなへなとしていて、すそのほうが妙に広がっていた」と形容した比喩の例が出てくる。「しりもち」という発想が利いている。谷崎潤一郎の『細雪』には「鼻を蝦《えび》のようにして苦笑いした」とあり、坂口安吾の『桜の森の満開の下』には「蛙《かえる》がしがみついているような鼻の形」という例もある。「しがみついている」とあることが笑いを誘う。

【頰】水母のように漂わしく

赤い頰はしばしば林檎《りんご》に喩えられ、「林檎のような頰」という表現が比喩の典型となっている。夏目漱石『硝子戸の中』の「林檎のように赤い頰」に始まり、長与善郎『竹沢先生という人』の「林檎のように紅《あか》い頰ぺた」、徳田秋声『縮図』の「ぽったりした頰は林檎のように紅かった」、高見順『故旧忘れ得べき』の「頰が林檎のように赤い」、藤枝静男『壜《びん》の中の水』の「彼女等はまったく林檎のような頰をし」とあるように、創作的な比喩表現をめざすはずの文学作品にも典型例がよく現れる。徳冨蘆花の『思出の記』では「札幌の林檎畑から偸《ぬす》んで来た様な頰の赤味」となっている。「盗む」とした新味は感じられるものの、これもその慣用的な比喩を前提とし、それを強調してみせた例であり、発想は同じだ。

外村繁の『夕映え』に「快活な、白桃を思わすような頰は、いつも美しく血の色に染まっているような娘であった」とあり、円地文子の『なまみこ物語』に「桃の実のような生気ある頰」とあるように、頰からの連想に林檎以外の果物では桃のイメージが目立つ。

血色のよい頰の健康な自然な赤ではなく紅をつけた人工着色の場合は、永井荷風の『おかめ笹』に「お猿のように頰紅を濃くつけたビーヤホールの女中」といった赤い顔の猿のイメージも登場する。曽野綾子の『遠来の客たち』には「太く短い首、ブルドッグそっくりに頰の肉のたるんだ、大尉の徽章《きしょう》をつけたでっぷり型の男」といった犬のイメージも現れる。

同じく垂れ下がる頬でも、井伏鱒二の『黒い雨』に出てくる「頬が大きく脹《ふく》れすぎて巾着のようにだらんと垂らし、両手を幽霊のように前に出して歩いている女もいた」という例では物体的な「巾着」のイメージに、「幽霊」のイメージを併用して、人間らしからぬ異様な姿を描き出している。人類が最初に見舞われたヒロシマの原爆の被害者であり、愚かな人間行為によって加工された人体のむごい姿である。

円地文子の『冬紅葉』には、「きめの細かい皮膚の下に、頬の肉が水母《くらげ》のように漂わしく指さきに揺れる弾性のない軟かさが無気味であった」という例が出る。「漂う」という動詞形につながる古語の形容詞「ただよはし」を用いて古典的な雰囲気をかもしだしているが、皮膚のきめが細かく指先にほとんど抵抗の感じられない、そういう無気味なまでの軟らかさを表現するのに「水母」のイメージを導入して、信じられないという驚きを伝える比喩だ。

安岡章太郎は『海辺の光景』で、「ゴム鞠《まり》のようにふくらんでいた頬は内側からすっかり肉をえぐりとられたように凹《へこ》んで」というふうに母親が痩《や》せたようすを描いている。肥《ふと》っているほうは「ゴム鞠」のイメージで、痩せてしまったほうは「抉《えぐ》り取られる」という連想で、どちらも比喩的に表現している。徳田秋声の『縮図』に「頬はげっそり削《そ》げ」とあり、中山義秀の『碑《いしぶみ》』に「両頬はそぎ落されて髯《ひげ》が深かったから、一層凄惨な光に感じられた」とあり、田宮虎彦の『落城』に「豊かだった頬がそげたように落ちていた」とあるように、「削がれる」「抉られる」というイメージで、痩せこけた頬を描く比喩的な表現は多い。円地文子の『なまみこ物語』に出てくる「あれほど丹《に》の色に匂って丸々と肥え、若々しかった頬が痩せ青ざめて、墓の中からでも出て来たような変り方」という例は、そのイメージをさらに一歩凄惨な方向に進めた表現であると言ってよい。

笑顔の主役は眼と口もとだが、横光利一の『上海《シャンハイ》』に、「片頬に、鱗《うろこ》のような鮮明な嘲笑を揺るがせた」という例もあり、しばしば頬も参加する。愛嬌《あいきょう》のある笑顔として魅力をたたえる契機となるのが頬にできる笑くぼだろう。野間宏は『暗い絵』で、「この日焦《ひや》けした頬にえくぼが出て人のいい柔かい優しい笑いが、笑うと極めて細くなる両眼から右頬にかけてまるで暖い液体のように流れ出て人をひきつける」というふうに、笑いを、頬を流れる液体というイメージでとらえ、そのやわらかい感じを誇張してみせた。

特に子供や女性の場合は笑くぼがかわいさの象徴ともなる。芥川龍之介の『点鬼簿』に「小さい笑窪《えくぼ》のある両頬なども熟した杏《あんず》のようにまるまるしている」とあるのは、女の子の笑くぼのできるまるまるとしたほっぺたを「杏」に喩えた例である。

しかし、頬に出るのは笑くぼのプラスイメージばかりではない。森田草平の『煤煙』には「唇を噛《か》んだまま、片頬に刃《やいば》のような冷笑を泛《うか》べた」というふうに、敵意をもった冷笑だけに物騒な刃物に喩えた例も出る。

意地悪な冷笑の場合だけでなく、幸田文の『流れる』には、頬の笑くぼそのものがぞっとするほど冷たい感じを与える、芸者の印象的な顔が登場する。その箇所はまず「雪丸はこっくりをして、にいっと笑った」と始まる。ここの「にいっと」という擬態語は、その芸者の口のまわりの肉が左右に開き、唇が横にひっぱられた感じになるようすを象徴させたものだろう。その文を「笑った」と断定して結んだ直後に、作者は「笑ったのだろうとおもう」と、その断定を推量にトーンダウンさせる。雪丸自身は笑ったつもりなのだろうが、はたから見ると、笑ったようには見えず、客観的には頬のゆがみでしかない。主人公の梨花はそれを見て「こういうえくぼもあればあるものだ」と驚き、「顴骨《かんこつ》から顎へかけて長い深い溝が両頬へぐいっと吊《つ》った」と、作者は「溝」ととらえなおす。

「えくぼと云うよりほかないだろう」と頭で理解はしても、しかし、見た瞬間には「刀痕《かたなきず》と云うよりほかもない」という実感なのだ。そういう見るからに「陰気なおそろしいえくぼ」である。笑くぼというものは本来、それによってにこやかな表情をたたえ、見る人を温かい気分にするはずなのに、この笑くぼは逆に、「斬《き》られた顔としかうけとれない陰惨な笑顔」に仕立て、見る人をぞっとさせる。通常の笑くぼとは反対に、「笑って美しさの消える顔」になる。

　そこからさらに作者は「雪丸の不幸が笑っているようなものである」と、肉体的な特徴から精神面を跳び越えて運命的な見立てにまで踏み込んだ。これもまた、読者にとってぞうっとする比喩表現だと言えるだろう。

【唇】熱を含んだ夢

昔、ある秋の日の、急に真夏に戻ったような午後、逗子《ずし》葉山に詩人の堀口大学を訪ねた。その折、「ウィットは弱者の武器ですよ」とか、天才は早く死んでもいいが、「凡才は長生きして磨きをかけなくちゃ」とかという持説を述べられ、なるほどと思って謹聴していると、「植木の盆栽も、古くならなくっちゃ味が出ない」と展開する。これこそがウィットであり、言語的なセンスなのだろう。

ある晩秋の一日、東京の場末のとある日暮れの町を、「Oの形の口をして／秋ぢゃ！　秋ぢゃ！　と歌ふなり」と朗唱しながら学生がひとり颯爽《さっそう》と歩み去る姿を見かけた三好達治は、うれしそうな筆致でそう書いている。堀口大学の詩『秋のピエロ』の一節である。しみじみと身にしみる秋、おどけた顔をふとよぎるさびしい影、そういう詩材を「泣き笑い」として主題化した作品で、青春の悲傷とアンニュイを知性的に歌いあげている。

口を開けて歌うときの唇の形を見て、アルファベットの「O」の字を連想した、そういうウィットに富む知的なイメージの比喩だが、谷崎潤一郎の小説『細雪』の中にも、「分厚い唇の肉を一層分厚くさせつつ口をOの字に開けて、飯のかたまりを少しずつ口腔《こうこう》へ送り込みながら」という類似の発想の比喩が出てくる。

芥川龍之介の『雛《ひな》』には「腫物のあった下唇だけ、丁度赤いお薩《さつ》のように腫れ上ってい る」と、腫れた唇からさつまいもを連想した比喩が出る。田宮虎彦の『絵本』に出る「唇は裂けたザクロのように割れていた」という例はいくらか慣用的かもしれない。有島武郎の『或る女』には「唇までが苺《いちご》のように紅くなっていた」とあり、「青白い皮膚に嵌《は》め込まれたその紅《あか》」と続く。この例は唇に対する苺のイメージがあまりいい印象ではないが、堀辰雄の『美しい村』に出てくる「唇だけが苺のように鮮かに光りながら」という例では、同じ苺のイメージが好感度の高い描写を実現させている。

野上弥生子の『秀吉と利休』には、「厚い唇の両隅に皺《しわ》をきざんで黙った」とあり、「その仕方には砂のあいだの二枚貝が、なにか警戒的にぴたと口を閉じるに似たものがあった」と、「貝」の連想で喩えている。

閉じるのが「貝」ならば、開くのは何だろう。森田草平の『煤煙』では「余り真顔に見詰めていられるので、女は花の咲くように次第に唇をほころばせた」と、女の口もとがほころびかけるのを「開花」の連想で描いている。林芙美子の『放浪記』に「椿《つばき》の花のように素敵にいい唇だ」とあり、円地文子の『老桜』にも「唇は桜の花びらのように小さく描きます」とあるように、女性の美しい唇を「花」のイメージでとらえる例は多い。

女の魅力的な唇を、人間に嫌われる不気味な「蛭《ひる》」のイメージで描き出した川端康成『雪国』の例は、特異な比喩としてしばしば話題になる。「駒子の唇は美しい蛭の輪のように滑らかであった」というのがその一例で、「小さくつぼんだ唇はまことに美しい蛭の輪のように伸び縮みがなめらかで、黙っている時も動いているかのような感じ」だとか、「皺があったり色が悪かったりすると、不潔に見えるはずだが、そうではなく濡れ光っていた」とかと、具体的な描写が続く。さらに、「あの美しく血の滑らかな唇は、小さくつぼめた時も、そこに映る光をぬめぬめ動かしているようで、そのくせ唄につれて大きく開いても、また可憐に直ぐ縮まるという風に、彼女の体の魅力そっくりであった」と、奔放に連想が広がる箇所もあって、ライトモチーフとして駒子の人物づくりに一役買っている。

谷崎潤一郎は『陰翳礼讃』で、「古人は女の紅《あか》い唇をわざと青黒く塗りつぶして、それに螺《ら》鈿《でん》を鏤《ちりば》めた」ことを取り上げ、そうすることによって「豊艶な顔から一切の血の気を奪った」と述べている。そうして、「蘭燈《らんとう》のゆらめく蔭《かげ》で若い女があの鬼火のような青い唇の間からときどき黒漆色の歯を光らせてほほ笑んでいるさまを思うと、それ以上の白い顔を考えることが出来ない」と展開するのである。まさに陰翳礼讃だ。

ここまで主に視覚的なイメージでとらえた比喩表現の例をあげてきたが、横光利一の『上海』では、「参木は仰向きながら、秋蘭の唇が熱を含んだ夢のように、ねばねばしたまま押し冠さって来たのを感じた」というふうに、唇の触覚的な印象を比喩的に描いている。イメージの中心は「夢」という抽象体だが、それを「熱を含んだ」という温度感覚の表現で形容することによって、感覚の具体性を保持していると言えるだろう。

同じく触覚的な連想により赤ん坊の唇の繊細な皮膚を描いた志賀直哉の『暗夜行路』の表現も忘れることはできない。「赤児《あかご》は指でも触れたら、一緒に皮がむけて来そうな 脣《くちびる》を一種の鋭敏さをもって動かしていたが、それを開けると、急に顔中を皺《しわ》にして泣き出した」とあるのがそれだ。あまりに薄くやわらかで、ちょっと指を触れるだけで皮が剝け、その指にくっついて来るのではないかと不安になるほどの頼りなさ。事実は誇張されていても、感覚的には実によくわかる。読者にとって、はっとする瞬間だろう。

【舌】優しい生きもの

中勘助の『銀の匙』に、こんな場面がある。いくら機嫌をなおそうと、自分は悪くないのにあやまってみせても相手はますます泣きたてる。そんなふうに「さんざてこずらしておいてから不意に顔をあげべろっと舌をだして　ああいい気味だ　というように得意に笑いこける」、その舌を見て、「すべっこい細い舌だった」と語る箇所がそれだ。男の子をとまどわせる女の子のいたずらっぽい舌の動きであり、多くの読者の心をひきつける。この舌の描写は明確な比喩にはなっていないが、視覚でとらえた印象を触覚的に表現したものであり、そこには比喩的な感覚転換が起こっている。

三島由紀夫の『仮面の告白』には、「娼婦が口紅にふちどられた金歯の大口をあけて逞《たくま》しい舌を棒のようにさし出した」と、太い舌を「棒」のイメージでとらえた比喩表現が出てくる。石川淳の『鷹』には、「くいしばった歯のあいだに、苦痛に堪える力がゆるんで、ほんのわずかの隙間ができた。たちまち、その隙間から、あ、灼熱したものが吹きこんで来た。少女の舌にちがいない。その舌は炎であった」というふうに、舌を「炎」のイメージでとらえた隠喩の例が出てくる。

庄野潤三の『流木』に長い接吻《せっぷん》の場面があり、「涼子の舌は、誘《いざな》われて優しい生きもののように入って来た」と、舌そのものをひとつの「生きもの」というイメージでとらえた直喩表現が現れる。

芥川龍之介の『地獄変』には、「その口の中で、何か糸でもつけて引張っているかと疑う程、目まぐるしく動くものがあると思いますと、それがあの男の舌だったと申すではございませんか」というふうに、舌の動きを比喩的に誇張した例が出てくる。

【歯】一滴の香料

川崎長太郎の『漂流』に「大口あいてひきつけたような笑い方」という比喩的な表現が出るが、その印象をこれも比喩で、「きれいに並んだ白い歯を残らず撒き散らすみたい」と大胆に描写している。

高見順の『故旧忘れ得べき』に「牙のように大きい糸切歯をニュッとむき出したその笑いは愛嬌どころか、小関はギョッとした」という例が出てくる。人間の歯を動物の「牙」に喩えてその大きさを強調したものだが、比喩の材料を動物のそれに相当する部分から採集したものであり、比喩的転換の距離は小さい。その点、永井荷風の『つゆのあとさき』に出てくる「物言う時歯並の好い、瓢《ひさご》の種のような歯の間から、舌の先を動かすのが一際愛くるしく見られた」という例のほうが、イメージの意外性は大きい。

三島由紀夫は『仮面の告白』で、「彼女の前歯はこころもち反ッ歯だった」とし、「それはきわめて白い美しい前歯で、その二三本を目立たせるためにわざとそうしているのかと思われるほどに、笑うとまず前歯が光り、そのこころもち反っているさまは、いおうようない愛嬌を笑いに添えた」と続ける。そして、反っ歯というむしろ欠点となるはずの特徴が意外な効果をあげるメカニズムを、知的な比喩を交えて説明している。「反ッ歯というこの不調和、それが顔や姿のやさしさ・美しさの調和のなかへ、一滴の香料のようにしたたり落ち、その調和を強め、その美しさに味わいのアクセントを加える」というのがそれだ。

椎名麟三は『自由の彼方で』で、「不自然なほど白い歯は、入れ歯らしく、ものをいうたびに蝗《いなご》の口のようなややこしい動き方をした」というふうに、歯の動きをイナゴの口に喩えるユーモラスな比喩表現を展開した。

梅崎春生の『紫陽花』に、「前歯がないから折角の笑いも、障子の破れを吹き抜ける風みたいに張りがない」という例が出てくる。歯そのものではないが、それが抜け落ちたために生じる笑いの現象を「風」のイメージでとらえた例である。一部の歯が欠けているせいでそこから空気が洩《も》れるという現実に合わせ、「障子の破れを吹き抜ける」という連想が働いたのだろう。

【口】微笑の兆し

永井荷風の『おかめ笹』に「人を食いそうな大きな口の前歯四五本に金を入れた様子」とある。その口の尋常でない大きさを「人でも食いそう」と誇張した例である。野上弥生子は『秀吉と利休』で、大きな口をきゅっと結んだようすを、「肉の厚い唇の両方の隅が、頬にめいりこむほど喰いしめた大きな口」と誇張し、それが「異様に抑圧した憤りを鮮明にした」と書いている。

口の形状については、阿部知二の『冬の宿』に「埴輪《はにわ》のように切れ込んだ口」という「埴輪」のイメージが現れる。老齢になって鼻の下に縦皺《たてじわ》が目立つようになり、それで前歯がなくなった口は、昔はしばしば「巾着」を連想させたようだ。巾着というものが生活に身近だったからだろう。野上弥生子の『秀吉と利休』に「大政所《おおまんどころ》はもう前歯がないのと、皺で巾着のようにつぼんだ口もとをほころばせ」とあり、林芙美子の『放浪記』にも、「歯のないお婆さんはきんちゃくをしぼったような口をして、優しい表情をする」とある。

川崎長太郎は『船頭小路』で、上下の入れ歯を外した口もとについて「二枚の枯葉重ねた如く」と書いている。思いがけない「枯葉」のイメージが悲惨な感じを強める。また、安岡章太郎の『海辺の光景』には、「前歯一本だけをのこして義歯をはずされた口はくろぐろとホラ穴のようにひらかれたままだ」と、「洞穴」のイメージが現れる。

口の開閉については、谷崎潤一郎の『細雪』で、「金魚が麩《ふ》ウをぱくつくみたいに、口を円くあけはって、えらい窮屈そうにしながら、そのわりにたんと食べはりますな」というふうに、「金魚」のイメージをよびこんでおり、織田作之助の『木の都』にも、「唇が分厚く大きくて、その唇を金魚のようにパクパクさせてものをいう癖がある」と、金魚のイメージを借りて比喩的に表現している例がある。

織田作之助の『聴雨』に、「汽車が動き出しても、素知らぬ顔で、気抜けしたようにぱくんと口をあけて、栓ぬき瓢箪《ひょうたん》みたいな恰好《かっこう》で空を見上げたまま、プラットホームにひとり残されている」と、ぽかんと口を開けた姿の印象をユーモラスにとらえた比喩表現が出る。

笑いの表情は目もとや口もとの緩む変化として観察される。三島由紀夫は『仮面の告白』で、「生意気な皮肉な微笑を自分の口もとに貼りつけた」と、自然のほほえみとは違う意図的な微笑をつくる意識を「貼りつける」というイメージで比喩的に表現した。同じ作品に、「時折彼女の口に微笑がにじんで来た」と、他人のほほえみを「にじむ」というイメージでとらえた例も出る。「やがてそのつつましい口もとには、何か言い出そうとすることを予《あらかじ》め微笑で試していると謂《い》った風の、いわば微笑の兆《きざし》のようなものが漂った」といった観察結果の理屈っぽい比喩表現も現れる。

【顎】半島のように突き出た

幸田露伴の『風流仏』に「腮《あぎと》張りて一ト癖確《たしか》にある悪物《しれもの》」とあり、伊藤整の『鳴海仙吉』に「顎《あご》が張って四角に見える顔」、藤枝静男の『壜の中の水』にも「顎の張った平べったい顔」とあるように、顎の描写には「張った」「角張った」「四角な」といった点が多く取り上げられる。野上弥生子は『秀吉と利休』で、そういう顎を「蟹《かに》のように張った顎をかなたの松、杉の木立のほうへしゃくって見せた」というふうに、「蟹」のイメージを導入して比喩表現に仕立てた。

それに対して細いほうでは、丸岡明の『ひともと公孫樹《いちょう》』に、「ポッチチェリーの画面にあるような頤《あご》の細い美少女の給仕女を鑑賞し」というふうに、イタリアのルネッサンス期の画家ボッティチェリの絵に喩えた例が出てくる。「ヴィーナスの誕生」などの作品が頭に浮かんだのかもしれない。

森鷗外の『雁』に「色の白い円顔で腮《あご》の短い娘」が出てきて、それを学生は「頤なし」と呼ぶ。顎がないわけはないのだが、極端に短いので、まるで顎がないように見えるからだ。夏目漱石は『道草』で、そういう顎を、「猫のように顋《あご》の詰った姉の息苦しく喘《あえ》いでいる姿が薄暗く見えた」と、「猫」のイメージを借りて比喩表現にしている。たしかに猫はそんなふうに見える。

逆に長い例として、伊藤整の『鳴海仙吉』に「背が低く、顎が胸に垂れ下るように長い郵便配達」というのがある。「垂れ下がる」というだけでも相当の誇張だが、嘉村礒多の『途上』には、「前歯の抜けた窪い口が遥か奥に見えるくらい半島のように突き出た長い頤」という比喩が出る。「口が遥か奥に見える」だけでも大げさなのに、「半島」というイメージまで持ち出して極端に表現したものである。

【顔】お臀のような

大きい顔もあれば小さい顔もある。尾崎一雄の『霖雨《りんう》』に六尺近い肥大漢が登場し、その男は「顔付は幼気《おさなげ》で、大きな顔に小さく角帽をのせていた」とある。室生犀星の『性に眼覚める頃』の例は女の場合で、「その濃厚な大きい顔の輪郭や、自分に近くどっしりと坐っているのを見ると、一種の押されるような美しくもあやしい圧迫をかんじた」とある。「濃厚」という形容も手伝って、その「大きな顔」は迫力を感じさせる。

梅崎春生の『桜島』には「顔がちいさく、夏蜜柑《なつみかん》位の大きさに見えた」とあり、立野信之の『軍隊病』には「奴《やつ》は拳《こぶし》のように小さい顔を持っていた」とある。これらは逆に小さな顔の喩えなのだが、形に共通点でもあるのか、なぜか「夏蜜柑」や「拳」のイメージで比喩として描かれている。

谷崎潤一郎の『少将滋幹の母』には、「白い帽子の奥にある母の顔は、花を透《す》かして来る月あかりに暈《ぼか》されて、可愛く、小さく、円光を背負っているように見えた」とある。月の光が花を透かして顔に届くため、光背《こうはい》ならぬ円光を背負っているように見えて、なにやらありがたい雰囲気になるのだろう。

谷崎潤一郎の『蘆刈《あしかり》』には、くっきりと映像化されず、ぼんやりと見えるために奥床《おくゆか》しい雰囲気を感じさせる顔がこんなふうに描かれている。「顔には何かこうぼうっと煙っているようなものがある」とし、「眼でも、鼻でも、口でも、うすものを一枚かぶったようにぼやけていて、どぎつい、はっきりした線がない」と説明が続く。そのため、「じいっとみているとこっちの眼のまえがもやもやと翳《かげ》って来るようでその人の身のまわりにだけ霞《かすみ》がたなびいているようにおもえる」というのである。

落語に、相手の長い顔を眺める誇張した話がある。まず上のほうを見て順に下まで見ていくと、見終わる頃には真ん中を忘れてしまいそうな、とんでもなく長い顔だという。小沼丹の随筆『長距離電話』に、その落語を思い出させるほどに長い顔の男が登場する。新宿の樽《たる》平《へい》という酒場で一杯やっていたところ、「たいへん顔の長い紳士が這入《はい》って来て」、自分の前に坐った。「長い顔の上に中折帽を載っけているので益《ますます》長く見えた」という。「何だか眼の前に馬が坐って、独酌で盃《さかずき》を傾けているような気がして、それ迄《まで》何を考えていたのか途端に悉皆《すっかり》忘れてしまった」と続くのだが、たしかに長い顔に馬が引き合いに出されることは多い。

「面長」といえばふつう縦に長い顔だが、夏目漱石の『吾輩は猫である』には「横に長い」〝面長〟の坊やが登場する。横に長いということは顔の横幅が広いということで、中山義秀の『碑』にも「彼の顔は縦よりも横に広い」とあり、こちらはそのあとに「茶釜みたいな形」という比喩表現が続く。

形としては、宮本百合子の『風知草』に「角のついた正八角形という顔の感じ」という比喩的な描写が現れ、水上勉の『越後《えちご》つついし親不知《おやしらず》』には「鬼がわらのような四角い顔」とある。また、大岡昇平の『花影』に「お盆のように円い顔は透き通るように白く」とあるように、唱歌の中の月に限らず、まんまるい顔はやはり「お盆」に喩えられる。椎名麟三の『自由の彼方で』には、「しゃくれ上った平ったい顔をしていて、横から見ると、三日月のようだった」という例も出てくる。

大岡昇平の『花影』に「楕円形《だえんけい》の顔の輪郭《りんかく》があきらかになった」という例が出てくるが、そういう形の顔は、川端康成の『伊豆の踊子』でヒロインである踊り子の薫が「大きく髪を結っていた。それが卵形の凜々《りり》しい顔を非常に小さく見せながらも、美しく調和していた」と描かれているように、伝統的に「卵」に喩えられてきた。整った顔のひとつの典型だが、のっぺりとした平凡な感じもある。

二葉亭四迷の『浮雲』に「月の光を受けて些《すこ》し蒼味《あおみ》を帯んだ瓜実顔《うりざねがお》」、夏目漱石の『草枕』に「顔は下膨《しもぶくれ》の瓜実形」、永井荷風の『腕くらべ』に「目のぱっちりした鼻の高い瓜実顔」、谷崎潤一郎の『春琴抄』にも「輪郭の整った瓜実顔」とあるように、やや面長で中高の顔はこれも伝統的に「瓜の種」に喩えられ、こちらは美人の見本とされてきた。

夏目漱石の『坊っちゃん』に「冬瓜《とうがん》の水膨れの様な古賀さん」という例があるが、同じウリ科でもこちらはむくんだ顔であり、まるでイメージが違う。なお、宮本百合子の『伸子』には、「棗形《なつめ》の小麦色のきめの滑かな顔付」と、顔を「棗」の楕円形の実に喩えた例もある。

井伏鱒二の『黒い雨』に、「顔はますます腫脹《しゅちょう》が増して、水瓜《すいか》のように丸々となったので、瞼《まぶた》がほとんど閉じたきりと同じになっていた」というふうに、「西瓜《すいか》」のイメージでとらえた例も出るが、これはヒロシマで被爆した犠牲者である。同じ作品に、「少年の顔はフットボールの鞠《まり》のように脹《は》れあがって、顔の色もそれに近く、頭の毛も眉毛も消えていた。誰だかわかる筈《はず》がない」という例も出てくる。原子爆弾の被害に遭った子供の顔だ。北條民雄の『いのちの初夜』には、「泥のように色艶が全くなく、ちょっとつつけば膿汁が飛び出すかと思われる程ぶくぶくと脹《ふく》らんで、その上に眉毛が一本も生えていないため怪しくも間の抜けたのっぺら棒であった」という、ハンセン病患者の顔が描かれている。

一方、とがった顔としては、葛西善蔵の『子をつれて』に「尖《と》がった狐《きつね》のような顔」という例がある。よく使われるが、「狐目」という比喩的なことばもあるとおり、「狐」のイメージは顔の形だけでなく、同時に目が細いという印象をも伴う。丸岡明の『ひともと公孫樹』には「骨っぽい、顔が烏天狗《からすてんぐ》のように尖《とが》った大変鋭い人だった」と、「烏天狗」のイメージが現れる。こちらは鳥のような嘴《くちばし》を持つ下級の天狗とされるだけに鋭く尖った印象を与えるだろう。

動物の連想は実にさまざまだ。安岡章太郎は『ガラスの靴』で、「テレたような、だまってオナラした人がするような笑いをうかべた」女を見て「羊に似ていると思った」と書いた。野上弥生子の『秀吉と利休』に「おくびょうな小猫じみた顔」、立野信之の『軍隊病』に「狸《たぬき》に似た黒ずんだ小さな顔」、武田泰淳の『異形の者』に「穴熊のような顔」、木山捷平『河骨』に「田舎道で時に見かける鼬鼠《いたち》のような顔付」、嘉村礒多の『途上』に「鼠《ねずみ》そっくりの面貌《めんぼう》をした川島先生」、太宰治の『人間失格』に「青大将の顔に似た顔つき」、佐藤春夫の『お絹とその兄弟』に「きりぎりすのような顔」、葉山嘉樹の『淫売婦』に「蛞蝓《なめくじ》のような顔」、椎名麟三の『永遠なる序章』に「眼が露眼症のように大きいので、その焼いている蝗《いなご》そっくりである」、田宮虎彦の『落城』に「平家蟹《へいけがに》のような顔」、遠藤周作の『海と毒薬』に「虎魚《おこぜ》という魚のように額も頬骨もとび出た中年の男」と、枚挙に暇《いとま》がない。

夏目漱石の『吾輩は猫である』に登場する、あの偉大な鼻の持ち主の金田夫人、その亭主のほうは鼻が低く、鼻ばかりでなく「顔全体が低い」とあって、そういう顔になった原因を推測している。「小供《こども》の時分喧嘩《けんか》をして、餓鬼大将の為《た》めに頸筋《くびすじ》を捉《つら》まえられて、うんと精一杯に土塀へ圧《お》し付けられた時の顔が四十年後の今日迄《まで》、因果をなして居りはせぬかと怪しまるる位平坦な顔である」とあるのがそれだ。勝手な連想による比喩的な表現で、「至極穏かで危険のない顔には相違ないが、何となく変化に乏しい」と結論づける。

顔の肌の印象としては、椎名麟三の『自由の彼方で』に「陰影のある、瀬戸物のようにきめのこまかい、白い顔」、林芙美子の『夜猿』に「明け放った硝子戸の光線で、細君の顔が陶器の肌のように光っていた」、円地文子の『冬紅葉』に「陶器のように白くすっぺりした顔」とあるように、なめらかな肌は「陶器」を連想させるようだ。堀辰雄の『美しい村』には、「その顔はあんまり血色がよく、すべすべしているので、私のためらいがちな視線はいくどもその上で空滑りをしそうになった」というふうに、そのすべすべした皮膚のなめらかさを、視線さえつるりと滑りそうだと比喩的に誇張する例もある。

曽野綾子の『たまゆら』には、その逆に、「疲れて、荒れている顔の皮膚」を「動物園の象の顔の方が、余程きめがこまかく思うだろう」と誇張する例が出てくる。田畑修一郎の『鳥羽家の子供』には、「母の顔に疲れ切った様子が薄い膜のように出て来はじめた」というふうに、「膜」のイメージでとらえた生気のない顔も出る。川崎長太郎の『漂流』には、「煤《すす》をまぜた白粉《おしろい》でも塗ったかのように顔全体色艶なく」という例がある。同じ作品に、「白粉気のない地顔が鉛色によどんで」と、生気のない顔色から「鉛」を連想する慣用的な例もある。

その他、井伏鱒二の『黒い雨』に「砥石《といし》のような色の顔」、梅崎春生の『桜島』に「紙のように光を失った顔」、島尾敏雄の『徳之島航海記』に「しょぼしょぼした眼付の丸い渋紙のような顔」、坂口安吾の『青鬼の褌を洗う女』に「幽霊みたいな蒼白《そうはく》な顔」、徳冨蘆花の『みみずのたわこと』に「墓地の石の下から出て来たかと思わるる様な凄《すご》い黯《くら》い顔をして居る」というふうに、顔色の悪さをさまざまなものに喩えている。

そんな中で、室生犀星の『舌を嚙《か》み切った女』に出てくる斑点だらけの顔が特に注意をひく。「次第にその斑点はそれぞれに溶け合って全面を蔽《おお》い、彼女はお臀《しり》のような蒼白い顔の女になった」とあるのが印象的だ。形ではなく色の類似だとしても、入口のある表側の「顔」の喩えとして、選《よ》りに選って出口のある裏側の「尻」などというイメージを持ち込む不思議な連想力に、読者は唖然《あぜん》とするほかはない。

太宰治の『斜陽』に「萩《はぎ》の白い花のあいだから、もっとあざやかに白いお顔をお出しになって」とある。比較の対象に「萩の花」を選んだのは両者に通い合うものを発見したからであり、比喩的な発想につながる。円地文子の『なまみこ物語』には「夕顔の花のように、白く艶やかな顔」とある。同じ作品に「顔色も桃の花のように匂って」、『冬紅葉』には「散る前の桜のように艶のない白い顔」とかともある。武田泰淳の『蝮《まむし》のすえ』にも「夕暮どきの花のように白い顔」という例が出るなど、花に喩える例は多い。

花はこのようにほとんどが美的なイメージとして導入されるが、その延長上の例として幸田文の『流れる』に出てくる女主人の酔った顔の描写は印象に残る。「顔は、――秋の野山を見るようだった。青いところと赤いところと、ぶちぶちむらむらになっている。わるく酔が発していた」という箇所だ。錦織りなす全山紅葉の風景ではない。異質な色が交じり合って、ぶちになり、むらになって見苦しいさまを「ぶちぶちむらむら」という創作的な擬態語でなまなましく描いた女の酔顔の例である。

川端康成の『禽獣《きんじゅう》』に、舞台に出る前に化粧をしてもらっている踊り手の「じっと動かない真白な顔は、まだ唇や眉や瞼が描いてないので、命のない人形のように見えた」とある。ここでは「人形」のイメージだ。同じ作者の『雪国』には、「どんな満月の空よりも天の河は明るく、地上になんの影もないほのかさに駒子の顔が古い面のように浮んで、女の匂いのすることが不思議だった」という名場面もある。ここは「古面」のイメージでとらえている。

夏目漱石の『草枕』に、「此《この》僧は六十近い、丸顔の、達磨《だるま》を草書に崩した様な容貌を有している」という、いわば隷書体《れいしょたい》の比喩表現とでも名づけたい例が出てくる。達磨を草書体に崩すなどという次元を超えた不思議な発想に思わず笑ってしまう。写生ではないが、実によくとらえられており、これで通じるのがかえって可笑しい。

この項の最後に、表情を映す比喩表現を取り上げてみよう。まず、森鷗外の『雁』に「女の顔は石のように凝っていた」とあり、徳田秋声の『仮装人物』に「往き逢う女たちの顔も石塊《いしころ》のように無表情だった」とあり、椎名麟三の『永遠なる序章』に「巌《いわお》のように確乎《かっこ》として、表情もなく」とあるように、硬い表情には慣用的に「石」のイメージがよく使われる。伊藤整の『鳴海仙吉』に「地蔵のような無表情な顔」とあるのは、「地蔵」の慈悲深い穏和な顔が「無表情」とイメージの衝突を起こすが、石仏の一種にはちがいない。

武田泰淳の『蝮のすえ』に、表情を自然のイメージに重ねてその変化を描いた比喩が出る。「彼女のはなやかな横顔には、子供らしい喜びのあとで、老人のような憂いがたちこめる。そんな晴雨の変化のはげしい花園のような女の表情」とあるのがそういう例である。

有島武郎の『或る女』に、「上品な顔立てに中世紀の尼にでも見るような思い諦めた表情」と、「尼」のイメージが現れる。横光利一の『花園の思想』に、「妻の顔は、花弁に纏《まつ》わりついた空気のように、哀れな朗かさをたたえて静まっていた」とある。「哀れな朗かさ」という複雑微妙な雰囲気もさりながら、空気が花弁にまつわりつくと解釈する感覚的な観察といい、「顔」というトピックを、その「空気」というイメージでとらえた発想といい、知的な深まりを見せた比喩表現である。

いかにも幸福そうな顔を外村繁は『岩のある庭の風景』で、「まるで、仕合せを掻《か》き集めたような顔」というふうに、抽象体を物体化して喩えた。木山捷平の『河骨』では、ほほえむ顔を「冬の湖のひと所に、ちらりと太陽が光を落したように思えた」と、風景のイメージに託して、その印象を語った。堀辰雄は『風立ちぬ』で、女性の顔に浮かぶ「思い出し笑い」を、「漂わせた」と比喩的に転換し、その表情を「彼女がいつも父の前でのみ浮べる少女らしい微笑の下描きのようなもの」というふうに、絵画のイメージで展開している。

幸田文は『流れる』で、芸者置屋の女主人の初対面の印象を「牡丹《ぼたん》だとか朴《ほお》だとかいう大きな花が花弁を閉じたりひらいたりするような表情」と記し、今はそれが「みごとにひらくだけひらいて香っている」と続ける。生来の美貌と妓として身についた技が気品のある艶やかさを開花させ、その「才気が部屋の空気を引き緊《し》めていた」というのである。

第五章 体の表現

【頸】葱の茎

「くび」も「首」という漢字を使うと、頸部《けいぶ》だけでなく頭部を含めた全体をさす傾向が強く、事実、比喩表現にもそういう例が目立つ。火野葦平の『麦と兵隊』で、軍刀を抜いて斬りつける場面で、「首は毬《まり》のように飛び」と書いたのはそれで、むしろ頭部のほうに中心がある。徳永直の『太陽のない街』に出る「萎《しな》びた蜜柑《みかん》のような首」という例も同様だ。

嘉村礒多の『業苦』に「亀の子のように首を縮こめて」、高見順の『如何《いか》なる星の下に』に「蒲団《ふとん》から亀のように首を出す」、安岡章太郎の『海辺の光景』に「首をカメの子みたいに着物の襟からつき出して、ノソノソこっちへやってくる」と、きまって「亀」のイメージで現れる一連の用法もそれに近い。獅子文六の『てんやわんや』に出てくる「張子の虎のように、首を突き出して、その話に加わってきた」という例も同様である。

野間宏の『真空地帯』に出る「あやつり人形のように首をうごかした」という例、木山捷平の『大陸の細道』に出る「風に吹かれるベコ人形が首を振るように、首を左から右に振った」という例もそうだし、富岡多恵子が『富士山の見える家』で「だれかのお喋《しゃべ》りに相槌《あいづち》を打つように首を動か」すのを「電気仕掛けの人形のように見えた」と表現した比喩も頸部だけではなく、視線の先はむしろ頭部に向かっているだろう。

倉橋由美子の『蠍《さそり》たち』に出る「蛇のように首をもたげると」という例も似ているが、武田泰淳の『風媒花』に出る「欠食つづきで咽喉骨《のどぼね》の突き出た首を、蝮《まむし》のカマ首のように斜めに持ち上げた」という例では、頸部にも視線が注がれており、三島由紀夫の『美徳のよろめき』に出る「太いしっかりした首が、腕まくりをした腕のように、そのひらいた襟から抜き ん出ていた」という例になると、喩えに用いられた「腕」のイメージから、むしろ頸部に重点が移る。

坂口安吾の『桜の森の満開の下』に首を斬る場面があり、「首はやわらか」く「骨の手応えはまったく感じることがない」とし、「大根を斬るのと同じようなもの」と書いている。武田泰淳の『風媒花』には、「首のつけ根のうすい筋肉はひどくしこっていて、燃え残しの根株のように熱っぽかった」とある。

頸部の長短については、近松秋江の『黒髪』に「鶴のような頸筋《くびすじ》」、室生犀星の『杏っ子』に「鶴に似た長い頸」という慣用的な比喩表現が使われている。細くて長い首は「鶴」を連想させやすいようだ。内田百閒の『東京日記』には「西洋人の頸は七面鳥の様で」とあるが、これは長さよりも皮膚の色や皺《しわ》などの触感をイメージした連想かもしれない。

短いほうは高見順の『故旧忘れ得べき』に「猪首《いくび》を傾けた」、伊藤整の『鳴海仙吉』に「髭《ひげ》のある猪首の古手教員」、川崎長太郎の『船頭小路』に「急いで猪首横に振ってみせていた」とあるように、「猪」に喩えた「猪首」という比喩起源の語がよく使われる。田宮虎彦の『銀心中』には「胸から肩にかけての筋肉が牡牛《おうし》のようにもりあがっていて、短かい首はその肩の中にうずもれていた」という印象的な描写が出てくる。

この「牛」のイメージは太い首の喩えとしても出てくる。伊藤永之介の『春近し』に「牛のように太い頸を折って、ペコリとお辞儀した」とあるのがその一例で、大原富枝の『ストマイつんぼ』にも「牛のような太い首筋」という例がある。織田作之助は『聴雨』で、「特徴のある太短かい首が急にげっそりと肉を落して、七日間の労苦がもぎとって行ったようだった」と、頸の痩せた姿を比喩的に描いている。宇野千代の『色ざんげ』でも、「青いコートを着ているせいかまるで病人のように見え、以前よりもなお痩せて抜けるように細い首すじや揉上《もみあ》げにすき透《とお》るような青い蔭が漂よい眼だけがびっくりするほど大きかった」と、比喩を交えて痩せた姿をさびしげに描いている。

同じ作家の『おはん』には、「葱《ねぶか》の茎ほどもないその子供の、細い頸筋《こうま》の慄《ふる》えてるのを見てますと」とあり、細い首を「葱《ねぎ》」のイメージで誇張して哀れさをかもしだしている。岡本かの子の『やがて五月に』には、「まだ充分発達し切らない細頸を鴨《かも》の青首のように指の先でくねくねおもちゃにしながら」とある。

藤枝静男の『壜の中の水』に「厚い撫で肩や、そこからのびている徳利のような首を」とある例は、細くすっきりとした頸筋というだけでなく、撫《な》で肩の線の延長のようにそのまま伸びて頸になるといった流れを「徳利」のイメージに託したものかもしれない。

広津柳浪の『今戸心中』に「雪よりも白い領《えり》の美くしさ」とあるように、首筋に限らず肌の白さは「雪」のイメージでとらえるのが伝統的である。獅子文六の『沙羅乙女』に、「町子の白い襟足が、寒々と、眼に映った」とあり、その寒々とした感じを「白鳥」に喩え、「死にかけた白鳥の頸のように、寂しく、力がなかった」と展開する。

すっきりとした頸筋の描写としては、井上靖の『猟銃』の例が忘れがたい。「襟足の手入れが行き届いてレモンの切口のようにすかあっとして居り」と流れるのがそれだ。「すかあっと」という胸のすくような擬態語の響きが、「レモンの切口」というすがすがしいイメージを際立たせ、清潔感を引き立てている比喩表現として記憶に残る。

夏目漱石は『草枕』に、「色の白い、髪の濃い、襟足の長い女」について、「ぼかした写真を灯影《ほかげ》にすかす様な気がする」と、その印象を述べている。輪郭のぼやけた映像、水に映った月を眺めるような気分だろうか。横光利一の『上海』に出てくる「生毛《うぶげ》の生えているお杉の首もとから、黒い金魚のようななまめかしさを感じて来た」という比喩も、「黒い金魚」というイメージは難解だ。「首」との類似というより、ある種の「なまめかしさ」の象徴なのかもしれない。

【肩】毒を吐く

永井龍男の『菊と飛行機』に「人混みの中を、二三人で目刺のように肩を組み合い、右往左往するのは、酒気を含んだ水兵」という描写が出てくる。「目刺し」のイメージが滑稽だが、何人かが肩を組み合ったようすを見て、鰯《いわし》などが何匹か並んでいるめざしを連想した例であり、人間の肩そのものの形状を喩えたものではない。

川崎長太郎の『船頭小路』に「肩の筋肉など石ころ然としており」とあるのは、硬くこわばっているのを「石」のイメージでとらえた例だろう。谷崎潤一郎の『盲目物語』にも、「お肩がこっていらしって、おんえりくびのりょうがわに手《て》毬《まり》ほどのまるいしこりがおできになって」とあり、凝り固まった肩の筋肉を「手毬」のイメージでとらえている。徳冨蘆花の『みみずのたわこと』には、「右の肩が瘤《こぶ》の様に腫れ上がる」と「瘤」のイメージでとらえ、「両肩の腫瘤《こぶ》で人間の駱駝《らくだ》が出来る」と誇張している。

形状としては撫で肩と怒り肩の両タイプがある。有島武郎は『或る女』に、「肩へかけてのなよやかな線を風の前のてっせんの蔓《つる》のように震わせながら、二三度深々とうなずいて見せた」と書いている。「風の前のてっせんの蔓」というイメージで喩えたこの例は、「なよやかな線」とあるから、美しい撫で肩の揺れだろう。

川端康成は小説『名人』に出てくる囲碁の本因坊、秀哉名人について、「狭い撫で肩の波には心を打たれた」とし、それは「苦しげではなく、険しい風でもなく」と解説し、そこに「霊感の来る秘密」を盗み見たように思ったと書いている。

同じ作者が『千羽鶴』では、今度は逆に女の怒り肩の醜さを怪物の雰囲気で描いた。「手をついて首を下げると、骨太の両肩が怒《いか》って、毒を吐くような形に見えた」というのがそれだ。この不気味な姿の主は茶の師匠である栗本ちか子で、主人公の三谷菊治が幼児期に父の女として見た嫌悪すべき記憶からか、作中の要所に毒を吐く魔性の女といった、こういう奇怪なイメージを思い描くのである。

石川淳は『鷹』で、肩をそびやかして立つ少女の姿に対し、「女王が城壁の上で星をながめているような姿勢でもあり、また売笑婦が巷《ちまた》のほとりで嫖客《ひょうかく》を待っているようなふぜいでもあった」というふうに、二つの対照的なイメージで比喩的に表現している。

この項の最後に、肩の肉の弾力を描いた印象深い例を紹介しよう。三島由紀夫の『橋づくし』の末尾に、気の利かない女中のせいで満月の夜の願掛けに失敗したあと、花柳界に生まれ育った大学生の満佐子が、マニキュアをした鋭い爪先で、みなという名の肉づきのよいその女中のまるまるとした肩をつつくシーンで、「その爪は弾力のある重い肉に弾かれ、指先には鬱陶しい触感が残って、満佐子はその指のもってゆき場がないような気がした」とある。感覚描写が絶妙の心理描写となる比喩的転換の瞬間を味わいたい。

【腕】鶏の脚

腋毛《わきげ》については三島由紀夫の『仮面の告白』に念入りに描かれている。「私の腋窩《えきか》には夏の訪れと共に（略）黒い草叢《くさむら》の芽生えがあった」とか、「腋窩のくびれからはみだした黒い叢《くさむら》が、日差をうけて金いろに縮れて光った」とかとあるのがその一例だ。中には、「むき出された腋窩に見られる豊饒《ほうじょう》な毛が、かれらをおどろかした」と始まり、「いわば繁多な夏草のしげりのような毛」と続き、「夏の雑草が庭を覆いつくしてまだ足りずに、石の階段にまで生いのぼって来るように（略）深く彫り込まれた腋窩をあふれて、胸の両わきへまで生《お》い茂っていた」と強調され、さらに、「この二つの黒い草叢は、日を浴びてつややかに耀《かがや》き、そのあたりの彼の皮膚の意外な白さを、白い砂地のように透かして見せた」と展開する一節もある。「草叢」のイメージを中心に、「白い砂地」という隣接するイメージを組み合わせて執拗《しつよう》に比喩表現をくりひろげる、ほとんど暴力的なまでに読者を圧倒するくだりである。

伊藤整の『鳴海仙吉』には「マリ子が仙吉にかわって櫓《ろ》を押した時に、乳房のわきの生白い谷になった腋の下によじれた毛が五六本海風に吹かれているのにさりげなく眼をやって圧迫を感じた」と、女の腋毛をさらりと描いた箇所がある。

椎名麟三の『自由の彼方で』に、「マスターは、ストーブの前で、丸太のように腕を組んだまま、どうしてか動こうともしない」とある。ここは腕を組んで突っ立ったまま動かない男の姿全体を、立てかけてある「丸太」のイメージでとらえたものだろうが、「丸太」はしばしば「太い腕」の喩えとして使われるため重層的なイメージとして機能する。立野信之の『軍隊病』には、「枕木のように巌丈《がんじょう》だった腕」と、「枕木」のイメージが使われている。

夏目漱石の『坊っちゃん』に、坊っちゃんが山嵐の腕に触ってみて驚く場面がある。「大将二の腕へ力瘤《ちからこぶ》を入れて、一寸攫《ちょっとつか》んで見ろと云うから、指の先で揉《も》んで見たら、何の事はない湯屋にある軽石の様なものだ」というのがそれで、その硬さを「軽石」のイメージでとらえている。谷崎潤一郎の『少将滋幹の母』では、「鉄の棒のようにコチコチした腕を伸ばして」と、「鉄の棒」というイメージでその硬さを誇張している。島木健作の『生活の探求』に出てくる「硬直した腕は擂粉木《すりこぎ》のように鈍感だった」という例の「擂粉木」という喩えは、柔軟性を失ったというイメージが中心だが、その形状から「こちこちになった腕」とのつながりも連想されやすい。北條民雄の『いのちの初夜』にも、「摺子木のように先の丸まった手をだらりと寝台から垂らして」と、「擂粉木」のイメージが現れるが、こちらは形状だけの類似だろう。

なお、平林たい子の『施療室にて』に「片手が枯枝のように硬直した老婆だ」とあり、曽野綾子の『海の御墓』に「枯木のような腕に針をさされたまま、じっと身動きもせず」とあるのは、どちらも「枯れた」イメージが、生気のなさを印象づけ、痩せ細りなめらかさを失《な》くした腕を暗示する比喩表現である。

国木田独歩の『源おじ』に、「腋《わき》よりは蟋蟀《きりぎりす》の足めきたる肱《ひじ》現われつ」と、細い腕をキリギリスに喩えた例が出るが、芥川龍之介の『羅生門』の末尾に下人が老婆の腕をつかむ場面はよく知られており、そこに「丁度、鶏の脚のような、骨と皮ばかりの腕である」と、痩せ細った腕を「鶏の脚」のイメージでとらえた比喩表現が使われている。

夏目漱石の『道草』に「肉のない細い腕を捲《まく》って」とあり、遠藤周作の『海と毒薬』に「ほそい骨だけの腕から血液をとらねばならなかった」とあり、安岡章太郎の『海辺の光景』に「母親の袖口から、ほとんど骨のままのような腕があらわれた」とある例には、いずれも慣用的ながら比喩的な誇張が見られる。

正宗白鳥の『何処《どこ》へ』に「妻君は指先で柱を叩《たた》きながら、雪のような腕《かいな》を露《あら》わしている」とあり、伝統的に「雪」のイメージで色白の肌を喩えている。石川淳も『普賢』において、色白の腕を「白栲《しろたえ》の腕《ただむき》」という古典的な表現で持ち出すが、こちらはそのあと、「飴《あめ》のようにとろけて頸筋にねばりつく」と、肌の色だけでなく、「飴」のイメージでその柔肌を誇張している。

【手】葉脈ばかり

泉鏡花の『高野聖』に「鉄梃《かなてこ》を見たような拳《こぶし》で、背中をどんとくらわした」とある。正宗白鳥の『光秀と紹巴《じょうは》』には「生死《いきしに》の騒ぎの場合に邪魔《じゃま》っけだ、不吉な奴《やつ》だとお怒《いか》りになって、あの栄螺《さざえ》のような拳でわたくしの頬骨をお殴りになりました」とある。ごつい拳の比喩には昔からこういうイメージが使われた。

吉行淳之介の『原色の街』に「よく肥って手の甲の指のつけ根にえくぼの見える十九の娘」が登場する。いくら愛嬌《あいきょう》のある娘でも、手の甲はほほえまないから、ここの「えくぼ」はもともと比喩表現だったのだろう。小林多喜二の『蟹工船』に出てくる「船長は肥えた女のように、手の甲にえくぼが出ていた」の「えくぼ」も同様だが、ここは全体として比喩表現になっている。室生犀星の『性に眼覚める頃』には、「私はすぐさま、あの白い餅《もち》のように柔らかい靨穴《えくぼ》のたくさん彫られた手を思い出して、あたまのそこまでしんとしてその美しい形や円みを描いた」とある。えくぼのたくさんできる可愛らしい手の白い柔らかさを「餅」のイメージに託した例である。それこそ読者の頭の底までしんとしみるような気がする。

三島由紀夫の『仮面の告白』には、その反対に皮膚の荒れた感じを強調する比喩が使われている。「草野と握手した私の手は、伊勢蝦《いせえび》の殻にさわったような感触にたじたじとなった」という例はその一つだ。ごつごつとした手の平を「伊勢蝦の殻」というイメージで誇張した比喩表現である。同じ作品の別の箇所では「赤ぎれとひびと霜焼けが、塵芥《じんかい》と油に固められて、海老の甲羅のようないたましい手を作り上げている」というふうに、荒れた手を「海老の甲羅」というイメージでも強調している。

椎名麟三の『自由の彼方で』には「荒れた彼女の手が荒縄製品であるかのような気がした」とあるし、小林多喜二の『防雪林』には「この辺の女の手の皮なんて、まるで雑巾みたいでないか」とある。

同じ作者の『蟹工船』には「木の根のように不恰好《ぶかっこう》に大きいザラザラした手だった」という例もあるが、大きな手は火野葦平の『麦と兵隊』に「伝単を受け取る手は節だらけで八角金盤《やつで》のように広く大きい」とあるような「やつで」のイメージでとらえる例が多かった。葉山嘉樹の『海に生くる人々』には「労働で荒れた、足の踵《かかと》のような手の皮」という例もある。「手」を「足」のイメージでとらえるこの比喩表現は、悲惨ながらどこかおかしい。

痩せて細くなった手の描写としては、川崎長太郎の『船頭小路』にある「葉脈ばかりに化したような手を合せ、何ごとか口のうち唱える仕種《しぐさ》、繰り返したりしていた」という例があり、「葉脈」のイメージが印象的である。二葉亭四迷の『浮雲』に「細根大根に白魚を五本並べたような手」といった古めかしい比喩表現が出てくる。後述のように、「白魚」は女性の細くて美しい手の指の伝統的なイメージだった。

谷崎潤一郎は『陰翳礼讃』で、能楽で楊貴妃《ようきひ》に扮《ふん》した役者の、袖口からのぞいている手の美しさに感嘆したことを、こんなふうに述べている。「手頸《てくび》から指先に至る微妙な掌の動かし方、独特の技巧を罩《こ》めた指のさばきにも因るのであろうが」と前置きし、「皮膚の色の、内部からぽうっと明りが射しているような光沢は、何処から来るのかと訝《いぶか》しみに打たれた」と記している。

【指】ぴくぴく跳ねる

その谷崎は『細雪』で、「かぼそくて、指の形の華奢《きやしや》で優雅だったことは、精巧な細工物のようであった」と、人工的な「細工物」というイメージで述べているが、泉鏡花の『歌行燈《うたあんどん》』に「颯《さつ》と輝く、銀の地の、ああ、白魚の指に重そうな、一本の舞扇」とあるように、鏡花に限らず、指の美化には昔「白魚」のイメージがしきりに使われた。高見順の『故旧忘れ得べき』に「麗人が白魚のような指で色紙を折っている姿」とあり、円地文子の『なまみこ物語』に「琴の上に素早く動いている白魚のような細い指」とあるのはその一例にすぎない。

醜い形の例としては、北杜夫の『夜と霧の隅で』に「鉤《かぎ》のように曲った節くれた指」とある。岡本かの子の『生々流転』には「鉈豆《なたまめ》のような親指」とあり、形状の類似からこの比喩はよく使われるようだ。嘉村礒多の『秋立つまで』には、「慴《おび》えた芋虫のように短く縮かんだ人差指」とある。「おびえた」という形容はともかく、このイメージもさほど独創的という感じはなく、遠藤周作の『海と毒薬』にも「毛の生えた太い指が芋虫のように動いていく」という比喩表現が出てくる。

室生犀星の『性に眼覚める頃』には、「指はみな肥り切って、関節ごとに糸で括《くく》ったような美しさを見せていて、ことに、そのなまなましい色の白さが、まるで幾疋《ひき》かの蚕が這《は》うてゆくように気味悪いまで、内陣の明りをうけて、だんだん膝がしらへ向って行った」というふうに、「蚕」のイメージが現れる。大江健三郎の『芽むしり仔撃ち』に「たよりない力をこめて握りかえす弟の指のあたたかさと、そこでの幼い脈搏《みゃくはく》が僕に栗鼠《りす》や兎《うさぎ》のそれのような、すばしこくて弾力にみちた生命感をおくってよこした」とあるのは、すばしこい動物の指の連想である。

永井荷風の『踊子』に「二人の胸はぴったり接触し、両手の指と指とは時計の歯車のように深く組み合わされて離れません」とあり、里見弴の『極楽とんぼ』に「綯《な》うように重ねた二本の指先」とあり、有島武郎の『或る女』に「両方の手の指を壺《つぼ》の口のように一所に集めて爪の掃除が行き届いているか確めた」とある例は、いずれも指の形や色といった外見ではなく、その動きをとらえた比喩である。

内田百閒は『山高帽子』で、「人間の手ぐらい目まぐるしいものはない。朝から晩まで、動き通しにちらくら動いている」と、まず「ちらくら」という創作的な擬態語を働かせて、手の動きに関する総論を述べる。そして、「おまけに尖《さき》が各五本の指に裂けて、その又一本ずつが、めいめい勝手な風に曲がったり、からまったり、不思議な運動を続けている」というふうに、指の誕生とその運動に焦点を絞って論を進める。次に今度は一転して人間側の心理に移って、ほとんど無意識のうちにそういう運動が起こっていると展開し、「手や指は本人の意識と無関係に、ぴくぴくはねたり、うねくね曲がったりしている」と、それ自体が生きものであるかのごとく擬人化している。

指の動きを誇張して戯画化《ふけ》した例として、夏目漱石の『草枕』のこの一節はまさに圧巻だ。髪結い床の親方が客の頭垢を落とす場面である。「親方は垢《あか》の溜《たま》った十本の爪を、遠慮なく、余が頭蓋骨の上に並べて、断わりもなく、前後に猛烈なる運動を開始した。此《この》爪が、黒髪の根を一本毎に押し分けて、不毛の境を巨人の熊手が疾風の速度で通る如くに往来する」と大仰な筆致で展開する。「遠慮なく」「断わりもなく」とくりかえすことで、いかにも親方の勝手な振る舞いという印象を強め、「頭」でなく「頭蓋骨」と書き、「行き来」でなく「往来」と書くことでその客の受ける触感のすごさを感じとらせ、「不毛の境」「巨人の熊手」「疾風」という大げさなイメージをよびこんで一大スペクタクルをくりひろげ、読者をいったい何事が起こったのかという気分に誘いこんで笑わせる。

その後も、「余が頭に何十万本の髪の毛が生えて居るか知らんが、ありとある毛が悉《ことごと》く根こぎにされて、残る地面がべた一面に蚯蚓《めめず》腫《ば》れにふくれ上がった上、余勢が地磐《じばん》を通して、骨から脳味噌迄震盪《しんとう》を感じた位烈しく、親方は余の頭を掻《か》き廻《まわ》した」という調子であたかも講談調に弁じ立てるのだ。ここにも「ありとある」「悉く」とくりかえし、「根こぎ」「余勢」「震盪」と強調し、「地面」「地磐」とイメージを拡大し、「骨」「脳味噌」と感覚化した跡が鮮明だ。

【背中】白い扇

志賀直哉の『暗夜行路』に「眼の落ち窪《くぼ》んだ、猫背の何となく見すぼらしい老人」とあり、野上弥生子の『秀吉と利休』にも「猫脊の肩をいよいよまるめて」とあるように、まるい背中の代表として猫のイメージを借りた「猫背」ということばがすでにできあがっている。まるい背中からすぐに猫を連想するのだろう。横光利一の『蠅《はえ》』では、「円い荷物のような猫背」というふうに、その「猫背」という比喩起源の語を用いながら、さらに「荷物」というイメージを添えて、強調した比喩表現に仕立てている。

嘉村礒多の『秋立つまで』では、「猫背」という既成の語に頼らず、「猫のように背中を丸めて」と、比喩表現にして「猫」のイメージを活性化している。円地文子の『老桜』では、

「黒い影絵のような背中が暖かげにこんもり丸い」と、似たような背中を「猫」のイメージを借りずに別の比喩表現とした。

川端康成の『雪国』に「襟を透かしているので、背から肩へ白い扇を拡げたようだ」と駒子の襟の奥に広がる背中の白い肌を「扇」のイメージでとらえた美しい比喩表現が出てくる。しかし、作者はそこから、「白粉《おしろい》の濃い肉はなんだか悲しく盛り上って」と、肉体的な豊かさを「悲しく」と感情的に眺め、「毛織物じみて見え、また動物じみて見えた」とさらに比喩を連発して、「蛭《ひる》のような唇」と後出の「蚕のような体」に象徴されるこのヒロインの野性的な一面を描く。

人類が初めて原子爆弾のむごい洗礼を受けた広島、その悲惨な現実を直視して描いた井伏鱒二の小説『黒い雨』に、被爆した背中の残酷な描写が容赦なく現れる。「背中いちめん七面鳥のとさかみたいにでこぼこに爛《ただ》れ」だとか、「背中は牛肉のようになって肋骨《ろっこつ》が見えそうになっていた」だとか、「背中の火傷《やけど》のあとは、さながらビフテキのように黒く固くなって、ぼろりとそのビフテキが剥げたときには、肉が深く抉《えぐ》れて肋骨が見えるくらいであった」とかと、あくまで冷静な比喩表現が続く。中でも、「背中の皮膚が両肩から下へすっかり剥げて、タブロイド判の新聞紙が濡れたようにだらりとぶらさがっている」と、めげずに連想力を働かせるあたり、作家としての覚悟を見る思いがする。

【胸】七月の葡萄の粒

太宰治の『人間失格』に「胸がからっぽになるような、だるい喪失感になやまされた」という例が出てくる。ここでは心理的な意味合いが強く、肉体的な胸そのものの描写ではない。大庭みな子の『啼く鳥の』に、「痩せて平らな胸を気にしているみずきを、「せんたく板みたいだ」などと無神経なことを言う男」が登場する。相手が女性だから、この場合の「胸」は乳房を中心にした表現だろう。円地文子の『なまみこ物語』に出てくる「宮のおん胸には白い牡丹《ぼたん》の蕾《つぼみ》のような紅をふくんだ冷たい丸さがある」という例の「胸」も同様で、実質的には「乳房」を「牡丹の蕾」という比喩的イメージでとらえながら、それを「冷たい丸さ」と抽象化して気品を保っているのだと考えられよう。

同じ作品で、「宮」と身分の違う「弁《べん》」や「大輔《たいふ》」の場合は「胸」とぼかさずに、「乳房は金椀《かなまり》を伏せたように大きい」と明記して、膨れた形を金属製のお椀《わん》に喩えている。芥川龍之介は『大導寺信輔の半生』で「乳房は盛り上った半球の上へ青い静脈をかがっていた」と、「かがる」という動詞によって「静脈」を「糸」のイメージでとらえ、「半球」とした「乳房」を結果として製品並みに描いてみせた。

井上靖の『猟銃』に「両の手で蕾のように上向いた乳房を押え」と、円地と同様、「蕾」

のイメージでとらえた比喩の例があり、庄野潤三は『流木』で、「裸身を見て、その美しさにはっと息を呑んだ」として、「固い果実のような乳が二つ、沼の眼を射た」と続け、「乳房」を「果実」のイメージで描いた。

川端康成の『雪国』に、「女は両腕を閂《かんぬき》のように組んでもとめられたものの上をおさえた」とある。島村の手が駒子の胸に及び、女が抵抗を見せる場面だ。それでもとうとう男はそれをつかむ。そこで作者は「島村の掌《てのひら》のありがたいふくらみはだんだん熱くなって来た」と書いた。まさにそれは「ありがたいふくらみ」に思える。たしかにあれは、心理的に「ありがたい」感覚的な「ふくらみ」であると言えないこともない。島村がそこに「母のようなものさえ感じた」のは、単なる性愛的な対象であることを超えて、それが人間の安心感、根源的な拠《よ》りどころであるからかもしれない。

前に〈肩〉の項で同じ川端の『千羽鶴』から、毒を吐くように見える怒り肩の例にふれたが、主人公の三谷菊治にとって、幼児期に父の女として見たその栗本ちか子の「乳房から水《みず》落《おち》へかけてのあざは蝦蟇《がま》のように具体的な記憶」になって今日に残っている。読者にとって、この「蝦蟇」という意外なイメージによる衝撃的なこの比喩は、不気味な女の人物像として読後も深く記憶に刻まれることだろう。

外村繁の『岩のある庭の風景』に、「まっ白い乳牛のそれのような乳房の先には、黒い、大きな乳嘴《にゅうし》が突き出ていた」とある。叔母の乳房に「乳牛の乳房」を連想した比喩の中で、黒い大きな乳頭つまり乳首を印象的に描いている。

椎名麟三は『自由の彼方で』で、「乳房が見えた。木製の半球のようだった。そしてワニスをかけたように、ぴかっと光っていた」というふうに「木製の半球」と「ニス塗装」というイメージで乳房をとらえたあと、「その頂上に、余分なもののように、小豆大の乳嘴がくっついていた」と乳首に言及する。この部分は大きさを問題にしているだけだが、視覚的に「小豆」のイメージが一瞬よぎり、その映像も働いて比喩的な表現効果をあげる。

檀一雄は『終りの火』で「乳首がさむざむと櫨豆《はぜまめ》のように萎縮《いしゅく》している」と書いている。大きさと形と色の連想からか、櫨の木の実と思われる「櫨豆」というイメージでとらえた比喩だ。

乳を描いた比喩として忘れがたい例ということになれば、何と言っても、平林たい子の『鬼子母神』に出てくる小さな女の子の描写をあげないわけにはいかない。それは「七月の葡萄《ぶどう》の粒のような小さい二つの乳は、これでもこの中に豊穣《ほうじょう》な稔《みの》りを約束する腺や神経が絹糸ほどの細さで眠っているのだと思えば、蕾《つぼみ》の時から実の形をつけている胡瓜《きゅうり》や南瓜《かぼちゃ》のなり花のよう」というふうに、「七月の葡萄の粒」「絹糸」「腺や神経が眠る」「胡瓜や南瓜のなり花」といった多様なイメージをちりばめた比喩で奔放に展開する。

そうして、子供の小さな薄い胸ながら、将来の成熟した女性の豊かな胸の可能性を秘めているそのようすを、作者は「こましゃくれて見えた」と記すのである。対象自体の類似というよりも、それを観察する人間側の想像力の働きで実現する、まさに創造的な比喩表現と言うことができるだろう。

乳房を中心とする女性の胸ほど豊富ではないが、胸自体についての比喩表現の例にもふれておこう。井伏鱒二の『さざなみ軍記』に、「あの直立不動の鳩胸《はとむね》の姿は、今日の戦場風景において最も私の感懐をそそる」とある。前に突き出している胸の形から、それを極端にしたような鳩の胸を連想するのはごく自然で、そこから比喩起源の「鳩胸」という語が生まれた。小林多喜二の『防雪林』に「百姓の頑固な岩ッころのような胸」とあり、岡本かの子の『生々流転』に「薄桃色にやや青味のさしているいい身体をして胸の筋肉なぞは希臘《ギリシャ》彫刻のように括《くく》れています」とあるようなたくましい胸もあれば、椎名麟三の『自由の彼方で』には「胸は、うすくて、闇のなかに黄色いバター製品のように見えた」とあるような貧弱な胸もある。

曽野綾子の『たまゆら』には「慎しみ深く能弁な胸」と、胸を人間並みにとらえた例がある。が、円地文子の『なまみこ物語』には、「白く透き通った胸元の類《たぐ》いない美しさの中には何ものも犯すことの出来ない高貴な清らかさが」とあり、「厳冬の雪を照らす月かげのようにいつくしく宿っていた」と比喩的に展開する。「厳冬の雪」という白い冷たさ、「月影」というやさしい光の美しいイメージで気品をみなぎらせた例である。

【腹】血を吸った蚊

岩野泡鳴の『耽溺《たんでき》』に「相撲取りのように腹のつき出た婆《ば》アや」という表現が出てくる。もし「人」や「男」とあれば比喩だとは限らないが、ここでは「婆」だから実際に相撲取りであるはずがなく、明らかに比喩表現の例になる。

泉鏡花の『高野聖』に「出ッ腹の太《ふと》り肉《じし》、太鼓を張ったくらいに、すべすべとふくれて」とある。「太鼓腹」ということばがあるように、力士などの丸く突き出た大きな腹は、こんなふうにしばしば「太鼓」に喩えられる。横光利一の『ナポレオンと田虫』にも「古い太鼓の皮のように光沢《つや》の消えた腹を出した」とあるが、この例は腹部の肌の色が「古い太鼓の皮」を連想させるというので、いわゆる太鼓腹の比喩ではない。この作品に「腹は獣を入れた袋のように波打ち出した」という例も出てくる。大きな腹が揺れるのを、中の獣が動き出したと仮定してそのイメージを比喩表現に仕立てたものだろう。

同じ作者の『頭ならびに腹』に、「彼の腹は巨万の富と一世の自信とを抱蔵しているかの如く素晴らしく大きく前に突き出ていて」という例も出てくる。この例は大きな腹の形を何かのイメージでとらえたものではなく、自信たっぷりな金満家を思わせるでっぷりと肥えた体型を見て、腹の中に富と自信が詰まって大きくふくれたと考えてみたのだろう。いささか理屈っぽい比喩表現だが、外形から中身を勝手にイメージするこういう発想はおもしろい。

芥川龍之介の『河童《かっぱ》』に「今まで大きかった腹は水素瓦斯《ガス》を抜いた風船のようにへたへたと縮んで」しまったと、急にしぼむのを「風船」のイメージでとらえた例が出てくる。同じその「風船」のイメージを、逆にふくらむ場合に用いたのが、向田邦子の『三枚肉』に出てくる「あの空っぽの財布のような薄い腹が、ふくらんで白い風船になる」という例である。ここでは、妊娠することにより、比喩的イメージが「財布」から「風船」へと変化している。

平林たい子の『施療室にて』に「血を吸った蚊のような大きな腹」という例があり、そんな腹を抱えて起き上がれない体を、また、「河から引摺《ひきず》り上げた重い一本の丸太のよう」と、今度は「丸太」のイメージでとらえ、つくづく情けなく思う場面がある。

深沢七郎の『楢山節考』では、「大きい腹を前かがみにしているので蛙《かえる》みたいな恰好《かっこう》だ」と、大きな腹を「蛙」のイメージでとらえている。倉橋由美子の『蠍たち』には、「まるまるした腹に臍《へそ》を中心として毛が渦巻いているのは仔熊《こぐま》の人形をみるようでした」というふうに、「熊のぬいぐるみ」のようなイメージでとらえた比喩表現の例が出てくる。

逆に痩せている場合としては、小林多喜二の『蟹工船』に「ベニヤ板のように固くなっている自分の腹を撫でた」という「ベニヤ板」のイメージが現れる。

堀田善衛の『鬼無鬼島』に「白い腹は、蟇《がま》の死骸のように日に曝《さら》されていた」と、マイナスイメージでとらえた例が出てくる。三島由紀夫の『仮面の告白』には、「脇腹には太い縄目のような肉の連鎖が左右から窄《せば》まりわだかまっていた」とある。脇腹の筋肉を「縄目」というこれもマイナスイメージで描いている。

上林暁の『天草土産』に「虫状突起炎を手術したので、その疵痕《きずあと》が皺《しわ》んで、おなかにもう一つ臍があるように見える」という例がある。事実は腹部の疵痕だから、ここの「臍」は比喩的なイメージである。

一方、臍自体を比喩的に描写したものとしては、泉鏡花の『高野聖』に「出臍《でべそ》という奴《やつ》、南瓜《かぼちゃ》の蔕《へた》ほどな異形な者を、片手でいじくりながら」という例がある。

平林たい子の『鬼子母神』には、「臍はみずみずして母親と交通していた局所が、まだ死にも枯れも乾きもせずに、体とは別な生存を続けている」と、母親と一体だった頃の名残をとどめている臍のみずみずしさを前にして、「乾葡萄《ほしぶどう》のようになってしまった自分の臍」をつい連想してしまう場面がある。複雑な思いがこみあげてくることだろう。

【胴】よく出来た壺

谷崎潤一郎は『陰翳礼讃』で、昔の女の典型的な胴体について、その一般傾向をこんなふうにまとめている。「紙のように薄い乳房の附いた、板のような平べったい胸、その胸よりも一層小さくくびれている腹、何の凹凸もない、真っ直ぐな背筋と腰と臀《しり》の線、そう云う胴の全体が顔や手足に比べると不釣合に痩せ細っていて、厚みがなく、肉体というよりもずんどうの棒のような感じがする」というふうに、「紙」「板」「棒」というイメージでとらえた比喩表現として展開するのがそれだ。

高見順の『故旧忘れ得べき』に、「胴体は牛乳瓶のように丸く、腰のくびれが全くといっていいほど無かったから、どこから足がはじまるのだか分らない、ずんべら棒の身体をしていた」とある。腰にくびれがなく、上から下まで太さの変わらない、全体として円筒形の胴を、「牛乳瓶」のイメージを借りて表現した比喩である。

二葉亭四迷の『浮雲』に、「背はスラリとして風に揺《ゆら》めく女郎花《おみなえし》の、一時をくねる細腰もしんなりとしてなよやか」と、「女郎花」のイメージで比喩的にとらえられているのが、それと対照的な細くしなやかな胴である。「柳腰」と書いて「りゅうよう」あるいは「やなぎごし」と読む比喩起源の語がよく使われたように、女性の細くしなやかな腰はしばしば柳に喩えられてきた。実際、堀田善衛の『香港《ホンコン》にて』にも、「ほんとうに柳のような腰をした若い歌妓《かぎ》」という比喩の例が現れる。

腰を曲げると、「海老」の連想が多くなる。徳冨蘆花の『みみずのたわこと』に「海老の様な腰をしてホウホウ云いながら庭を掃いたり」とあり、里見弴の『妻を買う経験』にも「腰を海老のように曲げ」とあるのが、そういう慣用的な比喩表現である。

三島由紀夫の『仮面の告白』には、「廿歳恰好《はたちかっこう》の無智《むち》な若者の、獅子の仔《しし こ》のようなしなやかな胴」というふうに、男性のしなやかな胴を「獅子の仔」のイメージでとらえた比喩表現が出てくる。井上靖の『猟銃』には、「腰の線が羚羊《かもしか》のように清潔でしかも逞しい」という「かもしか」のイメージが出る。また、村上春樹の『プールサイド』には「まるでナイフでそいだような腰のうしろの鋭い線」という比喩表現の例が出てくる。

武者小路実篤の『真理先生』には、「しめくくりがよく、豊麗な身体ではないが、つりあいがよくとれ、発育がよく、胴体の厚味、腰の線の柔かさなぞ、最もよく出来た壺《つぼ》を思わせる」というふうに、美術的な価値の高い民芸品の「壺」というイメージで表現している。

円地文子の『耳瓔珞』に、「病気の前より一皮ぬきすべらしたようにすっきり細くくびれた滝子の腰の線」を見て、新鮮な肉感を感じながら、「何となく冷たい鱗《うろこ》のある人魚のよう」にも思えて、それに触れるのが怖くなる、という一節がある。「一皮」という語を用い、「鱗のある人魚」のイメージを導入して、冷たい印象と不気味な雰囲気をかもしだしている。

【尻】酔っぱらった酒呑童子

藤枝静男の『犬の血』に「女のように尻のすべすべと大きい庶務主任」という例が出てく

る。男の尻を女の尻に喩えているだけで、比喩的な転換の距離は小さい。

石坂洋次郎の『麦死なず』に「人生の矛盾相剋《そうこく》の姿を、髪長く臀部《でんぶ》豊かな瓢簞形《ひょうたんがた》の裸身に盛り上げている」という例が出てくる。この場合の「瓢簞」というイメージは全身の形の印象を表しているのだが、尻の大きいことがそういう連想を誘う役割を分担している。

永井荷風の『腕くらべ』に、「ゴム鞠《まり》のような尻の円みは男の太腿《ふともも》の上にくびれてはまり込み」とある。「尻」を「ゴム鞠」というイメージでとらえた比喩表現だ。坂口安吾の『桜の森の満開の下』には、「土から生えた尻のように重みが分ってきました」という例がある。尻そのものの形状ではないが、井伏鱒二の『黒い雨』に、「お尻にまた新しい腫物が二つ殖え、それが隣合って瓢《ひさご》型にはびこりかけている」とある。ここには「ひさご」のイメージが使われている。そのあとに、「創口《きずぐち》が治癒しないで肉が赤く盛りあがって水瓜《すいか》が破れたようになっている」というふうに、その傷口を「西瓜《すいか》」のイメージでとらえた比喩が続く。

室生犀星に「顔」を「尻」に喩えた例があって驚いたが、田村泰次郎の『肉体の門』には「尻が酔っぱらった酒呑童子《しゅてんどうじ》の顔のように見えた」というように、逆に「尻」を「顔」に喩えた比喩表現が見られるのは興味深い。

次に、その表側に位置する生殖器についての比喩表現をとりあげてみよう。三浦朱門の『箱庭』に、「半白の毛の間から、ダランとした性器が見えた」として、「若々しい、とは言えないにしても、手足や胴にくらべて、比較的恵まれた老境をむかえているという感じだった」と続く。男性器そのものを「老境を迎える」というふうに擬人化してとらえた比喩的な表現のいささか滑稽な例である。

外村繁の『澪標《みおつくし》』に、「何気なく胯間《こかん》を見ると、いつの間にか包皮は剝け、亀頭は露出している。まるでぎょろ目をむいているようで極めて醜い」と、陰茎を「ぎょろ目をむく」というふうに人間そのもののように扱った擬人的な表現が出てくる。大江健三郎の『芽むしり仔撃ち』に出てくる「寒さとおびえに縮こまり皺よっているセクス」という例からもいくらか擬人的な感じを受ける。「小さく赤っぽい杏《あんず》の実のような未発達なセクス」だとか、「勃起してアスパラガスの茎のような自分のセクスが下穿《したばき》にひっかかって殆ど折れそうになった」だとか、植物のイメージでとらえる比喩表現もあり、この作品には例が多い。

同じ作家の『セヴンティーン』にも「子供の性器の青くさい植物みたいなやつ」とか、「折りとった青い草の茎」とか、中には「インポテの毛だらけの里芋」などという例もある。そのほか、「膨《ふく》ら雀《すずめ》のように股倉の屋根にちょこんとまっていた」、「萎《しぼ》んだ性器が包皮を青黒い皺だらけの蛹《さなぎ》みたいにちぢこまらせ」、「包皮が、勃起すれば薔薇色《ばらいろ》の亀頭をゆるやかなセーターのようにくるんでいて」、「灼熱した鉄串のような男根」など、さまざまなイメージで男性器の比喩表現が続出する。

小林多喜二の『防雪林』にも、「朝顔の莟《つぼみ》みたいな」という植物のイメージで「チンポコ」が出てくる。同じ作品の「小指の先程のチンポコを出したままだった」という例は形や大きさからの印象だろう。

野上弥生子の『秀吉と利休』に、「からだの下部の、いままでは顔の皮膚にかわらずすべすべしていた場所が、黒い妖しい草むらに蔽《おお》われた」とし、「そこにほんのちっぽけな玩具のように附着していたものが、どうかしてひとりでに跳ねあがり、畸《き》型《けい》な立体物を生成した」と展開する箇所がある。「草むら」「玩具」「跳ねあがる」「畸型な立体物」というイメージを駆使して婉曲に表現した比喩だ。谷崎潤一郎の『鍵』には、「右の睾丸《こうがん》はゆっくりと鮑《あわび》が蠢《うご》めくように上り下りの運動をする」というふうに、睾丸のほうに着目し、それを「あわび」のイメージでとらえた比喩表現が現れる。

安部公房の『他人の顔』には、「伸びきった両足の間の栗色の唇」という隠喩表現も現れる。大江健三郎の『芽むしり仔撃ち』には、「あわてふためいている少女のセクスの冷たく紙のように乾燥している」という描写など、女性器に関する比喩の例も少なくない。「少女の乾いたすべすべした夏の花のようなセクス」とか、『死者の奢り』には「僕は少女のクリトリスが植物の芽に似ているのを素早く見た」とか、やはり植物のイメージでとらえる比喩の例が注目される。それぞれに幼い性を清潔に描いた例と言えるだろう。

平林たい子の『鬼子母神』に、さらに幼い性を、もっと念入りに、イメージゆたかに、しかも写実的に踏み込んだ描写が出てくる。「圭子が熱い手拭でいつものようにだんだん拭いて下って行った柔い太股《ふともも》の間に、半熟の水蜜桃を思わせる可愛いものが、桃に共通した縦の筋をきっかり引いてついていた」と、「可愛いもの」とぼかした対象をまず、「半熟の水蜜桃」のイメージをよびおこして美しく描く。そしてさらに、その桃のイメージをひきずり、「桃の筋が股を動かす度に割れ目となって、紅絹《もみ》を張ったような赤い中身が半分口をあけているのに何ともいえず目を惹《ひ》かれていた」と、今度は紅花を揉《も》んで染め付けた絹の無地をイメージに加え、あくまでも可憐に描きあげる。想像力ゆたかに眺める目にぬくもりのこもる、忘れがたい一節である。

【脚】太い指

脚に関する代表的な比喩は「棒」に喩えるものだろう。阿川弘之の『雲の墓標』に「脚が棒のようになるという言葉が、まったく実感のある形容だということもわかりました」とあるように、歩き疲れて筋肉が柔軟性を失う状態を日本語では伝統的に「足が棒になる」という慣用句で表現してきた。岡本かの子の『生々流転』に「体勢を立て直し、棒のような脚を踏み拡げ」とあり、網野菊の『妻たち』にも「一日腰かけていたせいで、ウメの左脚は棒のようにつっぱって、しびれていた」とあって、その「棒」のイメージが比喩として生きている。川崎長太郎の『船頭小路』に「片手片脚が曲がらない棒のようになっている病人」とあり、谷崎潤一郎の『鍵』にも「ノッペラポウニ棒ノヨウニ真ッ直グナノハ曲ガナサ過ギル」

とある。北杜夫の『夜と霧の隅で』に出てくる「患者の手足はかたくこわばり、木づくりの人形のようだった」という例は、「棒」の代わりに「木製の人形」のイメージを用いた類例だ。

石川淳は『鷹』で、体を挟みつける少女の硬い脚について、「内側には肉というものがあろうともおもわれず、鉄の心棒のようなものが通っていて、それがこちらの骨の節々を亀裂させるまでに搾《つぼ》まった」と、「鉄の棒」のイメージでとらえた。正宗白鳥は『生まざりしならば』で、「日当りのいい障子の側に、火箸のように細い、青白い足を投出して」と、「火箸」に喩え、村山知義の『死んだ海』にも「針金のような足を擦りへらして」と、金属のイメージでとらえた細い脚の比喩が出る。

石川淳の『焼跡のイエス』に「肉の盛りあがったそのはだかの足のうえに、ムスビに嚙《か》みつくようにぎゅうっと抱きついた」とある。立ち上がろうとした女を腰掛に押しつけるぐあいに飛びついたのだから、ここはこんもりと肉の盛り上がった裸の太股を「おむすび」のイメージでとらえた比喩だと思われる。

夏目漱石の『行人』に「痩せた足を鞭《むち》のように使って細い道を達者に歩きます」とある。ここは細くしなやかな脚を「鞭」に喩えた例だ。横光利一の『春は馬車に乗って』に「円く張った滑らかな足と手は、竹のように痩せて来た」とあるのは、細い脚を「竹」のイメージでとらえた例である。

徳田秋声の『仮装人物』には「鷺《さぎ》のように細い脚」と、「鷺」という鳥の足のイメージが現れる。谷崎潤一郎の『細雪』には、「踵《かかと》の高い靴を穿《は》いた、恰好《かっこう》のよい細い脚で、床をコツンコツン云わせながら鹿のように軽快に」歩く姿が描かれる。川端康成は『伊豆の踊り子』で、「仄暗《ほのぐら》い湯殿の奥から」、主人公の姿を見かけて「手拭もない真裸《まはだか》」で走り出して来た踊り子の薫の姿を、「若桐のように足のよく伸びた白い裸身」と描いている。谷崎の「鹿」も、川端のこの「若桐」も、ともにすらりとしたプラスのイメージとして働いている。横光利一は『上海』で、かっちり締まった感じの脚を「忘れられた岩蔭《いわかげ》で、虫気もなくひとり成長していた若芽のように感じられた」と、「若芽」のイメージで描いた。

「大根脚」という比喩起源の語が昔はよく使われたが、平林たい子の『夜風』で「白い、膚《はだ》のすべすべした、大根のような足」という例が実際に比喩として出てくる。幸田文の『流れる』には「痩せ牛蒡《ごぼう》のような小さい臑《すね》」と、「ごぼう」のイメージも現れる。

腿《もも》の肌ざわりについては、永井荷風が『腕くらべ』で「絹のようなその軟い内腿は羽布団の如く男の腰骨から脾腹《ひばら》にまつわる」と書いている。「絹」と「羽布団」が比喩的イメージで、そのあとに出る「まつわる」という動詞にも若干ながら比喩性がかきたてられる。

大江健三郎の『芽むしり仔撃ち』に「白く乾き鱗《うろこ》のように皮膚がむけている足」とある。ここは「鱗」のイメージだ。壇一雄は『終りの火』で「足とは思えなかった。巨大な乾茸《きのこ》の類に思われた。足窪《あしくぼ》のあたりからポロポロと剝《そ》ぎ崩れてゆくような足だった」と、「きのこ」のイメージに転化してさらに強調する。

三浦朱門は『箱庭』で、「ちょっとO脚の気味があ」る女性の脚を背後から眺めた感じを詳細に述べている。まず、「ボッタリ肉のついた腿《もも》が二本、太い指のように並んでいて」と、太股の後ろ姿を「指」というイメージでとらえる。次に、「ふくらはぎの肉が脚の外側からはりつけたように並んでいて」と、あとからくっつけたという連想により、一体感のとぼしさを取り立てる。

それから、膝の裏側に視線を移し、「日に当らないために生白く、のっぺりと平らで、青い血管が何本か見える」と、「生白い」という主観的・感覚的な形容詞を用いて描いたあと、「形も色もあまりに無防備で」と書く。膝の裏側などふだん他人に見られることを想定しないから、相当おしゃれな女性でもそこに白粉をはたいたり紅を塗りつけたりしないだろう。それを「無防備」ととらえるのも大仰で、いくぶん比喩的な叙述に感じられる。そして、「つい先刻まで、そこに何かがはりついていたのを、むりやりにはがして、はじめて外気にさらされた、という感じがする」と展開する。このあたり一帯に実に念入りな比喩的思考が見られる。

平林たい子の『施療室にて』に、「手を突いて立上ろうとすると、膝が金具のようにがくと鳴って」とある。膝を「金具」のイメージでとらえた比喩的発想で、感覚的にわかりやすい。安部公房の『他人の顔』には、「巻貝の裏側のようなくるぶし」というふうに、足のくるぶしを「貝」のイメージでとらえた例が見られる。

外村繁の『澪標』に「女の裸足も好色的なものである」と前置きし、「小指の跳ね返ったの、親指のまん丸いの、土ふまずの深いのは清楚《せいそ》な感じであるが、却《かえ》って擽《くすぐ》ってみたくなる。土ふまずの浅いのはいかにも鈍臭いが、げてもの的好色をそそる」と自身の感覚を露呈してみせる箇所がある。比喩的な連想をもてあそぶ勝手なきめつけだが、意外に説得力があるのはどうしたことだろう。

【肌】とろとろと飴のように

搗《つ》きたての餅《もち》のように、なめらかで肌理《きめ》の細かい皮膚を「餅肌」と呼んでいる。円地文子の『女坂』に「餅肌が急に粟《あわ》だって」という用例がある。永井荷風は『腕くらべ』で、「俗に云う餅肌の堅肥り」として、「その軟きに過ぎず又堅きに過ぎぬ丁度頃合な締りのいい肉付にはおのずから美妙極る弾力があって抱き〆《しめ》る男の身体にすべすべとしながらぴったりと隙間なく吸いつく」と、念入りに感覚的な説明を加える。林芙美子の『河沙魚《かわはぜ》』には「餅のようにしんなりした肌」という、「餅」をイメージにした比喩表現も出てくる。同じ作者の『浮雲』には「むきたての玉子のような、蒼味《あおみ》がかったすべすべした肌」と、ゆで卵のイメージの肌も描かれている。

肌の比喩的な形容には、「餅」以上に、「紙」のイメージがよく現れる。井上光晴の『ガダルカナル戦詩集』に「この荒涼たる黄昏《たそがれ》に紙のように皮膚をかわかして」とあるのはその一例だ。岡本かの子の『老妓抄』でも、老妓の腕の皮膚を「羊皮紙のような神秘な白い色」と喩えている。同じ作者の『やがて五月に』には、「洋紙のような白さの皮膚は、結核血統の病的な層が仄《ほの》かに漉《す》き込まれている」とある。「洋紙」というイメージを選び、それに合わせて「漉き込む」という動詞を用いるほどの念の入れようだ。円地文子の『女坂』にも「奉書紙のように肌が白い」とあり、獅子文六の『沙羅乙女』にも「コットン紙のような、乳色の肌を二の腕まで露《あら》わして」という例が現れる。堀田善衛の『鬼無鬼島』に「渋紙のような皮膚」とあるのも同様である。三島由紀夫の『遠乗会』では、「優雅な和紙のような脂気のすくない肌は、白粉《おしろい》を要せぬほどに匂いやかに白い」と明らかに美的なとらえ方をしている。

川端康成『雪国』の駒子の肌は「白い陶器に薄紅を刷《は》いたような皮膚」とある。梶井基次郎の『冬の日』にも「陶器のように白い皮膚」とあり、林芙美子の『夜猿』にも「明け放った硝子戸の光線で、細君の顔が陶器の肌のように光っていた」とあるように、白くなめらかな肌はしばしば陶器類に喩えられる。永井龍男の『そばやまで』に出てくる「瀬戸物のように冷たい感じの肌」という例は、白いという色彩的な印象よりも、冷たい感じに注目して「瀬戸物」のイメージを用いた例だ。

椎名麟三の『自由の彼方で』にも、風呂あがりの全裸の女体を「特別料理につかう真白な食皿のように白くかたくしまっている」と描写した例が現れる。これは白さ以上に硬さに重点のある陶器のイメージである。幸田文の『流れる』に、「丹念に幾重にも刷《は》いたおしろいは御所人形の肌のように底光りがして」とあるのも、美的にとらえた質感の点で類例と考えられるだろう。

林芙美子の『放浪記』には、「長いことクリームを塗らない顔は瀬戸物のように固くなって」というふうに、「陶器」の喩えがマイナスイメージで使われる例もある。谷崎潤一郎の『鍵』に、「その肌理《きめ》の細かい、アルミニュームのようにツルツルした皮膚を見ると、私はもう一度ゾウッとした」とあり、男性の場合は肌理の細かい肌が逆に気味悪い感じをもたらすことがあるという興味深い傾向を、「アルミニウム」のイメージで示した例である。

果実など植物のイメージもよく肌の色艶に使われる。中山義秀の『厚物咲』に「なめらかな果実の緑の肌のように美しく」とあり、大江健三郎の『芽むしり仔撃ち』にも「青ざめて果物の表皮のようにこわばっている皮膚」とある。後者はいくぶんマイナス評価が感じられる。森田たまの『続もめん随筆』にも「あけびの実をわったような白い滑らかな肌」、「梨子《なし》か林檎《りんご》をむいたような青味を帯びた白さと潤おいを持ち」とある。林芙美子の『牛肉』に「薄暗い部屋の中では玉葱《たまねぎ》をむいたような肌に見えた」とあり、岡本かの子の『鶴は病みき』に「馬鈴薯《ばれいしょ》の皮を剝《む》いた白さだ」とあるのも類例だ。なお、堀田善衛の『鬼無鬼島』に

「鞣革《なめしがわ》のような顔の皮膚」ともある。

肌の比喩といっても白い肌ばかりではない。嘉村礒多の『途上』には「頸《くび》のまわりと来ちゃ、まるっきり墨を流したようなもん。日に焼けたんでも、垢《あか》でものうて、素地《きじ》から黒いんや」と、肌の黒さを「墨」のイメージで誇張した比喩だ。木山捷平の『河骨』に、一本目の銚子《ちょうし》にまだ半分の酒が残っているのに「もはや茹蛸《ゆでだこ》のように赤く染まっていた」とある。酒の弱い男の描写だ。のぼせあがっても、酒に酔っても、「茹蛸」のイメージがよく使われる。

泉鏡花の『高野聖』には、「婦人《おんな》も何時《いつ》の間にか衣服《きもの》を脱いで全身を練絹《ねりぎぬ》のように露《あらわ》して居たのじゃ」と、「絹」のイメージを用いてソフトな感触を表した例が出る。谷崎潤一郎の『蓼喰《たでく》う虫』にも「京女が絹ごしの肌をいたわる苦心」と、「絹」の喩えが出てくる。「絹ごし」とあるので、絹そのものの感触というより、絹で篩《ふるい》にかけたり漉《こ》したりしたような肌理細かなイメージであり、読者によっては「豆腐」の連想も働くかもしれない。

司馬遼太郎の『国盗り物語』には「柿の渋に漬けたような皮膚をしている」とある。これは色の連想が働いているのかもしれないが、安岡章太郎の『ガラスの靴』には「青白いまるで液体みたいな皮膚」とあり、阿部知二の『冬の宿』には「その皮膚は泡にさわるようにやわらかく、融けてしまいそう」とあるように、やわ肌の強調に液体のイメージが目立つ。

永井荷風の『腕くらべ』には「菊千代の肌身はとろとろと飴《あめ》のように男の下腹から股の間に溶け入って腰から背の方まで流れかかるような心持」と展開するくだりが出てくる。

「飴」というイメージを中心に、「とろとろ」「溶け入る」「流れかかる」といういわば縁語を並べ、液体化の方向性を強めた例である。

川端康成『雪国』の駒子は「蚕」のイメージで描かれるシーンもある。「蚕のように駒子も透明な体でここに住んでいるかと思われた」というのがその一例だ。堀辰雄の『美しい村』にも「皮膚がすっかり透明になり、ぽうっと内側から薔薇色《ばらいろ》を帯びている」とある。実際に内臓が透けて見えるということはないから、「透明」ととらえること自体が比喩的発想である。

一方、なめらかでない肌をさす「鮫肌《さめはだ》」という比喩起源の語があり、横光利一の『上海』に「ざらざらした鮫肌」という用例が出てくる。三浦朱門の『箱庭』では、「毛穴は一つ一つ小さく隆起している」と描写し、「鮫肌というのはこのことだろうか」と続く。

昔から「雪のはだえ」という比喩的な形容が慣用的であったように、白い肌の喩えには古くは「雪」がよく使われた。森鷗外の『即興詩人』に「膚《はだえ》は雪の如くかがやきぬ」とあり、幸田露伴の『風流仏』には「膚《はだえ》は春の曙《あけぼの》の雪、今や消入《きえい》らん計《ばか》り」とあり、芥川龍之介の『地獄変』に「雪のような肌が燃え爛《ただ》れる」とあり、永井荷風の『腕くらべ』にも「明い電燈をまともに受けた裸身雪を欺くばかり」とある。二葉亭四迷の『浮雲』では、「七難を隠すという雪白《ゆきじろ》の羽二重肌」というふうに、その「雪」と「羽二重」という上等の絹織物の二つのイメージを重ね、筆を極めて美化している。時代が下って円地文子の『女坂』には、

「降ったばかりの雪のように光を籠《こ》めて冷たい肌」と、白さに冷たさを含めたイメージとして使った例が現れる。

小林多喜二の『蟹工船』には「鱗形《うろこがた》に垢《あか》のついた身体全体は、まるで松の幹が転がっているようだった」という例がある。垢を「鱗」、体を「松の幹」のイメージでとらえた二重の比喩表現である。安岡章太郎の『ガラスの靴』には、「彼が風呂からあがったところを見ても、ドブに落ちた男がマンホールから這《は》いあがった所だと間違えるにちがいない。不潔さを皮膚全体にシミつけて生れてきたような男だ」とある。「どぶ」や「マンホール」のイメージを駆使して、拭いきれない不潔な感じを印象づける比喩表現である。

もう一つ、吉行淳之介の『娼婦の部屋』の例をあげよう。『驟雨《しゅうう》』に「皮膚に澱《よど》んだ商売の疲れが朝の光にあばきだされて、瞭《あきら》かな娼婦の貌《かお》が浮かびあがる」と書いたこの作家は、『娼婦の部屋』で、「彼女の皮膚は、この町の汚れが染み入り易いように見えた。いや、すでにその裏側に層を成して沈殿しているのかもしれなかった」と書き、そんなふうに自分の眼に映っているのは「秋子の心の膚《はだ》でもあった」と、比喩表現の奥行を広げてゆく。

川端康成の『雪国』に「駒子の肌は洗い立てのように清潔」とあり、同じ川端の『眠れる美女』には、「子供を産んだあとの末娘はからだのなかまで洗ったように肌が澄み」とある。この作家のキーワードの一つである「洗う」という動詞をイメージに採用し、女性の清潔感を際立たせる例である。微妙な肌合いで、具体的なイメージということになると、読者の間で思い浮かぶものの個人差が大きいだろう。

この項の最後に、皺《しわ》の描写に現れるイメージをのぞいてみよう。火野葦平の『麦と兵隊』に「折り畳んだような深い顔の皺」とある。面の皮を折り曲げてしわくちゃにするわけにはいかないが、紙を一度折ってから広げたときに、折ってあったときの線がそこにくっきりと刻まれているのを経験で知っている読者は、「折り畳む」というイメージから、容易なことでは消えない深い皺を目に浮かべる。岡本かの子の『生々流転』には、「額に苦労皺が罫線《けいせん》のように何本も几帳面《きちょうめん》に刻まれています」というふうに、「罫線」のイメージが現れ、一定の間隔で平行に何本も並んでいるような感じを伝えてくる。

川崎長太郎の『鳳仙花』には、「既に、老衰の徴《しるし》、歴然たるものあり、眼尻あたりの皺は、ひびのいったような工合《ぐあい》であった」とあり、「罅《ひび》が入る」イメージで修復の難しい深い皺を喩えている。大岡昇平の『野火』には「俯向《うつむ》いた彼の顔には、無数の皺が切り疵《きず》のように走っていた」とある。「切り疵」のイメージから、さらに深い鮮明な皺を思い描くだろう。椎名麟三の『自由の彼方で』には「額に深く刻み込まれている鋼鉄製の皺」とあり、「鋼鉄製」というイメージで、消えたり伸びたりしそうもない強固な皺を印象づける。

森鷗外の『即興詩人』に「膚《はだえ》の皺は繁くして、縮めたる網の如し」とある。縦皺も横皺も多くなると「網」というイメージに近づく。井伏鱒二の『さざなみ軍記』に「彼の眉間には老人みたいに、または生活の苦渋にうち負かされた人みたいに深い皺が網代型《あじろがた》に刻まれていた」とあり、「網代」のイメージが登場する。曽野綾子は『たまゆら』で、「手だけは年齢を偽らない」と前置きし、「手には網の目のような皺が深かった」と、「網の目」というイメージをよびこんだ。

谷崎潤一郎の『細雪』に「頸から肩へかけての肉にたるみがあって、顔にも縮緬皺《ちりめんじわ》が一面にある」とあるように、「縮緬」のように細かい皺がたくさん寄った肌をさす「縮緬皺」という比喩起源の語がすでにある。川端康成は『十六歳の日記』で、「祖父は脚も頭も、くしゃくしゃに着古した絹の単衣物《ひとえもの》のように、大きな皺が一杯で、皮をつまみ上げると、そのまま元へ戻らない」というふうに、「着古した絹の単衣物」というイメージでとらえた比喩表現で、最後の肉親となった祖父の肌の悲惨な衰えを冷静に描いた。

円地文子の『老桜』には、「日本の女の年とった顔には人知れず黙し殺して来た愛憎や意欲が深い皺に畳まれたり」という比喩的思考の一般化した解釈が示されている。抑圧されてきた歴史を知る女性のイメージは重い。

【姿】折り曲げたナイフ

樋口一葉の『にごりえ』に「色の黒い背の高い不動さまの名代《みょうだい》という」というふうに、長身の男を喩えるのに「不動様の名代」というイメージが使われている。徳冨蘆花の『思出の記』に「頬被りした雲衝《つ》く程の大男がぬっと立って居た」とあるように、「雲衝くばかり」と誇張するのも慣例となっている。この例では「ぬっと」という擬態語がその感じを感覚的に支えている。一方、島崎藤村の『新生』では、「この人も最早《もはや》若草のように延びた」と、背丈の伸びの早さを「若草」のイメージでとらえている。

芥川龍之介は『蜜柑《みかん》』で、「彼等は皆、この曇天に押しすくめられたかと思う程、そろって背が低かった」と、短軀《たんく》の原因として、雲が低く垂れ込める「曇天」の影響を仮定し、それをイメージにして想像力を拡げた。水上瀧太郎は『大阪の宿』で、「ちんちくりんの女だから、卓子《テーブル》の上に面皰《にきび》だらけの顔を載せたようで」と書いた。テーブル越しに胸や腹が見えないほどというイメージをかきたて、背の低さを誇張してみせた比喩表現である。

伊藤左千夫の『野菊の墓』に出てくる「お前が菅笠《すげかさ》を被《かぶ》って歩くと、ちょうど木の子が歩くようで見っともない」という例の茸《きのこ》のイメージは滑稽だ。

北杜夫の『夜と霧の隅で』には、「そのずんぐりした体軀《たいく》はまったくビール樽《だる》そっくりで、歩いてゆくというより転がってゆくという方が当っていた」とある。背が低くまるまると太っている体型を揶揄した比喩だ。高見順は『故旧忘れ得べき』で、「身長よりも肩幅の方が大きいのではないかとさえ思われるいかつい身体をノッシノッシと上へ運んで行く」と書き、ここでも「のっしのっし」という擬態語を利かせたあと、「それは全く闘牛の感じで、醜いとかなんとか、そんなありきたりの所を超絶したものであった」と、「牡牛《おうし》」のイメージで展開する。川崎長太郎の『船頭小路』には「総入歯が、金槌のようなその体格に、一寸不似合いのようでもあった」とある。頑丈な体を「金槌《かなづち》」のイメージでとらえた比喩表現だ。

芥川龍之介の『お富の貞操』では、「堅肥りの体つきには、何処《どこ》か新しい桃や梨を聯想《れんそう》させる美しさがあった」と、収穫したばかりの果実のイメージをよびこんだ。

幸田文の『流れる』に「狭い階段に肥りじしのからだは空気を濃くするような感じがある」とある。その人間が通ったからといって、空気の濃度に変化が感知できるわけはないが、目撃した側の心理的な圧迫感をうまくとらえた比喩だと言えるだろう。

吉行淳之介の『原色の街』に「骨格をやわらかな脂肪がすっかり包みかくし、その上から筋肉が置かれてあるように、摑《つか》んだ男の掌《てのひら》にけっして骨を感じさせない軀《からだ》」とあるのは、肉体の構造を想像したイメージによって、信じられないやわらかさを説明した例である。檀一雄の『終りの火』では、「お腹《なか》全体をさすってやる。生気も弾力も失って、げっそりと陥《お》ちている」と説明し、それを「骨の間にひからび陥ちた死火山のようだった」と、「死火山」という巨大なイメージを用いて誇張している。

菊池寛は『恩讐《おんしゅう》の彼方に』で、「人間と云うよりも、むしろ、人間の残骸と云うべきであった」と総論し、「肉 悉《ことごと》く落ちて骨露《あら》われ、脚の関節以下は処々《ところどころ》爛《ただ》れて、永く正視するに堪えなかった」と具体化する。「人間の残骸」というイメージは「骸骨」を連想させる。

事実、他の作品にも、極端に痩せた体を喩えるのにその「骸骨」の比喩の例がいくつも見られる。谷崎潤一郎の『少将滋幹の母』に「あの傷々《いたいた》しい、骸骨のように痩せた老翁」とあり、円地文子の『耳瓔珞』には「骸骨が着物を着ているような」女が登場する。

同じ円地の『なまみこ物語』に「影のように痩せ細って」とあり、水上勉の『越前竹人形』に「鴉《からす》のようにやせ細った小柄な軀」、石川達三の『風雪』に「老いしなびた二人が二本の枯木のように並んで立っている」とあるなど、さまざまなイメージが登場し、中山義秀の『厚物咲』には「全身の肉という肉は落ちつくしてまるでひからびた蛙《かえる》のようであり」という例が出てくる。「影」「鴉」「枯木」「蛙」とまさにイメージ繚乱の比喩表現が見られる。

宇野千代の『色ざんげ』に「髪をお下げにして白い羅《うすもの》の着物を着ている彼女はほのかな街の灯《ほ》かげでは夕顔の花のようである」と、夏物の和服姿を「夕顔の花」のイメージでとらえた比喩表現が出てくる。井上光晴は『地の群れ』で「黒衣を着た修道女たち」を「蝙蝠《こうもり》のような恰好《かっこう》をして歩いて行く」と、「蝙蝠」のイメージでとらえ直している。横光利一の『花園の思想』で「退院者の後を追って、彼女達は陽に輝いた坂道を白いマントのように馳《か》けて来た」と、白衣を着た女性の看護師を「マント」そのもののイメージで比喩表現に仕立てた。同じ横光の『上海』では、「彼は重なり合った女の下で、漬物のように扁平《へんぺい》になりながらげらげら笑った」と、「漬物」のイメージでとらえた滑稽な比喩表現に仕立てている。

室生犀星の『性に眼覚める頃』に「父は一つの置物のように端然と坐って」とあるのは、

身動きしない姿を「置物」のイメージで誇張した比喩だ。織田作之助の『雪の夜』には、「雪達磨《ゆきだるま》のようにじっと動かず、眼ばかりきょろつかせて、あぶれた顔だった」とある。これも、人の姿をしていながら動かないところに着眼し、「雪だるま」のイメージを呼び出したのだろう。

平林たい子の『施療室にて』には、「中風の老婆は、寝台の上に烏賊《いか》のようにべたりとねたまま、壁のように青みがかった白目だけを動かして、じろりと私を見た」とある。白目の色に「壁」のイメージをよびおこし、姿全体の印象を「いか」のイメージで表現した比喩表現である。じろりと見られた側の不気味さが伝わってくるようだ。

里見弴の『極楽とんぼ』には「道端に突ッ立てたステッキに肩を倚《よ》せかけて、まアるく蹲踞《うずくま》っている烏《からす》のような黒い姿を見た」とある。往来の道端にうずくまってすすり泣いている男の姿を「烏」のイメージでぴたりととらえた比喩である。

一方、動いている姿については、檀一雄の『花筐《はながたみ》』に「ブロンズのような美事な姿態が、月下の砂丘を弾丸のように走りはじめた」とある。スピード感を出すのに「弾丸」のイメージは使い古されているが、ここでは金属の「ブロンズ」のイメージと重ねることで一体感を出している。庄野潤三の『プールサイド小景』には、「折り曲げたナイフのような姿勢でそっと飛び込み、二十五米《メートル》をゆっくりとクロールで泳いでいる」とある。プールに飛び込むときの姿勢を「折り曲げたナイフ」というイメージでとらえた比喩だが、動きの中の一瞬の姿を静止画像のように鮮やかに切り取っている。

【印象】余香

正宗白鳥の『安土の春』に「枯木のような坊主」とある。年老いて痩せ衰え生気を失った体によく用いられる「枯木」のイメージだが、ここは「斬っても血は出まいな」と続くので、そういう具体的な質感ではなく多分に象徴的だ。水上瀧太郎の『大阪の宿』に出てくる「ほっそりと姿のいい、川魚の感じのする女」とある例でも、必ずしも体形だけから川魚を連想したわけではあるまい。どこがどう似ていると特定の類似点を指摘できなくても、何となくそんな感じがすることがある。直観的な印象であり、象徴と呼んでもいい。これらの例は、そんな瞬間的に浮かんできた連想だったように思われる。

武者小路実篤の『友情』に「杉子の桃のつぼみが今にも咲きかけているような感じ」とあるのも、木山捷平の『春雨』に「父はもう人間の正気を失って、ひしゃげた瓦煎餅《かわらせんべい》のように臥《ふせ》っていた」とあるのも、あるいは、小沼丹の『胡桃』に「胡桃の新芽はなかなかいい。かっちりした精巧な銅版画を見るような気分がする」とあるのも、そんな瞬間的な印象だったろう。

志賀直哉の『暗夜行路』にある「痩せた婆さんで、引込んだ眼や、こけた頬や、それが謙作に目刺しを想わせた」という気の毒ながらユーモラスな例では、イメージになっている「目刺し」とその婆さんとの類似点として眼や頰を具体的にあげている。川端康成の『しぐれ』にある「露の降るような月明りをかまきりのような恰好《かっこう》で見ているうちに首が疲れて額を雨戸に休めますと」という例でも、自分自身の姿を想像してみて、きっとかまきりのように見えているだろうと思ったのだから、はっきりと形の類似を意識しているにちがいない。が、同じ川端の『伊豆の踊子』に「彼女は花のように笑うのだった。花のように笑うと言う言葉が彼女にはほんとうだった」とある例や、『千羽鶴』に「菊治のそのむかむかする嫌悪のなかに、稲村令嬢の姿が一すじの光のようにきらめいた」とある例などは、「花」や「光」というイメージと具体的にどう似ているかが問題にならないほど、ぱっと浮かんできた印象にすぎないように思われる。

それでは、同じ作家が『名人』で囲碁の本因坊秀哉名人を「幽鬼じみている」と書いた例はどうだろう。絵に描かれる幽鬼すなわち亡霊にその姿が似ていたとも解せるが、視覚的というよりそういう雰囲気を感じさせるのかもしれない。同じ作品に「名人は放心しているのだが、上体は盤に向っていた時から崩れない」とあり、それを「余香のような姿である」と表現している。余香すなわち残り香はあくまで嗅覚的な存在だから、「余香」というこのイメージは明らかに象徴的である。

志賀直哉の『暗夜行路』に「坐って居ても何となく棒立のような感じがした」とある。瘦せて背の高い女の不器用な立ち居振る舞いの印象だ。そして、「動作にも曲線的な所が少なかった」と、「棒立ち」というイメージの説明を添える。「曲線的」という形容も、動作という時間的な存在を、視覚的な映像としてとらえている。

永井龍男の『風ふたたび』にこんな場面がある。ヒロインの久松香菜江のことを、「ね、分かるでしょう、夜の川。なんて云うのかな、黒々と、静かに流れて、そばにいると、引き込まれそうな気になる」と、川並陽子は感覚的な人物評を展開し、当人に向かっても「夜の川よ。暗いかと思うと、明るく灯《ひ》がうつってる。じっとしているのかと思うと、流れてる。そばへ行くと、引っ込まれそうな気になる」と説明し、「あなたは、そうなのよ」ときめつける。これも、いろいろ論拠を並べているが、どれも後づけで、「あなたは夜の川よ」という比喩の核心部分はおそらく瞬間的な印象であったのだろう。

小林秀雄は『モオツァルト』と題する作品で、その音楽をとおした人間像として、モーツァルトを「人間は彼の優しさに馴《な》れ合う事は出来ない。彼は切れ味のいい鋼鉄のように撓《しな》やかだ」と評した。この「鋼鉄」というイメージを分析して作曲家モーツァルトとの類似点を探ってみても無駄だろう。おそらくこの批評家は直観的にそう見抜いたのだろうから。だから、「大胆で柔順で、優しく又孤独な、凡《およ》そ他人の意見にも自分自身の意見にも躓《つまず》かず、自分の魂の感ずるままに自由に行動して誤たぬ人間」と直線的に述べ下ったあと、「無思想無性格と見えるほど透明な人間」と、率直にその感銘を述べた。この「透明」というイメージもこの批評家の瞬間的なひらめきであったように思える。

川端康成は『雪国』で葉子を「なにか涼しく刺すような娘の美しさ」と書き、ヒロインの駒子をも「杉林の陰で彼を呼んでからの女は、なにかすっと抜けたように涼しい姿だった」と、心理的な印象を温度感覚という触覚的な比喩で描いた。その川端が『千羽鶴』のヒロイン太田文子を、「姿全体にふと本能的な羞恥が現われた」と、主人公三谷菊治の感覚で表現した。恥じらいが顔や頸筋《くびすじ》を血の色でほのかに染めるようすは外見でも認知できようが、ここは「姿全体」であり、しかもそれを「本能的な羞恥」と感じとるのは、あくまで菊治の主観である。そして菊治はその姿を目の当たりにして、それを「令嬢の体温のように感じ」るのである。「体温」というこのイメージは、自分側に流れ込む文子の心を意識した菊治の体感的な心理を映し出しているように思えてならない。

第六章　心の表現

【歓喜】細胞の一つ一つが雀躍り

有島武郎の『生まれ出づる悩み』に「太陽が西を見付け出したようなその喜び」という例がある。「漁夫達の心の勇み」をさすという机上の観念的な比喩だ。同じ喜びを「野獣が山に放たれたよう」だとか、「魚が水に遇ったよう」だとかと、慣用的なイメージで喩えを重ねる。同じ作者の『或る女』に「飛び立つような喜びを感じた」という例も出てくる。広津和郎の『神経病時代』には、事件に遭遇した新聞各社について、「旱魃《かんばつ》に滋雨を得た百姓のような喜びをもって、勇んで活動し始める」とある。どの喩えも人工的あるいは今では陳腐な発想で、読者にとっても新鮮な驚きにとぼしい。

宮沢賢治の『銀河鉄道の夜』に「子供が瓜《うり》に飛びついたときのようなよろこびの声」とあり、宇野浩二の『蔵の中』には「お祭の日の子供のように狂喜しました」とある。これらも平凡だが、それでもまだ生活の感じがただよっている。

坪田譲治の『風の中の子供』には「二人の胸の中に、次第にお父さんの帰ってくる喜びが、水のようにわいて来た」という比喩が出てくる。湧き出すことを表すのに、この「水」のイメージもよく使われる。宇野千代の『色ざんげ』にも「飢餓のように狂暴な恋心は眠っていて、静かな喜びが水のように溢《あふ》れて来る」とある。

大原富枝の『婉という女』には「体中がやさしく柔らかに、手足のはしばしまで、溶けてゆくような幸福感が湯のように流れている」というふうに「湯」のイメージが流れている。なお、坂口安吾の『桜の森の満開の下』にも「山賊はこの美しい女房を相手に未来のたのしみを考えて、とけるような幸福を感じました」とあるように、うっとりとするような幸福感にはしばしば「溶ける」という比喩的イメージも登場する。

壺井栄の『二十四の瞳』には「よろこびが、からだじゅうにしみこむような気がした」とあり、喜びの感情に満たされるようすを、「しみこむ」という動詞を用いて液体のイメージで伝えてくる。井上友一郎の『ハイネの月』でも、「よろこびが次第に水を浴びるような感じで全身の隅々に伝わった」と、似たようなイメージを使っている。福永武彦の『草の花』でも「歓喜が怒濤《どとう》のように僕の内部に打ちつけた」と激しさを増すが、やはり「波」のイメージである。

田宮虎彦の『沖縄の手記から』に「純粋に喜びだけがあとからあとから心の底から溢れ、心と身体とを満たすだけにとどまらず、私自体から外にどっと溢れ出ていくようであり、私は、その溢れるものを表現するために、大声で何か喚《わめ》きたかった」とあるのも、そういう「水」に似たイメージだろう。同じ作品に「不意に、忘れていた喜びが私の心の中で渦巻きはじめ、山肌の青い草のように燃えさかっていき、心も身体もつつんでいった」と、「青草」のイメージを借りた比喩も出てくる。

溢れんばかりの感情は、獅子文六の『沙羅乙女』に「吹き零《こぼ》れるような悦《よろこ》びを、抑えることができない」と「吹き零れる」というイメージで描かれ、藤沢周平の『麦屋町昼下がり』では「気をゆるめればすぐにも外にはじけて出そうな喜び」と、「はじけて出る」とイメージ化を図っている。

伊藤整の『氾濫』に「おののくような喜ばしさが、甘美に、種村恭助の全身を、電流のように通り抜けた」とある。あっというまに消える衝撃の感情には、時にこの「電流」のイメージが使われる。辻邦生の『ある晩年』に「その瞬間、あの強い歓喜の感情が光のように湧きあがり、憧憬《しょうけい》と甘美と恍惚《こうこつ》に波立ちながら彼の全身を包んだ」と、「光」のイメージで現れるが、「波立つ」「包む」という動詞がその輪郭をぼかす。幸田文の『おとうと』に「げんの得意になって勝ち誇った心はみしっと音を立てた」とある。有頂天になっている感情が急激にしぼむ変化を、この作家は「みしっと音を立てる」と「折れる」イメージで感覚的に描いた。

芥川龍之介の『地獄変』には「さながら恍惚とした法悦の輝きを、皺《しわ》だらけな満面に浮べながら」と、喜びを表情の「輝き」というイメージで表現した。宮本百合子の『伸子』では、「やや蒼白い皮膚の下から悦びが照り出すような表情」とか、「日ごろ忘れていたゆったりした無為の歓喜が、さし上る月のように我身を照す」とかというように、喜悦によって生じる表情の変化が「月光」のイメージで描かれている。

石坂洋次郎の『山のかなたに』に「夕立がザア！　とやって来て、霽《は》れあがったあとのような、すがすがしい気分だった」とある。庄野潤三は『愛撫《あいぶ》』で「不意に胸の中のもやもやがすっ飛んで、冬の青空のように心が晴れるのを感じた」と書いている。「気が晴れる」「心が曇る」などとも言うように、雲が空を覆うような、心にかぶさる感じの有無に関し、このような天候のイメージとつながる気持ちの比喩表現も多い。

島木健作の『赤蛙』に「この数日来の晴れ晴れしない気分のなかに、新鮮な風穴が通ったような感じだった」とあり、尾崎士郎の『人生劇場』には「一瞬間、胸の中にぽっかりと大きな穴があいたような、すうっとした気持になった」とある。このように、気持ちの中からもやもやしたものが消えてすっきりした気分になる、そういう爽快感の比喩によく「穴」や「風穴」のイメージが利用される。

井伏鱒二の『珍品堂主人』には、「すっと一陣の風が通りすぎたような感じでした。今までの殺気だった気持が吹き飛んで、苦笑が浮かぶ代りに、どうしたことか涙が込みあげて来るのでした」とある。すっかり気が晴れて感動に似た喜びに襲われる急激な気持ちの変化を、これは「風穴」どころか「一陣の風」というほんものの風のイメージに託した比喩表現だ。田宮虎彦の『荒海』には、「三枝の言葉が、風にうかんでいる軽い羽毛のようにはずんだ槙子の心をとらえた」と、「羽毛」のイメージでとらえた比喩表現が現れる。

あまりの喜びに体が小刻みに動き出すことを「雀躍《こおど》り」すると言うが、島尾敏雄の『出発は遂《つい》に訪れず』には、「なぜか勇みたって、からだの細胞の一つ一つが雀躍りしている充実を感じた」というふうに、筋肉ではなく「細胞」というイメージによって、喜びが体の隅々にまで行き渡っている雰囲気をつくりだした比喩もある。

檀一雄の『花筐』には、「白い花弁がぼそぼそ散りかかってそれが肩の上に融けてしまいそうな美しいよろこび」とある。これは、どこかくすぐったいような幸福感だろうか。津島佑子の『鳥の夢』には、「恐怖がそのまま輝くような喜びを味わっていた」とある。恐怖と喜びとはまったく異質な感情だから、その両者が融合することは考えにくいが、ここでは気持ちの底に異種の感情がわだかまっているような複雑な心理を想像させる。

武者小路実篤は『友情』で、「自然はどうしてこう美しいのだろう。空、海、日光、水、砂、松、美しすぎる。そしてかもめの飛び方のいかにも楽しそうなことよ」と、手放しの自然讃美を披露し、「そして人間にはどうしてこんなに深いよろこびが与えられているのだろう」と神に感謝する響きで自分の幸福感をほとばしらせたあと、「まぶしいような。彼はそう思った」と、陽光のように降り注ぐその悦びを、一瞬「まぶしい」と視覚的にとらえる。

ここは心理を感覚でとらえなおすカテゴリーの転換に相当する。

そして、この比喩的な思考から間髪を入れず、「自分のわきに杉子がいる」と続ける。深い悦びの源泉を真っ正直に告白した一節である。昔、作家訪問の雑誌企画で調布市の自宅でインタビューをした折の印象でも、こういう率直そのものという印象を受けた。何の恥じらいもなくここまで率直に書いてのけるプロの作家がいたことに驚く。奔放自在、まさに桁外れの文体である。

【憤怒】じんじんと音を立てて

怒りの感情を表す慣用的な比喩表現に「烈火の如くに怒る」というのがあるように、怒りが激しくなると「火」のイメージが現れる。古く川上眉山《びざん》の『書記官』に「烈火のごとく打ち腹立って」とあり、菊池寛の『恩を返す話』にも「烈火の如く怒って、原城の城壁に、自分の身体と、手兵とを、擲《な》げ付けようと決心した」という典型的な実例が出てくる。

有島武郎の『或る女』に「葉子の心は火のように怒っていた」とあるのも同じ発想だ。同じ作品に「火のような憤りの心」という例もあり、「火と涙とを眼から迸《ほとばし》らせて、打ちもすえかねぬまでに狂い怒った」とあるのもその延長線上の例だろう。嘉村儀多の『業苦』にまさに「火のような激しい怒り」という実例が使われている。

林房雄の『青年』に「心のひけ目が、水のように胸を冷して怒りの火を消してしまった」とあるのも、水をかけて火を消すというイメージに仕立てた例である。芹沢光治良の『ブルジョア』に「一言でも口を開けば、怒りが燃え出しそうになった」とあるのも、「燃え出す」という動詞で「火」のイメージを喚起する。極端になれば、立野信之の『軍隊病』に出る「彼は爆発した」という例のように、「爆発」という語が比喩的に使われるが、これはすでに慣用となっている。

豊島与志雄の『理想の女』に「彼女に対する怒りで燃え立っている私」とある例では、直接にはその人間自身が燃えているというイメージだが、表現の奥に、「怒り」という「火」がついて「燃える」現象を引き起こしているという比喩的な思考が働いている。正宗白鳥の『牛部屋の臭い』にある「男の顔を掻《か》きむしりたいほど怒りに燃えていた」、坂上弘の『初めの愛』に出る「急に彼は（略）怒りに燃えた」という例も同様だ。太宰治の『駈込《かけこ》み訴え』には、「むらむら憤怒《ふんぬ》の念が炎を挙げて噴出したのだ」と「炎」のイメージで視覚に訴える例も出てくる。

広津和郎の『神経病時代』にある「心にはいつになく怒りが萌《きざ》して来た」という例はあまり比喩性を感じさせないが、小島信夫の『小銃』にある「こんこんと怒りがわきおこってきた」という例や、椎名麟三の『深尾正治の手記』にある「はげしい怒りが湧き上って来たのだ」とか、島尾敏雄の『島の果て』にある「勃然と憤怒が湧き上って」とかといった例になると、「湧く」という動詞の選択によって、怒りという心情を水や雲のような自然の具体物のイメージでとらえた感じになり、比喩性がぐっと増す。

尾崎一雄の『擬態』では、「私はじんじんと音を立てて湧き上る怒りを感じながら」というふうに、「じんじんと」というオノマトペを加えることで、怒りの湧く勢いを感覚化して、ぐっと読者に迫る。立原正秋の『冬の旅』に出てくる「怒りが噴きあげてきた」という形になると、火やマグマや噴泉を連想させ、質感がいっそう強化されて比喩性がさらに高くなる。

直接「火」のイメージは出てこないが、熱を加えた結果として起こる「煮えくり返る」現象がイメージとなって怒りが伝わる比喩表現も慣用的だ。井伏鱒二の『珍品堂主人』の「てめえ、どうして俺に煮えくり返るような思い、させたいんだ」、森鷗外の『山椒大夫』の「臓腑が煮え返るようになって、獣めいた叫びが口から出ようとするのを、歯をくいしばってこらえた」、太宰治の『ダス・ゲマイネ』の「腹綿は恚忿《いふん》と殺意のために煮えくりかえっているらしく眼がしらや言葉のはしはしが児蛇《じだ》の舌のようにちろちろ燃えあがっている」といった表現はそういう例に相当する。岩野泡鳴の『耽溺《たんでき》』に出る「薬罐《やかん》のくらくら煮立っているのが、吉弥のむしゃくしゃしているらしい胸の中をすッかり譬《たと》えているように、僕の妻には見えた」という例は、それを説明的に述べたことになるだろう。

林芙美子の『晩菊』に「一瞬、凄《すさ》まじい怒りが眉のあたりに這《は》う」とある。これも「怒り」という抽象体が、「這う」というふうに動物並みに扱われた比喩表現の例である。怒りや憤りという感情を体内で動くイメージでとらえたものに、中島敦の『李陵《りりょう》』の「激しい憤りが頭の中で渦を巻いた」、豊島与志雄の『理想の女』の「苛《い》ら立った憤りが、じりじりと胸の奥に喰《く》い込んでいった」という例がある。伊藤整の『馬喰《ばくろう》の果』には「怒りは激しい波のように彼の全身に拡《ひろ》がって行った」というふうに、「波」のイメージでとらえた例が出てくる。梅崎春生の『桜島』には「荒々しいものが、疾風のように私の心を満たした」とある。直接「怒り」を意味する語こそないが、「荒々しいもの」が怒りを暗示し、それを「疾風」というイメージでとらえた比喩表現と考えることができる。

菊池寛の『忠直卿行状記《ただなおきょう》』に出てくる「心の中であり余った力が、外にハミ出したような激怒」という例も、「はみだす」という動詞によって、怒りを具体物のようなイメージで読者に送り届けることだろう。小島信夫の『小銃』に出てくる「血管を逆流してくる憤りのために、その場で私は昏倒《こんとう》してしまった」という例も同様だ。

怒りの激しさを強調する比喩表現としては、石坂洋次郎の『若い人』に「内臓の壁が慄《ふる》えるような烈《はげ》しい怒りに駆られた」、中里恒子の『日光室』に「もう胸が痛くなるほどの怒りを覚え出して」とあり、室生犀星の『幼年時代』には、「私はかっとした。腸《はらわた》がしぼられたように縮み上った」とある。永井龍男の『雀《すずめ》の卵』に「私のそばかすは鼻の頭を中心に、双方の頬へ細かくひろがり、はやし立てられて気が立てばなお、その一粒一粒が濃く浮き出してくるのを、手にとるように感じた」とある例も、鏡を眺めながらそういう現象を事実として観察したものではない。「手にとるように」という慣用的な比喩からもわかるとおり、意識をイメージ化した比喩的な表現であったと考えられよう。

なお、森鷗外の『青年』に「この不平は赫《かく》とした赤い怒りになって現れるか」と「赤」という色のイメージでとらえられた怒りが現れ、遠藤周作の『海と毒薬』には「白々とした空虚感が、時には突然黒い怒りに変ることがあった」というふうに、「黒」というイメージでとらえた怒りが現れる。このように感情という抽象体を、何色であれ色彩という感覚でとらえる表現の奥には、いずれも比喩的な思考が働いている。

【悲哀】匕首のような

怒りが「火」のイメージで語られる例が目立つのに対し、この哀しみの感情は冷やかな「水」のイメージで語られる例が目につく。林芙美子の『浮雲』にずばり「水のような、淋《さび》しさ」とあり、同じ作者の『河沙魚』には「ずしんと水底に落ちこむような孤独な気持ち」とある。有島武郎の『或る女』に「一筋の透明な淋しさだけが秋の水のように果てしもなく流れているばかりだった」とある例も、また、小林秀雄の『モオツァルト』に「その悲しさは、透明な冷い水の様に、僕の乾いた喉をうるおし、僕を鼓舞する」とあるのも、その典型的な例である。

宮本百合子の『伸子』に「自分の胸に底潮のような悲しみ」とあり、宇野千代の『別れも愉《たの》し』に「胸にふいに波のような哀しみが押し寄せて来た」とあるのも、林芙美子の『茶色の眼』に「心の淋しさ」が「汐《しお》のようにひたひたと寄せてくる」とあるのも、「水」関連のイメージの比喩表現と考えることができる。川端康成の『反橋《そりはし》』に「凍りつくようなさびしさ」とあるのも水分を連想させやすい。福永武彦の『草の花』に「氷のような孤独」、田宮虎彦の『荒海』に「地の底にめいりこむような淋しさが厚い氷のように身体も心も冷たく凍りつかせるのを感じた」とある例も同様だろう。液体でも湯のようなぬくもりのイメージとは反発する。

幸田文の『おとうと』に「しみ入るような寂しさ、泣く気も起きない寂しさだった」とか、「悲しさがほとばしっていた」とかとあるのも、「しみ入る」「ほとばしる」という動詞の選択が液体のイメージをよびおこす。佐多稲子の『くれない』に「しんから淋しさが雨といっしょに沁《し》みとおっていった」とある例や、林芙美子の『浮雲』に「淋しさのみが、しいんと、濡れ手拭のように、額に重くかぶさってくる」とある例も同様だ。

同じ作者の『女性神髄』には「ひどい風の音を聞くと、みぞおちのなかに酢のたまるような悲しさに苦しめられて」とあり、ここでも「酢」という液体のイメージでとらえていることが注目される。外村繁の『夢幻泡影』には、「エレベーターなどの急降下するとき、三半規管の中を内淋巴《リンパ》が急に揺れ動く、あの感覚にも似て、不意にきゅっと胸を絞るような、哀《かな》しみの湧き方である」とある。リンパ液の流れを主要なイメージとし、「絞る」「湧く」という液体を連想させる動詞を併用してあり、やはり全体として水分を想起するような比喩表現となっている。

田村俊子の『木乃伊の口紅』に「自分の青春はこの川水のさざなみに、いつともなくじりじりと浸し消されてしまったような悲しみがそこに映っていた」とある。この場合、「川水のさざなみ」という液体のイメージは、直接には「悲しみ」を喩えているわけではないが、悲しみの生じるもととしてつながっている。このように考えてくると、外村の『夢幻泡影』に「青みだつような哀しみだった。そんな哀しみが、次ぎから次ぎへ、涙となって溢《あふ》れて来る」という例にも、「哀しみ」の感情が「涙」という液体の質感としてとらえられているように思われる。

悲しみの深さや激しさや痛みについては、丹羽文雄の『顔』に「深淵《しんえん》のようにふかい哀しみ」とあるのが典型的な例であり、堀辰雄の『かげろうの日記』に「胸もつぶれるような思い」とあるのも、「悲しみ」という語は用いていないものの実質的にそういう感情をさすだろう。石坂洋次郎の『お山』に「地面へ槌《つち》で打ちこまれたような深い寂寞《せきばく》」、中山義秀の『テニヤンの末日』に「骨にくいこむような寂寥《せきりょう》にじっとしていられなかった」、嘉村礒多の『業苦』に「見る度見る度に針を呑《の》むような苛責《かしゃく》の哀しみを繰返すばかり」、太宰治の『ダス・ゲマイネ』に「自分の手塩にかけた作品を市場にさらしたあとの突き刺されるような悲しみ」とあり、梶井基次郎の『冬の日』には「突然匕首《あいくち》のような悲しみが彼に触れた」と、「刃物」のイメージでとらえた鋭い比喩表現がしばしば現れる。

有島武郎は『或る女』で「雪解時《ゆきどけどき》の泉のように、あらん限りの感情が目まぐるしく湧き上っていたその胸には、底の方に暗い悲哀がこちんと澱《よど》んでいる」と書いている。さまざまな感情を「泉」に喩え、やはり「水」のイメージでとらえながら、この「悲哀」の感情だけは「澱む」と沈殿物のように扱い、「こちんと」という擬態語を用いることでむしろ固体に近い質感を与えているのが注目される。

「雲」のイメージもよく見られる。夏目漱石の『三四郎』に「その心持のうちに薄雲のような淋しさが一面に広がって来た」とあり、長与善郎の『青銅の基督』に「何とも云えぬ淋しさが重い黒雲のように上から彼の頭を抑えつけていた」とあり、獅子文六の『沙羅乙女』に「先刻、待合室で感じた寂しさは、夕立雲のように胸に拡がって」とあるのはその一例だが、この「雲」のイメージは悲哀そのものの質感というよりも、それが広がって抑え付けられるといった感じを暗示しているように思われる。ただし、木山捷平の『大陸の細道』に出てくる「胸の中をすうと寂しいものが、一条の飛行機雲のように通り過ぎた」という例では、そういう心を圧迫する感じはなく、むしろ淡い思いである。

井伏鱒二の『珍品堂主人』に「この秋風落莫《らくばく》の思いにある際に、しみじみと逢ってみたいという気も起ります」とある。「秋風索莫《さくばく》」という形で、秋の風が吹き始め、草木の勢いも衰えてもの寂しい感じになる意、転じて、盛んだった勢力が衰退して落ちぶれる意にも使う。この「秋風落莫」という表現もそのような比喩的な転義で用いられている。

立原正秋の『冬の旅』に「軀《からだ》のなかを秋風が吹きぬけて行く思いになった」と、その「秋風」のイメージが現れる。秋の風ではないが、三浦哲郎の『帰郷』に「胸に隙間風のようなものが、ひんやりと吹きこむのを感じた」とあって、淋しさが「風」のイメージで語られる例も珍しくない。

小沼丹も『銀色の鈴』で、「細君のいなかった三年ばかりの間に何があったのか、想い出してもなにもなかったように思う」と書いたあと、「しかし、記憶のなかで、ときどき寒い風が吹いていたような気がすることがある」と記している。淋しさとつながるイメージはやはり、春風駘蕩《しゅんぷうたいとう》の春風ではなく、秋か冬かのそぞろ肌に沁《し》みる寒い冷たい風のようだ。

風ではないが、室生犀星は『幼年時代』に「だんだん自分の親しいものが、この世界から奪《と》られてゆくのを感じた」と書き、「しまいに魂までが裸にされるような寒さを今は自分のすべての感覚にさえかんじていた」というふうに、心細さのような心情を「魂の裸」「寒さ」というイメージを用い、感覚的に描き出した。

小田嶽夫の『城外』に「心の内部が空洞のように寒々としていた」とあり、外村繁の『夢幻泡影』でも、妻を亡くして何ごとにも抵抗を感じなくなった気持ちを「胸の中にぽかんと穴が開いているような感じ」としたように、心の中の空白を暗示する「穴」のイメージも現れる。井伏鱒二の『駅前旅館』に「お銚子《ちょうし》なんか見るのも嫌やだ」とあって「あの、がらんとした気持」と続く箇所も、「がらん」という擬態語が空白を感じさせる点、似たような例であると言えよう。川端康成が『山の音』で「はっきり手を出して妻の体に触れるのは、もういびきをとめる時くらいかと、信吾は思うと、底の抜けたようなあわれみを感じた」と書いた「底の抜けた」というイメージもそれに通うだろう。

そのほか、有島武郎の『或る女』に「白紙のようにはかない寂しさ」、林芙美子の『浮雲』に「石のように重たい淋しさ」、同じ作者の『めし』に「雨漏りをみつけた時のような、侘《わび》しさ」、葉山嘉樹の『海に生くる人々』に「灰になりかけた石炭のような、味気ない淋しさ」、森田たまの『もめん随筆』に「子供の時黒い板硝子に眼をあてて日蝕《にっしょく》をのぞいたような（略）何か手頼《たよ》りない寂しさ」、石川達三の『蒼氓《そうぼう》』に「風の吹き溜《だま》りにかさかさと散り集まって来た落葉のような淋しさ」などの例があり、淋《さび》しい感情はさまざまなイメージで語られる。

永井荷風は『歓楽』で「悲哀や苦痛」について「楽しい青春の夢をなお楽しく強く味わわせる酒のようなものだ」と書き、有島武郎の『或る女』にも「こもった哀愁が、発しない酒のように、葉子の顳顬《こめかみ》をちかちかと痛めた」と、ともに「酒」のイメージを利かせて心情的な淋しさを感覚化している。

【恐怖】幽鬼の息づかい

悲哀の感情に似て、この恐怖の気持ちを表す比喩でもまた、「水」や「氷」、「寒さ」や「冷たさ」のイメージがよく現れる。壺井栄の『二十四の瞳』に「ぞくりとふるえた」とあり、「膝《ひざ》のあたりに水をかけられるような不気味さ」とあるのは、その典型的な一例だ。国木田独歩の『郊外』に「身体は冷水《ひやみず》を浴びたようになって、竦《すく》んで来る、それで腋下《わきのした》からは汗がだらだら流れる、何のことはない一種の拷問《ごうもん》さ」とあり、有島武郎の『或る女』に「ぞーっと水を浴せられたように怖《お》じけを震った」とあり、林芙美子の『上田秋成』に「背筋に冷い水をあびたようになり」とあり、井上友一郎の『ハイネの月』に「ふいに水でも浴びたように杉下は心が慄《ふる》え」とあり、三浦哲郎の『驢馬《ろば》』に「ふいに水を浴びたような恐怖に打たれて飛びのいた」とあるなど、この種の例がすこぶる多い。

太宰治の『ヴィヨンの妻』に「総身に冷水を浴びせられたように、ぞっとしました」とあり、永井龍男の『枯芝』に「その時少年は、水を浴びせられたような恐怖に襲われた」とあり、加能作次郎の『世の中へ』に「全身に冷水を浴びせられたように愕《ぎょっ》然とした」とあり、梅崎春生の『桜島』に「総身に冷水を浴びせかけられたような気がして、私は凝然と立ちすくんだ」とあるあたりは、冷たい水で体がびしょ濡れになるイメージである。

有島武郎の『或る女』に「背筋に一時に氷をあてられたようになって、身震いしながら」とか、「水月《みぞおち》のあたりをすっと氷の棒でも通るような心持ちがする」とかとあるのは、「水」ではないが「氷」のイメージであり、辻邦生の『空《から》の王座《みくら》』に「心の冷たくなるような不快な感じ、ある種の恐怖感でした」とあり、小沼丹の『銀色の鈴』に「仏頂面《ぶっちょうづら》をして聴いていたら、大寺さんの先生からの電話で、大寺さんは背中を冷い風が通り抜けたような気がした」とあるのも、寒冷の感覚をイメージに用いた比喩表現である。悲哀の感情も寒冷の感覚も、ともに鳥肌を生じ、肉体的な震えを来す点で共通するからだろう。梅崎春生の『桜島』には「血も凍るような不気味な時間が過ぎた」という例も出てくる。

川端康成の『美しさと哀しみと』には、相手の問いに「濡れた手で胸をさわられたようだった」と感じる場面が出てくる。湯上がりではないから当然これも「冷たさ」のイメージであり、「ひやりとする」という表現につながるのだろう。

梶井基次郎の『ある崖上の感情』に「薄い刃物で背を撫《な》でられるような戦慄を空想した」とあるのは、その極度のイメージである。石川達三の『結婚の生態』に「凛々《りんりん》と緊張した鋭い人々の神経が私の肌に突きささってくるように恐ろしかった」とある例は、その刃物のイメージを被害意識を強める方向へと進めた比喩という位置づけになろうか。

安岡章太郎の『海辺の光景』に「足音が暗い廊下を自分の部屋に近づいてくる気配に、信太郎は一瞬血の逆流するような恐怖をおぼえた」とある。体内の血が逆に流れるという感覚的なイメージだ。野間宏の『崩解感覚』には「膀胱《ぼうこう》と排泄《はいせつ》器官の辺りを沸騰した湯水が流れて行くような恐怖」とある。これらは寒冷の感覚とは逆のイメージで、どちらも頭に血がのぼることから生ずる熱感覚を喩えた例だろう。

夏目漱石の『それから』には「因果の重みを背中に負《しょ》って、高い絶壁の端《はじ》まで押し出されたような心持」という例が出てくる。おそらく逃げ場のないところまで追いつめられたという感じのイメージだろう。

堀田善衛の『鬼無鬼島』に「その恐怖のかたちをあらわに眼で見るとなれば、生温く血まみれな、ぐにゃりとしたもの」とあるのは、恐怖の心情という抽象的な存在を、温度感覚や触覚的なイメージで大胆にとらえた、極度に感覚的な比喩表現である。

石川達三の『日蔭の村』に「寄附帖や檀家《だんか》名簿などが板敷きの上に散乱し、音もないこの静寂な寺の不気味さは却《かえ》って幽鬼の息づかいが聞えるような恐ろしさであった」とあるのは、寺の雰囲気に触発された連想ながら、不気味な迫力を感じさせる。

【羞恥】ヒリヒリと痛いような

安岡章太郎は『海辺の光景』で、「母の羞恥心が端的に息子の心にのりうつった」と書き、「それは爪を立ててつかまれている足の痛みといっしょに、ヒリヒリと痛いような恥ずかしさを彼の心に植えつけた」と続けた。「恥ずかしさ」という感情を、「痛み」という触覚的なイメージでとらえ、「ヒリヒリ」という擬態語で感覚性を強めた比喩表現の例である。

同じ作品に、「内股にヒリヒリしみながら小便が流れおちて行くのを我慢するような恥ずかしさ」という箇所もある。こちらも「ヒリヒリしみる」という表現で、感情を触覚的なイメージでとらえた比喩表現になっている。どちらの例でも、読者は論理的ではなく生理的に納得することとなる。

同じ作者の『ガラスの靴』には、「彼女は僕をみて、テレたような、だまってオナラした人がするような笑いをうかべた」という例も出てくる。ここでは感情を直接に描写せず、表情からそれを推測しているのだが、そこに暗示されているのは明らかに恥ずかしさである。

伊藤左千夫の『野菊の墓』に「何となくきまりわるそうに、まぶしいような風で急いで通り過ぎてしまう」とある。恥ずかしいときに、まぶしいときにするような眼つきになるところから、「まぶしい」という視覚的な感覚表現が間接的に「恥ずかしい」という心情を映し出すのはすでに慣用となっている。感情を感覚のイメージで表現するのだから、すでに機構的に比喩の働きをしていると考えられる。

永井荷風の『おかめ笹』に「穴へもはいりたい心持」とあるのは、恥ずかしいときに使う「穴があったら入りたい」という慣用表現を前提とした例である。夏目漱石の『道草』に「お前といっしょにいると顔から火の出るような思いをしなくくっちゃならない」とある。恥ずかしいときに顔が赤くなるのを誇張した比喩表現として、この「顔から火が出る」という言いまわしも慣用的によく使われ、それだけ比喩性が薄まっている。安部公房の『壁――S・カルマ氏の犯罪』に「顔がほてって、ぷつぷつ毛穴から血が吹き出すのではないかと思われました。ぐらぐら床がゆれだすのを感じました。ああ、なんという恥ずかしいことだったでしょう」とある例も、そういう感覚を誇張した表現なのだろう。

森田たまの『続もめん随筆』に「涙もろい気もちになっていた不意を衝《つ》かれて、裸のすがたをのぞかれたように顔がほてってくる」とある。野間宏の『真空地帯』にも「この男の言葉によってまるで鏡の前へはだかでたつ思いをさせられた」とある。どちらも、裸の姿を他人の眼にさらすという仮定のイメージを用いることで恥ずかしさを具体化した例だ。中勘助の『銀の匙《さじ》』に「鎖をひきずる囚人が己れの姿を愧《は》ずるような気持で」とある例も、「囚人」のイメージを持ち出すことで、その感情を誇張した例である。

恥ずかしさも、面映《おもは》ゆさとは違って恥辱となると、強烈なイメージで喩えられる。大江健三郎は『セヴンティーン』で、「恥辱感の泥を頭から尻まで鉛のようにつめこまれたような気がしていた」とか、「恥辱で眼もくらみ哀れっぽく、ぎこちなく怯《おび》え、ぶくぶく肥り、臭い汁をだしていまにも腐ってしまいそうで、みじめな駈《か》けっこをしていた」とか書いている。

安部公房も『他人の顔』で、「ぼくは恥辱で、油雑巾のようになりながら」だとか、「恥辱の蕁麻疹《じんましん》で、水死人のようにぶよぶよになってしまった」とかと、さまざまなイメージで扱い、さらに、「むかでのような足をもった、大恥の群が、腋《わき》の下や、背筋や、脇腹や、いちばん鳥肌が立ちやすい部分を選んで、ぞろぞろ這《は》いまわりはじめる。たしかに、羞恥を感じる神経は、皮膚の表面あたりに宿っているものらしい」というふうに、「虫」のイメージで「恥」を喩える表現を執拗《しつよう》に追いかけた。

川端康成は『千羽鶴』で、ヒロインの太田文子についてくりかえし「文子は顔を赤らめた」と書いたあと、前述のように「姿全体にふと本能的な羞恥が現われた」とし、主人公の菊治はそれを「令嬢の体温のように感じた」と展開する。また、文子のその表情の変化を「その恥じらいがぱっと咲いたようであった」と、「咲く」というイメージで「花」のように美しく描いた。

【恋情】ピアノが鳴る

人を好きになるという愛情の表現は、「情熱」というように「熱」感覚でとらえられる例が多く、それが激しくなると、「火」のイメージをよんで「燃え上がる」。有島武郎の『或る女』に出てくる「火のように何物をも焼き尽して燃え上った仮初《かりそ》めの熱情」という例は、まさにその典型的な比喩表現である。福永武彦の『草の花』の「燃えさかる愛の焔《ほのお》」という例も同様だ。

中村真一郎の『遠隔感応』に出る「噴火の場合のように、私の地下で次第に高まって来た情熱が、病気で弱くなっていた抑圧を破って、意識の地表へ噴き上げた」という例は、火山の噴火や流れ出るマグマというスケールでイメージ化した壮大な比喩表現だ。

菊池寛の『藤十郎の恋』に「心だけは、焼くように思い焦がれても」とある例も「焼く」というイメージだし、永井龍男の『冬の日』に「激しい情欲が迫り、煮えたぎる太陽の中へ、遮二無二《しゃにむに》躍り込んで行く体を感じた」とある例も、「熱」「火」「燃える」というイメージを感じさせる。『或る女』には、「仮初めの熱情は、圧迫のゆるむとともに脆《もろ》くも萎《な》えてしまって」とあるが、佐多稲子の『くれない』に「熱情は、その瞬間に灰をかぶったように暗澹《あんたん》となり」として出てくる例は、そういう心の変化を、比喩的に「灰をかぶる」と表現することで、「火が消える」イメージを実現している。舟橋聖一の『木石』には、「愛情は、炎のように、真暗になると、はっきり目に見えてくる」というふうに、「炎」のイメージを熱感覚ではなく視覚的に用いる比喩も出てくる。伊藤整の『氾濫』に「愛情が絶えず光のように自分の存在を包んでいた」とある例では、視覚的な「光」のイメージを、「包む」という動詞によって触覚的にも広げている。

情熱も熱が冷めてしまえば、林芙美子の『放浪記』に「長いこと水を貰《もら》わない植木鉢のように、干からびた熱情で」として出てきたり、極端になれば、舟橋聖一の『木石』に「博士はその婦人の冷たい氷のような情炎に、吸いよせられた」とか、「氷のような熱情の霧が浮いていた」とかとあるように、逆に「氷」のイメージでとらえられる比喩ともなる。

林芙美子の『うず潮』には、「暴風雨の前ぶれのような、不気味な精神の情熱が、千代子の全身をせめたてて来る」というふうに「暴風雨」のイメージも現れる。もっともこの例では、「前ぶれ」とあるので、「雨」や「風」そのもののイメージというより、恐ろしいことが近づいている感じの不気味な雰囲気とつながる。

横光利一の『花園の思想』には「愛は都会の優れた医院から抜擢《ばってき》された看護婦達の清浄な白衣の中に五月の微風《そよかぜ》のように流れていた」とあり、「愛」が「風」のイメージでとらえられている。

「水」関連のイメージで扱われる例も少なくない。平林たい子の『鬼子母神』に「海よりも深い愛情の海に沈んで行った」とあり、井上靖の『猟銃』には「地中深くひそかに横たわっている、一筋の暗渠《あんきょ》のような愛」とある。林芙美子の『魚の序文』に「結婚して苔《こけ》に湧く水のような愛情を、僕達夫婦は言わず語らず感じあっていた」とあるのも、中島敦の『李陵《りりょう》』に「抑えようとして抑えられぬ、こんこんと常に湧出る最も親身な自然な愛情」とあるのも、「水」を連想させる比喩表現と言えるだろう。

中勘助の『銀の匙』に「いま咲くばかり薫りをふくんでふくらんでる牡丹の蕾《つぼみ》がこそぐるほどの蝶《ちょう》の羽風にさえほころびるように、ふたりの友情はやがてうちとけてむつびあうようになった」とある。人間の愛を「花の蕾」という植物のイメージで美しくとらえた甘い比喩表現だ。円地文子の『女坂』に出てくる「愛の芽が須賀の中に芽ぶきはじめた」という慣用的な例も類似のイメージである。井上靖の『猟銃』には、「あの悲しい花ビラのようなおじさまと母さんの愛情」というふうに「花びら」のイメージが使われていて、いささかくすぐったい。

愛するという感情は、その他さまざまなイメージで語られる。室生犀星は『杏っ子』で「愛情という匿《かく》れた蛆虫《うじむし》」と書き、「恋愛はびいるす菌みたいなものだから、いつの間にしていたのやら、終ったのやら判《わか》らないのが本物」とも書いた。また、同じ作品で、「女の人の心にはいつもピアノのような音色がある」とし、「愛情だってピアノが鳴るようなものじゃないか」とも述べている。これは心に響く弦といった聴覚的なイメージの例だ。異性の発する生の波動に共鳴するようなイメージなのだろうか。外村繁の『夢幻泡影』には、「懐かしい緢絏《むつき》の臭いのような愛情」というふうに、嗅覚的にとらえたイメージの比喩表現が出てくる。

瀧井孝作の『無限抱擁』には、「樹木か何か揺さぶられているような」と不思議な感じを訴えた相手に、「それが恋だろうね」と応じる場面が出てくる。あるいは男女間の共振といったイメージなのかもしれない。太宰治は『斜陽』で、「或《あ》るひとが恋いしくて、恋いしくて」と書き、その感じを「両足の裏に熱いお灸《きゅう》を据え、じっとこらえているような、特殊な気持になって行った」と形容した。どちらも、愛という感情を触覚的なイメージでとらえた比喩表現の例である。

【厭悪】女の皮膚

厭《いと》わしさ、疎《うと》ましさ、呪わしさ、憎悪、不満、未練、悔しさ、羨ましさ、当惑、味気なさ、憂鬱感、重苦しさ、滅入《めい》る気持ち、むなしさ、絶望感、やるせなさ、息苦しさ、懊悩《おうのう》、苦しみ、断腸の思いなど、不快感にもいろいろあるが、それらを広く「嫌な気持ち」として一括すると、そこには実にさまざまなイメージを駆使した比喩表現の広がりが見られる。

井伏鱒二の『珍品堂主人』に「そいつが美貌を鼻にかけたようなつらをして、洒々《しゃあしゃあ》としているのを見ると虫酸《むしず》が走るんだ」とある。その場面でもしも実際に胃から逆流する胃液を感じていなければ、それは比喩的なイメージであり、不快感を表す。この「虫酸が走る」の形はすでに慣用表現になっている。「後髪を引かれる思い」として出てくる例も、同じく未練を表す比喩起源の慣用的な表現である。同じ作家の『駅前旅館』には、「慇懃《いんぎん》無礼の手で断られた。私は顔を逆に撫《な》でられたような不快な気分でした」とある。動物の毛を逆向きに撫でると嫌がるところから、「神経を逆撫でする」といった形で比喩的に使う。この例もかなり慣用的な表現で、比喩起源ではあるが、今では比喩性がさほど高くない。

同じような不快感を表すものとして、石坂洋次郎の『若い人』に「口の中に塩をつめこまれたようなギシギシした不快な白けた気分」とある例は、口に塩を詰め込まれるといった普段ありえないようなイメージを介しているが、特に「ぎしぎし」というオノマトペが働いて不快感を伝える表現として比喩性が高い。同じ作品に出る「未練が線香の煙りのように糸を曳《ひ》いて断《き》れなかった」という例も同様だ。

体内に異物を感じるという感覚をイメージとして、心理的な不快感を暗示する比喩表現の例が目だつ。河野多恵子の『幼児狩り』に出てくる「全身から眼に見えない粘液がにじみでているような（略）感覚に迫る、いまわしい、うとましい気分」という例の「粘液」というイメージや、芥川龍之介の『枯野抄』に出てくる「それはあたかも目に見えない毒物のように、生理的な作用さえも及ぼして来る、最も堪えがたい種類の嫌悪」という例の「毒物」というイメージも、比喩性が高いと言ってよい。

胸や心がダメージを受けるというイメージはさらに頻出する。太宰治の『駈込み訴え』に「胸を掻《か》きむしりたいほど、口惜《くや》しかったのです」とあり、安岡章太郎の『海辺の光景』に「後悔が胸を咬《か》みはじめるのを感じた」とあるのはその一例だ。上林暁の『野』に出る「自分の半生を空《むな》しく荒廃させてしまったと思う悔恨で胸を焼かれる思いがした」、三浦哲郎の『帰郷』に出る「胸をちりちりと灼《や》かれるような気がし、いたたまれなくなって外へ飛び出していった」、同じく『団欒《だんらん》』に出る「全身に火の棒をつめこまれるような思いを味わい」、井上靖の『猟銃』に出る「灼け爛《ただ》れたような心の痛み」、中井英夫の『黒塚』に出る「その名が耳に入ると同時に、焼火箸を当てられたような痛みが走って、杏子は思わず身ぶるいした」といった例はいずれも、熱で焼かれるというイメージに託して苦しみを伝えようとした比喩である。

川端康成の『千羽鶴』にある「彼女自身の地底の嫉妬が噴火したかのようであった」、安部公房の『他人の顔』にある「嫉妬を、大釜のなかのコールタールのように、雨上りの噴煙のように、泥といっしょに湧き立つ熱泉のように、はげしく掻《か》き立てる」、小島信夫の『アメリカン・スクール』にある「釜の中で煮られるような思いですごした」という例などはいずれも、熱いものを放出するか、その中に入れられるかするイメージの比喩表現だ。

熱ではなく刃物などで物理的な害を受けるイメージの例としては、開高健の『裸の王様』に「傷口をつつきまわされ、酸を注がれたような気持」とある。夏目漱石の『こころ』に「私の良心は其度《そのたび》にちくちく刺されるように痛みました」とあり、芥川龍之介の『戯作三《げさくざん》昧《まい》』に「心を刺されるような苦痛」とあり、長塚節の『土』に「刃を以《もっ》て心部《むね》を突き通される苦しさ」とあり、庄野潤三の『愛撫』に「あの人は泣いていた。その時、あたしは胸を鋭く刺されたような苦痛を感じた」とあるのがそれに相当する。有島武郎の『或る女』に「魂を締め木にかけてその油でも搾りあげるような悶《もだ》え」とあるのもそれに近い。

室生犀星の『性に眼覚める頃』には、「朝朝の目ざめはいつもぼおっとした熱のようなものが、瞼《まぶた》の上に重く蜘蛛《くも》の巣のように架《かか》っていて、払おうとしてもとりのけられない霞《かすみ》のようなものが、そこら中に張りつめられているようで、懶《ものう》い毎日がつづいた」とある。不快な鬱陶しい靄《もや》みたいなものに覆われるというイメージだろう。石坂洋次郎の『若い人』に「地の底にもぐったような陰湿な思い」とあるのも、それに似た不気味な圧迫感のイメージだろう。金井美恵子の『夢の時間』に「ひどく憂鬱で絶望的で、不吉な気分が胃の底から頭まで雨雲のように広がり、惨《みじ》めに唸《うな》り声をあげる死にかけた鼠《ねずみ》かなにかなのだと、彼女は自分のことを考えた」とある例も、中心はそういうイメージだろう。同じ作品に「不安と絶望で、身体中を冷たくしながら、まるで首まで心臓が飛びあがったように息苦しい」という例も出てくる。体内の異変が誇張されたイメージの比喩である。

宇野千代の『おはん』に「私の胸の中は、なにやらどしんと重たいものがかぶさりでもしたように、重くるしゅうなってしもうた」とあり、夏目漱石の『こころ』に「私の心は沈鬱でした。鉛を呑《の》んだように重苦しくなることが時々ありました」とあるのは、重苦しい気持ちを重苦しい具体物のイメージで伝えようと試みた比喩である点で共通する。

有島武郎の『或る女』に「葉子の心は風のない池か沼の面のように唯《ただ》どんよりと澱《よど》んでいた」とあり、辻邦生の『空の王座』に「自分の心にある重苦しさ、不安な、黒ずんだ、重い液体のような澱《よど》みを感じる」とある例も、基本的にそういう方向性が感じられる。

二葉亭四迷の『浮雲』に「お勢の顔を見ればよし、さも無ければ落脱力抜《がっかり》けがする」とあるように、がっかりするという気持ちは、体の力が抜けるという感覚のイメージで表現される。石坂洋次郎の『若い人』に出てくる「身体中の脂肪分を抜きとられたような痩せがれた気持」というのも同じ方向の比喩である。このような脱力感や虚脱感は、五木寛之の『霧のカレリア』に「体の奥深い場所に暗く激しい失墜感《しっついかん》を覚えた」とあるように、深く落ちこむ失墜感となって現れる例もある。立原正秋の『冬の旅』に、「軀《からだ》のなかからなにかが落下して行くものを感じた」とある例もそれに近い。正宗白鳥の『何処へ』に「もうもがいても匐《は》い上ることの出来ぬ谷に落ちた気がした」とあるのも、体そのものと体内という違いはあれ、そのイメージは感覚的に共通する部分があるように思われる。

太宰治の『人間失格』には「自分の顔の半面にべったり赤痣《あかあざ》でもあるような（略）みじめな気がしました」という例がある。これが他人の眼にどう映るかを極度に気にする太宰らしいイメージの比喩表現だ。

薬で眠らされている若い女に添い寝し、体に触れもせずに夜を過ごす、そんな老人用の会員制高級娼家で、ふと男を襲った感情、自身の内部に向かうむなしさを、川端康成は『眠れる美女』で、「かなしさとかさびしさとかいうよりも、老年の凍りつくようななさけなさであった」と書いている。

森田たまが『続もめん随筆』で、「嫉妬はまるで女の皮膚のようなもので、あらゆる女は子供の時からそれをみがきたてながら成長するのである」と、「皮膚」のイメージで喝破した比喩表現にも、並々ならぬ洞察力を感じる。これもまた皮膚感覚というものだろうか。

【興奮】真珠の薬

さまざまな興奮を伝える比喩表現を紹介しよう。まず焦りの気持ちについては、菊池寛の『忠直卿行状記』に、「心の中を掻《か》きむしられるような、烈《はげ》しい焦躁感」という例がある。「心」という抽象的な存在を「掻きむしる」という触覚的なイメージでとらえた比喩だ。永井荷風の『あめりか物語』に出てくる「どこやら身中の肉をむしられるように気が焦立《いらだ》って来て」という例や、高橋和巳の『悲の器』にある「内臓を内側から噛《か》まれるようないらだち」という例なども、それと類似のイメージと見てよい。

小川国夫の『エリコへ下る道』には、「下腹に泥水が湧き上って来るような、焦燥感を覚えていた」とある。これも腸の内部感覚として「泥水」を連想した比喩である。堀辰雄の『美しい村』には、「ピアノの音のたゆたいがちな効果」というイメージをとおして、「私のもどかしい気持さながらであった」と展開する例が現れる。

苛立《いらだ》ちについては、その他、倉橋由美子の『蠍たち』に「炭火のようにいらだって」とある「炭火」のイメージ、有島武郎の『或る女』に「苛立ちきって毒蛇《どくじゃ》のような殺気立った心になった」とある「毒蛇」のイメージ、同じ作家の『生まれ出づる悩み』に「見物の前に引き出された見世物小屋の野獣のようないらだたしさを感じて」とある「野獣」のイメージ、岡本かの子の『金魚撩乱』に「散りかかって来る花びらをせき留めるような余儀ない焦立ち」とある「花びら」のイメージなど、多様な喩えが見られる。

井上ひさしの『ブンとフン』には、「神経は張りつめるだけ張りつめている。ひとかたまりの筋肉が次に起こす行動に備えて総動員されている。身体中の筋肉も、さぼったり、なまけたりしてはいない」というふうに、ここには「神経」や「筋肉」それ自体を人間並みに扱う滑稽な喩えが並んでいる。

夏目漱石の『草枕』に「心は大浪《おおなみ》にのる一枚の板子のように揺れる」と、「波に漂う板」のイメージが使われている。網野菊の『妻たち』には、「ウメの心は、風に吹きまくられる一枚の木の葉のようにゆれた」とあり、「風に吹かれる木の葉」のイメージが見られるが、両者はよく似た比喩的発想であると言っていい。

森田たまの『もめん随筆』に「品のあるうしろ姿を、私は高貴な真珠の薬でも飲んだような興奮で、終生忘れまいと見つめていた」とある例は、ある種の感動をイメージ化する際の、真珠を成分とする薬といった思いもかけない発想が読者を驚かす。

興奮状態が激しくなると、有島武郎の『或る女』に「脳も心臓も振り廻《ま》わして、ゆすぶって、敲《たた》きつけて、一気に猛火であぶりたてるような激情」とあるような「火」のイメージが現れる。森鷗外の『青年』に出てくる「温い血の波が湧き立って、冷たくなっている耳や鼻や、手足の尖《さき》までも漲《みなぎ》り渡るような心持がした」という例も、体内の熱感覚をもとにしたイメージで、同じような方向にある。

林芙美子の『うず潮』に「かあっと血の匂うような闘いの気持ちが起きた」とあるのは、「血の匂いがする」という嗅覚的なイメージで闘争心を喩える例であり、「かあっと」という擬態語で「熱い」興奮を伝えてくる。尾崎士郎の『人生劇場』にある「煮えたぎるように湧いてくる感慨」という例も、「煮えたぎる」というイメージで「熱い」思いを強調した比喩である。

山本周五郎の『花筵《はなむしろ》』では、「総身のひきつるような激しい感動」とか、「頭が痺《しび》れるようなふしぎな感覚」とかという触覚的なイメージで、「おちつかない不安定な気持」を感覚的に伝えようとした比喩表現なのだろう。

川端康成の『眠れる美女』には、「胸のなかに別の心臓が羽ばたくようだった」という比喩が出てくる。心臓が別にもう一つあるとか、それが鳥のように「羽ばたく」とか、この作家には珍しい奇想天外なイメージが使われている。心臓の鼓動が耳につくほどの興奮状態にあるという感覚なのだろうか。それにひきかえ、『雪国』には「ああと彼は感情を染められたのだった」とある。大仰なイメージに頼ることなく、「感情」という名詞と「染める」という動詞との異例の結合によって、心地よい感動をそれとなく伝える。こういう目立たない比喩こそ、川端らしい新しい感覚を発散させているように思われる。

【安堵】ほどける

興奮が冷めると、ほっと息をつく。森鷗外の『青年』に「気が置かれて、帰ったあとではっと息を衝《つ》く」とあるが、実際にそういう息をもらしたのであれば比喩表現にはならない。森田たまの『菜園随筆』には、「私はほっと、わが家へ帰ったような気楽さを感じた」とある。ここも実際に帰宅した場面ではないので、「気楽さ」を喩えるイメージとして働いている。

芥川龍之介『地獄変』には「まだ明《あかる》い外の日の光を見た時には、まるで自分が悪夢からさめたような、ほっとした気がいたした」とある。この例では「悪夢から覚める」というイメージが「ほっとした」ことを表す比喩として使われている。同じ作者の『枯野抄』には、「その安らかな心もちは、あたかも明方の寒い光が次第に暗《やみ》の中にひろがるような、不思議に朗《ほがらか》な心もちである」とある。ここでは「朗らかな気持ちの広がる」感じを、「暗闇に光が広がる」というイメージに喩えて伝える。

森鷗外の『阿部一族』に、「これまでの不安心な境界《きょうがい》を一歩離れて、重荷の一つを卸《おろ》したように感じた」とある。責任を果たしてやれやれと思うといった意味で、「重荷を下ろす」というイメージがよく使われ、今では慣用句となっている。

瀧井孝作の『積雪』に、「今電報みて、最早や了《おわ》った工合で、ぼくはやや肩の荷の下りた気もした」という例があるが、この「肩の荷が下りる」というイメージも同様で、もはや慣用句と言ってよい。獅子文六の『てんやわんや』に、「すべての肩の荷が下りたように、ホッとした」とあり、五木寛之の『白夜のオルフェ』に「何だかほっとして、肩の荷がおりたような感じだった」とある例も慣用的で、現代から見ると比喩表現としては新鮮味にかける。

尾崎一雄の『まぼろしの記』には、「身体中がほぐれるような安堵感《あんどかん》」という例が出てくるが、緊張して固くなっていた筋肉が、安心したせいで柔らかくほぐれるというイメージで、これは今でもまだ比喩性が高い。吉田知子の『無明長夜』には、「それを聞くと、私はほどけました。体が楽になりました」という例が出る。肉体も筋肉も出てこないため、自分自身が「ほどける」ようなイメージになってはっとするが、比喩的に指し示す状態にはあまり差がないように思う。

一方、山田克郎の『壮士行』に出てくる「今日まではりつめつづけて来た心に、ほっと帯をゆるめるような安らかさを覚えた」という例では、「帯を緩める」というイメージがあるだけ自然な比喩表現に思われるが、わかりやすいぶん意外性が減り、インパクトも弱まる。

安部公房の『他人の顔』に「穴を見つけた土竜《もぐら》のように、徐々に落着きをとりもどしはじめる」という例が出てくる。「穴を見つけたモグラ」というイメージだが、そういう状態を見かけなくなった現在では、「徐々に」との結びつきが実感としてわかりにくい。佐藤春夫『田園の憂鬱』には、「彼の気分は井戸水のように落ち着いた」とある。井戸水が生活から遠ざかるにつれて、このイメージと「落ち着く」との関連もぴんとこなくなる。その点、有島武郎の『或る女』にある「心は水が澄んだように揺《ゆる》がなかった」という例は頭で理解しやすいものの、やや概念的で独創性に乏しいかもしれない。同じ作品に出てくる「泥の中から足を抜き上げたような気軽な心持になって」という例は、そういう経験から読者としてもそのイメージが実感できるだろう。

野上弥生子の『哀しき少年』に「口惜しさも（略）憤りも、栓の抜けたように、もう残ってはいない」とある。この「栓が抜ける」という比喩的なイメージは、湯槽などの底の栓であればまさに残っていないことになるが、瓶の口の栓を連想すれば、ワインなどのアルコール分が飛んで気の抜けた感じになる。なまなましさが消えて気にならず、平静でいられるといった理解だろう。

森鷗外の『青年』に現れる「心は哲人の如くに平静になっている」という例は、すべての思想家や哲学者がつねに平静を保つとは信じがたいが、「哲人」という語には、識見が高いだけでなく悟りきっているという雰囲気が伴うのでわかりやすい。

志賀直哉の『和解』は、長い間の親子の不和がようやく解けて、父と息子がともに泣きながら心の底から「和解」する、あの感動の場面で終わる。そのあとの心と体の疲れた感じを、作者は、「濃い霧に包まれた山奥の小さい湖水のような、少し気が遠くなるような静かさを持った疲労だった」というふうに、「湖」というイメージを用い、「気が遠くなる」という感覚を利かせた比喩で表現した。そうして、「長い長い不愉快な旅の後、漸《ようや》く自家《うち》へ帰って来た旅人の疲れにも似た疲れだった」と、さらに「旅」と「旅人」のイメージを重ね合わせ、痛切な実感を追おうとする。直接には疲労感に対する比喩であるが、読者の胸に迫るのは、長く暗いトンネルを通り抜けた深い安堵感ではあるまいか。

【驚愕】光の鞭

最後に驚きの感情にふれよう。小沼丹の『鳥打帽』に、「春の一日、高架線の電車に乗っていたら、遠くの家の屋根の上でパンの神が午睡《ひるね》をしているのを見て驚いたことがある」とある。東京の中央線の線路が高架になった折に、坐ってうつらうつらしていたらしい。ここの「パンの神の午睡」云々は、朦朧《もうろう》とした意識で、車窓からいつもと違う風景を眺めていてとっさに浮かんだ幻想だから、当人は驚いたろうが、比喩的なイメージとまでは言えない。

しかし、同じ作者の『風光る丘』に出てくる「海賊共は腰を抜かさんばかりに驚いた」という例の場合、驚きの程度を強調するために持ち出した「腰を抜かす」というイメージは、伝達の手段として採用しているため、比喩的な働きをしている。

庄野潤三の『ちいさな漁港の町』に「夢かとばかり驚いた」とあり、堀田善衛の『香港にて』に「とび上らんばかりに愕《おどろ》いた」とあり、芝木好子の『湯葉』に「自分の心臓が鳴りだすほどおどろいて」とあり、獅子文六の『胡椒息子』に「耳の側で大砲を撃たれたように愕いた」、「撞木《しゅもく》で胸を突かれたように、驚きの色を示した」とあり、小林秀雄の『モオツァルト』に「脳味《のうみ》噌《そ》に手術を受けた様に驚き」とあり、本庄陸男の『白い壁』に「枕を蹴とばされたような駭《おどろ》き」とある例は、いずれも程度を強調するために仮設した比喩的なイメージと考えられる。やや説明的だが、夏目漱石の『明暗』に出てくる「すでに死んだと思ったものが急に蘇《よみがえ》った時に感ずる驚ろきと同じ」という例でも基本的に同じだ。

同じ作品に「その語気が津田にはあまりに不意過ぎた。彼は相当の速力で走っている自動車を、突然停《と》められた時のような衝撃《ショック》を受けた」という例もある。これは「自動車の急停車」というイメージに託して、読者にショックの大きさを想像させる比喩となっている。三島由紀夫の『美徳のよろめき』にも、「全速力で走っていた自動車が急ブレーキをかけて止った時におきる動揺のようなものを感じ」たという、『明暗』の例とそっくりの比喩表現が出現する。

『明暗』には、「寐《ね》起《おき》の顔へ水をかけられたような夫の様子」というふうに、「水をかけられる」というイメージによって驚きを伝える比喩も出てくる。この「水」のイメージによる比喩表現はほかにも例が多い。正宗白鳥の『牛部屋の臭い』に「水を浴びせかけられるように吃驚《びっくり》して」とあり、内田百閒の『山高帽子』に「私は吃驚《びっくり》した。そうして、水を浴びた様な気がした」とあるのはその一例にすぎない。有島武郎の『或る女』に「ぎょっとして、血の代りに心臓の中に氷の水を瀉《そそ》ぎこまれたように思った」とあるのも類例だろう。丹羽文雄の『顔』に「衿子は、ショックをうけた。おだやかな水のながれが岩にぶつかり、水面をみだしたほどの衝撃だった」とある例は、人体に注がれる水のイメージではないが、やはり水の動きをイメージにして精神的なショックを伝える「驚き」の比喩表現である点では共通する。

佐多稲子の『くれない』に「岸子は、ずばりと言った。明子は刺されたような衝撃で顔を上げた」とあり、川端康成の『千羽鶴』ではずばり「菊治は夫人の苦痛に胸を刺された」と断定してある。ともに刃物か何かで「刺される」というイメージで衝撃を描く比喩だ。木山捷平の『河骨』に「彼女は胸をさされる思いがした」とあるのも同様である。

辻邦生の『洪水の終り』に出てくる「何ともいやな疑惑が頭をかすめ、私は胸を何か鋭いもので貫かれるような衝撃を感じた」という例は、「貫かれる」というイメージだが、これも比喩的な発想としてはよく似ている。石坂洋次郎の『山のかなたに』には、「喉の奥に指を突っこまれたようなショック」とあるが、これもイメージとして共通するところがある。

小川国夫の『枯木』に「男は胸を突かれたように、なにもいわなかった」とあり、志賀直哉の『暗夜行路』には「不意に脾《ひ》腹《ばら》を突かれたような気がした」とあって、身体部位は違うが、体の一部を突かれるというイメージが共通している。由起しげ子の『女中っ子』に出てくる「背骨をどやされたような気がし、身ぶるいしながら」という例も、尾崎一雄の『虫のいろいろ』に現れる「何の連絡もないのに、宇宙は有限か、無限か、といきなりきかれて、私はうとうとしていたのをちょっとこづかれた感じだった」という例も、イメージとして同じ方向にある。

新美南吉の『おじいさんのランプ』に「脳天に一撃をくらったような気がした」とあり、網野菊の『さくらの花』に「いきなり、ガクンと頭をなぐられたようなショックだった」とあり、前田河広一郎の『三等船客』に「いきなり、何かの兇器《きょうき》で頭を殴られたように、彼は立ちすくんで」とあるのは、いずれも頭部を強打されるイメージで、精神的な衝撃の強さを喩えている。

頭とは限らないが、川端康成の『千羽鶴』に出てくる「菊治は真向から光のきらめく鞭《むち》に叩《たた》かれたようであった」という比喩表現のイメージにも共通するものが感じられる。ただし、ここでは「光」のイメージこそが重要なのかもしれない。

新美南吉の『屁』には、「自分達のふていさいなことをわらわれたりすると、春吉君はつきとばされたように感じる」とあり、林芙美子の『牛肉』には、「背負投げを喰《く》ったように意外であった」とある。どちらも肉体の倒されるイメージを使った比喩だ。

夏目漱石の『坊っちゃん』に、「先生と大きな声をされると、腹の減った時に丸の内で午砲《どん》を聞いたような気がする」という有名な比喩が出てくる。これは肉体に対する物理的な衝撃ではなく、正午を知らせる号砲という音響が精神的ショックを引き起こすというイメージの比喩になっている。その点では、獅子文六の『沙羅乙女』に出てくる「耳の端《はた》で万雷の拍手を聴いたように、町子は面眩《おもはゆ》く、面喰った」という例も、やはり音響によるショックだ。庄野潤三の『プールサイド小景』に「この考えが、夫の話を聞いている途中、霹靂《へきれき》のように彼女を打った」という例があるが、ここの「霹靂」も稲光というより雷鳴のイメージだろう。

ほかにも、小島信夫の『アメリカン・スクール』には「血がすーとのぼってその時ほんとに彼は谷底へおちて行くような気がした」とあり、林芙美子の『泣虫小僧』には「自分の書くものが一銭にもならないとなると、海の真ん中へ乗りだしてしまったような茫然《ぼうぜん》とした気持ち」とある。「谷底」と「海上」、それぞれにイメージは違うが、喪失感や孤独感という方向にあるショックとして共通する部分もあるだろう。

林房雄は『青年』で、「下腹に風を入れられたような」という触覚的なイメージを記し、「恐怖とも驚愕とも説明のできぬ気持であった」と続けた。恐ろしさと驚きの入り混じった複雑な感情を、そういう比喩で体感的に読者に伝えようとしたのだろう。さまざまな感情が混じり合って同時に起こる、こういう複合感情は現実にけっして少なくない。文学の世界でも同様だ。幸田文は『花』に「文句を云うところがないにもかかわらず何かもっと欲しい気がした」と書き、その気持ちを「ヴィタミンが足りなくなると、病気でもないのに何か違和を感じるが、あれに似た足りなさがある」とビタミン不足に喩えた。岡本かの子は『母子叙情』の中で「沖の遠鳴りのような、ただうら悲しい、なつかしい遣瀬《やるせ》なさ」と書いている。

小林秀雄は『ゴッホの手紙』で「僕は楽しかったのかそれとも辛かったのか解《わか》らない」と、本来は両立しないはずの楽しさと辛さとをとりあげたあと、「恐らく喜びも悲しみも、怒りも疑いも」と追加し、そういう複合感情を「一切の想い」と一括して、「青年期の一切の想いが嵐のなかで湧き立っていただろう」と、嵐のイメージをよびおこして比喩的に展開させた。比喩表現が最も重要な働きをするのは、そういう複合体を感覚的なイメージに託して象徴的に伝えるときである。

あとがき

早稲田の文学部の学生だった頃、波多野完治先生に出会って文章心理学に目覚め、見よう見まねで文体論を始めた。大学院の指導教授時枝誠記先生の薫陶もあって、ことばとしての文学を対象に研究を進めた。その成果を初めて自分の著書として発表したのが一九七七年で、二月に、当時の職場であった国立国語研究所の研究報告書として『比喩表現の理論と分類』を秀英出版から刊行し、一二月に角川書店から小辞典シリーズの一冊として『比喩表現辞典』を世に出した。この二つの本はそれぞれ完全に独立しており、内容的にも例文の点でも重複するところはない。その最初の単著がともに比喩表現を正面に据えている事実は、当時の自分にとってそれがいかに強い関心の的であったかを物語る。

その少し前に、雑誌『言語生活』で作家訪問の連載があり、武者小路実篤・小林秀雄・井伏鱒二・尾崎一雄・永井龍男・円地文子・大岡昇平・吉行淳之介・庄野潤三らのインタビューを担当したのを契機に、同年暮れ、筑摩書房から『作家の文体』を公刊し、次いで文学作品をことばの面から分析し鑑賞した『名文』を、同じく筑摩書房から上梓する機会を得て、本来の研究テーマに近づいた。しばらくして岩波書店から刊行した『日本語レトリックの体系』や岩波セミナーブックス『日本語の文体』、それに最近になって明治書院から出版された『文体論の展開』は、まさに一貫したそういう専門分野の学術書という位置づけになるだろう。

他方、各種の新しい表現辞典類を開拓したほか、岩波書店刊行の『文の彩り』『笑いのセンス』『日本語 語感の辞典』、筑摩書房刊行の『悪文』『笑いの日本語事典』、明治書院刊行の『小津の魔法つかい』というふうに見た目には幅を広げたが、文学作品におけることばの在り方をとおして芸術性を探るという一貫した姿勢は崩さずに晩年を迎えようとしている。

喜寿を祝った今、あたかも原点回帰のように、こうしてふたたび比喩表現に焦点を絞った著書に挑んでいることは何やら円環めいて、我ながらいささか因縁を感じないでもない。昔からの親しい友である山本克俊さんが編集を担当なさるのも縁だろう。すでに退職されており、筑摩書房での最後の仕事になるかもしれない。現役の筑摩選書の編集長である磯知七美さんもセンスあふれるアイディアと手堅い実務の面で力を尽くされた。両氏に心より厚く御礼申し上げる。

読者諸賢が作家の思いがけない連想に新鮮な驚きを味わい、ゆたかな日本語の比喩の世界を存分に楽しんでくださることを願って、前祝いに乾杯しよう。この季節、何がいいか知らん？

二〇一三年　新春の夕べ　階下で犬の呼び声が響く　東京小金井市の自宅にて

中村　明

学術文庫版へのあとがき

江戸時代から代々医者をしていたという家柄に生まれたこともあってか、なんとなく医学の道に進むことが期待されている雰囲気を感じていた。兄は当然のように大学でもバレーボールのかたわら医学も修めて期待どおり外科医になった。高校一年の夏休みの早朝、英文法の家庭教師を迎えた折も、親のそんな期待を漠然と感じていたかもしれない。その一夏の先生が郷里の先輩、後の上智大学教授渡部昇一、当時はまだ学部生だったはず。渡部昇一を囲む会で久しぶりにお目にかかった折、朝早いので参りました、なにしろ六時ですからと一夏の思い出にふれると、いや、五時だったと訂正されて唖然。依頼する折、将来、外交官をめざせるようにと母親は言ったらしい。医者でないのが意外だった。

幼いころから良寛が好きで、痛々しいほど無垢な心に惹かれた。長じては「天上大風」の額に象徴される繊細で伸びやかな書風に憧れた。一方、世間音痴で臍曲がりの自分は、小宮豊隆の『夏目漱石』という伝記を読んで、その生き方、つむじ曲がりの正義感に勇気づけられる面もあったのだろう。芸術的な面とはまるで無縁なきっかけで、なんとなく文学の方向に気持ちが傾いたようだ。早慶戦のラジオ中継に夢中になり、アナウンサーの口調をまねて得意になっていた自分は、NHKの『日本語アクセント辞典』を丸暗記して上京した。医学方面というしばりが消え、迷わず、野球の早慶戦で応援していた都の西北をめざし、早稲田の文学部、国文科に滑り込んだ。

高田早苗、島村抱月、五十嵐力らの早稲田修辞学が盛んだっただけに、戦後もレトリックと呼ばず「修辞学」の名で講義科目を続けていたが、担当教授が定年を迎えて伝統が途切れた。スイスの心理学者ピアジェの紹介で知られる波多野完治を非常勤で招き、後任に据えた。講座名は「修辞学」のままだが、講義内容はおのずと自ら開拓した文章心理学となり、文章の特色を作者の性格と関連づける統計的文体論の様相を呈した。文学を数量的に読み解く爽快感があり、数学好きの学生を魅了した。近現代の二五人の作家の文章を対象に文の長さと愛用句を調査し、散文のリズムを探った学部三年のレポートがなんと中山書店の講座「コトバの科学」に採用された。あとから考えれば、恩師の抜擢によって、思いもかけず研究者としていち早くスタートを切ったことになる。

のちにお茶の水女子大学の学長となる波多野完治も、早稲田では非常勤だから大学院のゼミは持っていない。近代文学の大家柳田泉に相談し、東大の時枝誠記教授が今度早稲田でゼミを開くからと勧められ、時枝ゼミの一期生となる。正規の院生は二名だけで、杉本つとむ、秋永一枝という文学部の教員がたまに挨拶に顔を出す。初回の授業日、顔合わせが済むと新宿に連れ出され、ライオンという店でビールをご馳走になった。大学院というものの雰囲気が飲み込めた。正月の三日は下北沢の自宅に年始の挨拶に伺い、大野晋、松村明といった国語学の大家と鉢合せ。文体論という学問の性質上、近代文学の稲垣達郎ゼミにも参加、サトウハチロー作詞「長崎の鐘」の「こよなく晴れた」が話題になり、「比較を絶する」意の古語「越ゆなし」とつながるという語史が話題になった初回の演習が記憶に残る。稲垣令嬢の留女さんの紹介で、G・ネランという仏人神父に日本語の指導を始めた。徒然草ぐらいは独力で読めるが、原稿を自然な日本語に書きなおしてほしいという。東大、慶応、ICUなどの講師を務めており、遠藤周作『おバカさん』のモデルでもある。

修士課程修了後、ICUの助手を経て国立国語研究所に勤務、最初にまとめた研究報告が『比喩表現の理論と分類』という学術書、年度末には一五人の作家を訪問した対話録『作家の文体』、そして『人物表現辞典』『比喩表現の世界』を筑摩書房から、報告書とは別の用例を分類した『比喩表現辞典』を角川書店から上梓。岩波書店の『日本語レトリックの体系』『日本語の文体』『日本語　語感の辞典』『日本の作家　名表現辞典』『日本語　笑いの技法辞典』、明治書院の『文体論の展開』、三省堂の『新明解　類語辞典』『類語ニュアンス辞典』、青土社の『記憶に残る日本語』、東京堂出版の『感情表現辞典』『もの・こと・ことばのイメージから引ける比喩の辞典』と主要著書をふりかえってみると、初期に比喩表現に対する関心が深かった事実が浮かびあがる。

愛犬の声なく、池のほとりに梔子《くちなし》の芳香ただよう　東京小金井の自宅にて

中村　明

や行

ら行

わ行

は行

ま行

な行

さ行

た行

か行

出典作家索引

本文に掲げた作家名を五十音順に配列した。作家名のあとの数字はその作家名が出現するページを示す。

あ行

その他

石・金属・ガラスに関わるイメージ

繊維・身に着けるものに関わるイメージ

食べ物・食事に関わるイメージ

生活に関わるイメージ

人間に関わるイメージ

人体に関わるイメージ

想像・信仰に関わるイメージ

動物に関わるイメージ

建造物に関わるイメージ

植物に関わるイメージ

地理・地形に関わるイメージ

火・光・影に関わるイメージ

天文・気象に関わるイメージ

主要イメージ索引

「リンゴのような頬」「人間は葦である」という比喩表現で、喩えられる「頬」や「人間」を〈トピック〉と呼び、喩えに用いられている「リンゴ」や「葦」を〈イメージ〉と呼ぶ。本書ではトピックを中心に整理したため、詳細な目次によってその所在の見当がつく。その代わり、イメージのほうは幅広く分散する結果となる。そこで、イメージのほうから用例に当たる際の便を考え、ここに主要なイメージを分野ごとに区分けし、各イメージの出現箇所をページで示す。当該ページに複数の例が含まれる場合もある。なお、カッコ内は異なる用字・語形や派生語・類義語・読みがななどを一括したことを示す。

水に関わるイメージ

KODANSHA

本書の原本『比喩表現の世界――日本語のイメージを読む』は、二〇一三年に筑摩選書より刊行されました。なお、取り上げる比喩表現のイメージには、今日では差別的とされる語も一部含まれますが、本書の目的に鑑み、かつ著者に差別の意図はないことから、そのままとしました。また、引用にあたっては、漢字を新字体に、旧仮名づかいを現代仮名づかいに、それぞれ改めています。

中村　明（なかむら　あきら）

1935年，山形県鶴岡市生まれ。早稲田大学大学院文学研究科修士課程修了。国立国語研究所室長，成蹊大学教授，早稲田大学教授（日本語研究教育センター所長）を経て，現在は名誉教授。日本文体論学会代表理事（現在は名誉顧問）。著書に『比喩表現の理論と分類』『日本語レトリックの体系』『日本語文体論』『文体論の展開』『日本語　語感の辞典』『日本の作家　名表現辞典』『日本語　笑いの技法辞典』『新明解　類語辞典』『類語ニュアンス辞典』『文章作法事典』など。

講談社学術文庫

定価はカバーに表示してあります。

比《ひ》喩《ゆ》表現《ひょうげん》事典《じてん》

中村《なかむら》　明《あきら》

2025年4月8日　第1刷発行
2025年5月26日　第2刷発行

発行者　篠木和久
発行所　株式会社講談社
東京都文京区音羽2-12-21　〒112-8001
電話　編集（03）5395-3512
販売（03）5395-5817
業務（03）5395-3615
装　幀　蟹江征治
印　刷　株式会社広済堂ネクスト
製　本　株式会社国宝社
本文データ制作　講談社デジタル製作

ISBN978-4-06-539408-3

「講談社学術文庫」の刊行に当たって

これは、学術をポケットに入れることをモットーとして生まれた文庫である。学術は少年の心を養い、成年の心を満たす。その学術がポケットにはいる形で、万人のものになることは、生涯教育をうたう現代の理想である。

こうした考え方は、学術を巨大な城のように見る世間の常識に反するかもしれない。また、一部の人たちからは、学術の権威をおとすものと非難されるかもしれない。しかし、それはいずれも学術の新しい在り方を解しないものといわざるをえない。

学術は、まず魔術への挑戦から始まった。やがて、いわゆる常識をつぎつぎに改めていった。学術の権威は、幾百年、幾千年にわたる、苦しい戦いの成果である。こうしてきずきあげられた城が、一見して近づきがたいものにうつるのは、そのためである。しかし、学術の権威を、その形の上だけで判断してはならない。その生成のあとをかえりみれば、その根は常に人々の生活の中にあった。学術が大きな力たりうるのはそのためであって、生活をはなれた学術は、どこにもない。

開かれた社会といわれる現代にとって、これはまったく自明である。生活と学術との間に、もし距離があるとすれば、何をおいてもこれを埋めねばならない。もしこの距離が形の上の迷信からきているとすれば、その迷信をうち破らねばならぬ。

学術文庫は、内外の迷信を打破し、学術のために新しい天地をひらく意図をもって生まれた。文庫という小さい形と、学術という壮大な城とが、完全に両立するためには、なおいくらかの時を必要とするであろう。しかし、学術をポケットにした社会が、人間の生活にとってより豊かな社会であることは、たしかである。そうした社会の実現のために、文庫の世界に新しいジャンルを加えることができれば幸いである。

一九七六年六月

野間省一

ことば・考える・書く

43
日本語はどういう言語か
三浦つとむ著（解説・吉本隆明）

さまざまな言語理論への根底的な批判を通して生まれた本書は、第一部で言語の一般理論を、第二部で膠着語とよばれる日本語の特徴と構造を明快かつ懇切に論じたものである。日本語を知るための必読の書。

45
考え方の論理
沢田允茂《のぶしげ》著（解説・林　四郎）

日常の生活の中で、ものの考え方やことばの使い方は非常に重要なことである。本書は、これらの正しい方法をわかりやすく説いた論理学の恰好の入門書であり、毎日出版文化賞を受けた名著でもある。

153
論文の書き方
澤田昭夫著

論文を書くためには、ものごとを論理的にとらえて、それを正確に、説得力ある言葉で表現することが必要である。論文が書けずに悩む人々のために、自らの体験を踏まえてその方法を具体的に説いた力作。

397
中国古典名言事典
諸橋《もろはし》轍次《てつじ》著

人生の指針また座右の書として画期的な事典。漢学の碩学が八年の歳月をかけ、中国の代表的古典から四千八百余の名言を精選し、簡潔でわかりやすい解説を付したもの。一巻本として学術文庫に収録する。

436
文字の書き方
藤原　宏・氷田光風編

毛筆と硬筆による美しい文字の書き方の基本が身につく。用具の選び方や姿勢に始まり、筆づかいから字形まで、日常使用の基本文字についてきめ細かに実例指導をほどこし、自由自在な応用が可能である。

604
論文のレトリック　わかりやすいまとめ方
澤田昭夫著

本書は、論文を書くことはレトリックの問題であるという視点から、構造的な論文構成の戦略論と、でき上がるまでのプロセスをレトリックとして重視しつつ論文の具体的なまとめ方を教示した書き下ろし。

《講談社学術文庫　既刊より》

ことば・考える・書く

658
大阪ことば事典
牧村史陽《しよう》編

最も大阪的な言葉六千四百語を網羅し、アクセント、語源、豊富な用例を示すとともに、言葉の微妙なニュアンスまで詳しく解説した定評ある事典。巻末に項目検出索引、大阪のしゃれことば一覧を付した。

1029
レトリック感覚
佐藤信夫著（解説・佐々木健一）

日本人の言語感覚に不足するユーモアと独創性を豊かにするために、言葉の〈あや〉とも呼ばれるレトリックに新しい光をあてる。日本人の立場で修辞学を再検討して、発見的思考への視点をひらく画期的論考。電P

1043
レトリック認識
佐藤信夫著（解説・池上嘉彦）

古来、心に残る名文句は、特異な表現である場合が多い。黙説、転喩、逆説、反語、暗示など、言葉のあやの多彩な領域を具体例によって検討し、独創的な思考のための言語メカニズムの可能性を探る注目の書。電P

1073
言語・思考・現実
B・L・ウォーフ著／池上嘉彦訳

言葉の違いは物の見方そのものに影響することを実証し、現代の文化記号論を唱導したウォーフの主要論文を精選。「サピア＝ウォーフの仮説」として知られる言語と文化について鋭い問題提起をした先駆的名著。

1098
レトリックの記号論
佐藤信夫著（解説・佐々木健一）

記号論としてのレトリック・メカニズムとは。我々を囲む文化は巨大な記号の体系に他ならない。微妙な言語現象を分析・解読するレトリックの認識こそ、記号論の最も重要な主題であることを具体的に説いた好著。電P

1268
敬語
菊地康人著

日本語の急所、敬語の仕組みと使い方を詳述。尊敬語・謙譲語・丁寧語など、日本語ほど敬語が高度に発達している言語はない。敬語の体系を平明に解説し、豊富な用例でその適切な使い方を説く現代人必携の書。

ことば・考える・書く

2183
阿辻哲次著
タブーの漢字学
はばかりながら読む漢字の文化史！「且」は男性、「也」は女性の何を表す？「トイレにいく」が「解手」となるわけ――。豊富な話題をもとに、性、死、名前、トイレなど、漢字とタブーの関係を綴る会心の名篇。

2227
北浦藤郎・蘇　英哲・鄭　正浩編著
五十音引き中国語辞典
親字を日本語で音読みにして、あいうえお順で配列。だから、中国語のピンインがわからなくても引ける！「家」は普通「jia」で引くが、本書では「か」。初学者に親切な、他に類のないユニークな中国語辞典。2色刷。

2239
倉嶋　厚・原田　稔編著
雨のことば辞典
甘霖、片時雨、狐の嫁入り、風の実……。日本語には雨をあらわすことば、雨にまつわることばが数多くある。季語や二十四節気に関わる雨から地方独特の雨のことばまで、一二〇〇語収録。「四季雨ごよみ」付き。電P

2277
石川九楊著
日本語とはどういう言語か
漢字、ひらがな、カタカナの三種の文字からなる日本語。書字中心の東アジア漢字文明圏においても構造的に最も文字依存度が高い日本語の特質を、言（はなしことば）と文（かきことば）の総合としてとらえる。電P

2287
松井力也著
日本人のための英語学習法
英語を理解するためには、英語ネイティブの頭の中にある、英語によって切り取られた世界の成り立ちや、イメージを捉える必要がある。日本語と英語の間にある乖離を乗り越え、特有の文法や表現を平易に解説。電P

2295
山口仲美編
擬音語・擬態語辞典
「しくしく痛む」と「きりきり痛む」、「うるうる」と「うるっ」はいったいどう違うのか？　約二千語を集大成した、オノマトペ辞典の決定版。万葉集からコミックまで用例満載。日本語表現力が大幅にアップ！

ことば・考える・書く

2668

石崎忠司著／石崎　功編

和の文様辞典　きもの模様の歴史

江戸元禄期に大きく華開いた、多彩な〈きもの柄〉。動植物、器物、風景、文字すら具象化した比類なき小さな芸術を、名称、読み方、由来、用途まで辞典形式で読み解く。全七八六柄。豊富なカラー図版も収蔵！　電P

2686

水田　洋著

「知の商人」たちのヨーロッパ近代史

書物とは思想の器か、利潤を生む商品か？　禁書出版を手がけて破産同然になったボーマルシェ、英国の古典名著を狙う海賊版問題……。出版黎明期、名著の陰で繰り広げられた人間模様を、思想史の泰斗が活写！　電P

2710

金田一京助著（解説・滝浦真人）

日本の敬語

東京は京都より敬語が多い？　「ご遠慮下さい」は失礼？　原日本語から、上代、奈良・平安時代、現代まで敬語の起原と変遷を辿り、そのほどよい使い方を考える。一級の言語学者がじっくり向き合う、敬語の歴史と実用。　電P

2766

中村　明著

文章作法事典

「情報を鼓動とともに」「望遠レンズで迫力を」「ギュッと締めてフワッと放す」——。よい文章を書くための基本作法から、効果を高める表現技術、そして心構えまで。実用に役立つ、名文作成のための究極の指南書！　電P

《講談社学術文庫　既刊より》